沈尘色 著

人生若只如初见

清代词人的情感故事

江苏大学出版社
JIANGSU UNIVERSITY PRESS
镇江

序

予少时读词，好先读小传，纵寥寥数字，亦觉兴味，尝牢记字号，与同侪嬉戏，曰，某某字若何，号若何，尝任何官职，有何事迹。至于某词某句，更好做追究，欲识其因何事何人而作也。彼事何事，彼人何人，其趣有过于词者。

后读《本事词》，更觉其趣，置诸案头，随手翻阅，一则两则，俱是欢喜。有不解者，则以他书佐证，更与别集对照。偶有所得，恍然焉，自得焉，但道所谓学问不过如此，孰谓非学者不能为之？其沾沾自喜者如此。然终有憾焉。何者？一则两则，零碎不成章，或可知彼事何事，终难识彼人何人也。且予好清词，而此书上起于唐，下讫于元，不及于明，更莫论清，予欲知者而终不可得。

又数年，得《清词纪事会评》《近代词纪事会评》，遂又置诸案头矣，好随时翻阅。此二书者，所辑资料甚多，读之往往可识一人之生平。先是，钱仲联氏《清八大家词集》独不选鹿潭，曰："蒋词艺术性虽较高，但内容多污辱太平天国革命，故不予选入。"言之不详。而《清名家词》中，则有述谭献语，曰："咸丰兵事，天挺此才，为倚声家老杜。"终竟如何，亦言之不详。而予于此终得知鹿潭故事，推究当日鹿潭蛰居溱潼，与婉君贫贱夫妻终有龃龉，虽人之常情，不亦悲夫？鹿潭词集曰《水云楼词》，然则水云楼乃溱潼古寿圣寺大雄宝殿后之藏经楼耳，与鹿潭何尝相干。或曰，鹿潭曾寓居于此。然则昔人寓居于寺院者亦多矣，何鹿潭独以名词？鹿潭曾有《满庭芳》词序曰："秋水时至，海陵诸村落辄成湖荡。小舟来去，竟日在芦花中，余居此既久，亦忘岑寂。乡人偶至，话及兵革，咏'我亦有家归未得'之句，不觉怅然。"无家之人，而词集以水云楼名之，以后世一流行歌歌名言之，不过"我想有个家"耳。每念及此，想象当日，予亦怆然，遂综合前人记述，得《水云楼的梦》一篇，以志鹿潭生平，识前人之词境、词心也。惟鹿潭临终冤词已佚，予拟作一首，置诸小说，加以说明；或有以为乃鹿潭所作，加以流播，非予之罪也。后又得《静志居情话》一篇，述金风亭长情事，所依据者，俱得之于《清词纪事会评》也。而后不作小说十余年。

去岁，老友董君国军忽提及当日小说，以为可以复作，而予十余年来，亦算读书，知若许词人故事，或与常识不同，遂允诺。而后，查资料，读别集，有记述不同者，冒昧甄别，而后更复知读其词当先知其人也。何者？某词某句，不知其人其事，未必知此词此句之真意也。词有本事，原应知之。朱庸斋先生于《分春馆词话》中论及贺铸，曰："其词风格多样，非论世知人，熟稔其生平及作品，不能定论。"岂独贺铸，古今词人，概莫如是。孟子曰："颂其诗，读其书，不知其人，可乎？"亦此之谓也。而后得五十篇，述清五十词人故事，分五册依次出版，可为丛书，董君名之曰"清名家词传"，而予以为或可谓"词人小说"。小说云云，终当允许虚构，七分实三分虚也。予也不敏，终非学者，或有不可查证者，读者不肯认可予之所得者，予或可以此为借口，逃之遁之，不必争论。

予友李君旭东，因效前贤，词咏词人，系于篇首，亦示后世小子终不肯让前贤独步也。是为序。通州沈尘色。庚子端午日。

目录

龚鼎孳

今生誓作当门柳，睡软妆台左右

临江仙

杨柳高楼去处，少年队里笙歌。南枝北马意如何。西风无限恨，吹不散烟罗。

细草羞分三叶，光轮弹指中过。绿腮红烬夕阳多。千秋山色在，相与顾横波。

李旭东

一

这一个绝美的女子，如今，已经憔悴如斯。

她曾经的青鬓，早已花白；她曾经的红颜，早已苍老；她曾经的明眸，早已黯淡无光。她曾经的纤纤玉指，已似鸡爪；她曾经的婀娜腰肢，已臃肿不堪。

她的身边，还有一个竹木雕成的孩童，因为长久的摩挲，变得油亮。

"孝升，"这一个曾经如此美丽的女子，躺在病榻之上，淡淡地笑着，那苍白的脸上，竟浮现出一丝病态的红，"你后悔了么？"

那一个同样老去的男子，含着笑，轻轻地，轻轻地，坐在床头，坐在她的身边，就如同以往的每一年、每一月、每一日，轻轻地，轻轻地，抓着她的手，将她的手放在自己的掌心，放在自己的心上。

"后悔什么？"那一个背脊都有些佝偻的男子含笑问道。

"后悔当年，"这一个女子吃力地笑道，"后悔当年，没有殉国，自毁名节。"

男子也笑了。

"不后悔。"男子低低地道，"我这一世，最不后悔的，就是有了你。有了你，才有这一世的幸福。为了这一世的幸福，我宁愿毁却一世的声名。"

女子微微地笑着，吃力地睁着双眼，瞧着这个日益老去的男子。她的呼吸渐渐急促，轻而急促。

"让我，让我看看你的脸，近一些，让我看得清楚些。"女子低低地呻吟着，低低地，说道，"其实，你也已经老了……可是，我多想……一直看下去啊……"

女子的眼角，滚出一滴浑浊的泪。

康熙三年（1664）冬，顾横波卒于北京铁狮子胡同。

二

凤络霞绒，莲铺金索，横桥檀雾吹暖。玉奁半懒春妆，一笑上

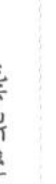

楼人浅。朱衾画幔。紧围定、梦憨心软。自题名、年少多情,不及杏梁朝燕。

云母阁、主司青眼。团扇第、书生觌面。醉扶壁月飞琼,锁合柳乌小苑。珊瑚联枕,楚雨径、神峰如线。爱紫兰、报放双头,恰好阮郎初见。

——龚鼎孳《东风第一枝·楼晤用史邦卿韵》

那是许多年前的事了。

那还是在前明的时候。

那一年,龚鼎孳二十岁,刚刚考取进士,外放到蕲水做县令。

那一年,北上经过金陵,登上眉楼,遇见这个比他小四岁的名叫顾眉的女子。

从此,一生一世,为这个女子而活,即使身败名裂,决不后悔。

是的,要活着,只有活着,才能伴随这个女子,才能保护这个女子,才能逗她笑,不让她哭,才能让她幸福,才能让他一生一世都决不后悔当初的选择。

是的,要活着!在她活着的时候,我就必须活着,活着照顾她,安慰她。在她死前,我决不敢死。

是的,只有活着,才能让她拥有活着的幸福啊!

那些逼迫心爱的女子去殉什么节的,真的是英雄么?如果是,那么,我不要做这样的英雄。

我只是一个凡人,一个平凡得只想与一个女子共同拥有这一世的幸福。此外,与我何干?

我只想和我心爱的女子,共同活过这一世而已……

起初,龚鼎孳并没有想到去眉楼,龚鼎孳只是想与复社四公子一见而已。复社四公子名满天下,年轻的龚鼎孳未必没有寻来一较短长之意。论功名,论文章,论诗词,龚鼎孳以为自己不亚于人,即使对方是复社四公子。

“原来,他们到眉楼去了。”龚鼎孳微微地笑着,嘴角颇有几分自得。无论是谁,二十岁得中进士,都是值得自得的事;更不用说龚鼎孳在家乡的时候就有神童之称。

“却不知眉楼是何等所在,竟让四公子齐聚于斯?”龚鼎孳还是忍不住这样想道。

十里秦淮，可谓是众香国所在，争奇斗艳者多矣，便是名妓，也绝不在少数。四公子齐聚眉楼，必然有其因由。

龚鼎孳决定到眉楼去看看，去看一看那可谓是颠倒众生的眉楼主人到底是怎样的女子。

龚鼎孳人还未到，便远远地听得眉楼之中传来悠悠的南曲之声。

空影落纤娥。动春蕉，散绮罗。春心只在眉间锁。春山翠拖。春烟淡和。相看四目谁轻可！恁横波。来回顾影不住的眼儿睃。

——明·汤显祖《牡丹亭·玩真·黄莺儿》

曲子低回婉转，如丝如线，尤其是到"恁横波"三字，饶是人未见，却也仿佛看到一个绝美女子活泼泼的眼神一般。

这是《牡丹亭》里的一支曲子。一般说来，唱《牡丹亭》的话，都是唱《惊梦》一折，"良辰美景奈何天，赏心乐事谁家院"，早已脍炙人口，传遍大江南北，正不知多少痴儿怨女，为之洒泪，为之哀怨。

却不料这眉楼之中，竟传出了这支《黄莺儿》。然而，在对"良辰美景"耳熟能详之时，忽听得这支"恁横波"，正给人眼前一亮的感觉。就像久看一个绝美的女子，直看到不复感觉美的时候，眼前忽然出现一个清新脱俗的少女一般。

此际的龚鼎孳自然不会想到，这世间竟然还有一个他怎么看都不会厌倦的女子……

"好！"眉楼之中，传来一连串的喝彩声。那喝彩声，使得月光灯影下的秦淮河泛起阵阵涟波，一圈圈地，漾向四方。

龚鼎孳举步直向眉楼，走到门前，却被两个皂衣小厮给拦住。

"公子止步。"身量高些的那个皂衣小厮说道。

龚鼎孳奇道："这是何意？"

"眉楼只招待名士。"高个子的小厮冷冰冰地道。

"名士？"龚鼎孳一愣。

"不错，"那小厮很认真地说道，"只有天下名士，方能进入眉楼。"那小厮上下打量着龚鼎孳，怎么看也没觉着这徒步而来的年轻人会是什么名士。名士疏狂，大多是三五成群而来，或乘轿，或骑马，身后更有奴仆跟随，前呼后拥，不一而足。即便是贫者，却也

是昂首挺胸，不可一世，方见名士风范。哪有眼前这年轻人一样，就像黄昏散步似的，随随便便地，就走了过来？而且，从穿戴上看，也是循规蹈矩的，一点不见不拘一格之名士气派。

龚鼎孳不怒反笑："何谓名士？"

那两个小厮愣了一下，道："自然是有名之人方为名士。"其实，他们也说不上到底何谓名士。因为到眉楼来的，几乎都是一个带着一个，互相作揖，互相恭维，道："方兄。""啊，侯兄。""这不是冒兄？""原来是陈兄。""陈兄大作，文采风雅，当今一流。""冒兄雅吟，横绝古今。""侯兄年少风流，昔日王子安亦不如也。""方兄大才，小弟佩服佩服。"……然后，自然便是吟诗作赋，填词著文，或书或画，或弹或唱。更重要的一点，这名士当中的很大一部分，都是一掷千金，连眼都不会眨一下。

贫穷的名士，只是名士聚会时的点缀，不能没有，却绝不会多。就像一大盘白斩鸡之上，会撒那么一小撮芫荽一样。

龚鼎孳想了想，道："今科进士，算不算得名士？"

"进士？今科进士？"那两个小厮又打量了一下龚鼎孳，不由得笑了起来。他们自然是不信的，心道：有这样年轻的进士么？便是现在这眉楼里的名士，也没几个进士啊！便是四公子，好像也都不是进士吧？不要说进士了，连举人都没几个。像冒襄冒公子，都乡试落第两次了。方以智方公子，也才是举人。再说了，中了进士，就是官老爷，有官老爷长这样的么？有官老爷独自徒步而来的么？眼前这年轻人，居然说他是今科进士，实在可笑。

不过，这两个小厮到底也是有些见识、有些分寸的人，倒也没有将嘲笑放在脸上。因为他们知道，很多时候，眼中所见未必就是真实；即使不信，也不能得罪。所谓"小心驶得万年船"，就是此意。

龚鼎孳点点头，道："崇祯七年甲戌科。"其实，龚鼎孳应该是甲戌科第三甲赐同进士出身，距离真正的进士，多少还有点距离。但即使是同进士，二十岁就能考中，也是极不寻常的事了。

那两个小厮见龚鼎孳说得很认真的样子，便有些拿不定主意。"公子，你有认识的人在里面么？"高个子的小厮迟疑一下，问道。一边问着，一边心中暗道：如果真是进士老爷，那就不会一个名士都不认得吧？

龚鼎孳眨眨眼，道："复社四公子算不算？"

“这……”那小厮心说，复社四公子，谁不认识啊？问题是，也得那四位爷认得您才是啊，“要不，小的帮您同传一下？”

“拜托，就说合肥龚鼎孳来也。”龚鼎孳微微一笑。

三

晓窗染研注花名，淡扫胭脂玉案清。画黛练裙都不屑，绣帘开处一书生。（其一）

芳阁诗怀待酒酬，粉笺香艳殢残篝。随风珠玉难收拾，记得题花爱并头。（其二）

彩奁匀就百花香，碧玉纱橱挂锦囊。淡染春罗轻掠鬓，芙蓉人是内家妆。（其三）

未见先愁别恨深，那堪帆影度春阴。湖头细雨楼头笛，吹入孤衾梦里心。（其四）

——龚鼎孳《登楼曲》四首

进入眉楼，龚鼎孳面对满堂名士，高声叫道：“合肥龚鼎孳见过诸君。”

然后，他便见到，那绣帘之后，竟是一个书生打扮的女子，正目不转睛地瞧着他。

原来，那小厮进入眉楼之后，便告诉众名士，说是有一个今科进士合肥龚鼎孳来也。合肥龚鼎孳？方以智想了想，便笑道：“请他进来。”

众名士便问这龚鼎孳何许人也，方以智沉吟一下，便说了龚鼎孳的两则故事。其一，龚鼎孳年幼之时，其父送他参加童试，因考生过于拥挤，便将他架在脖颈之上，主考大人见之，问明情况，便笑道：“小学生将父作马。”龚鼎孳随口答道：“老大人望子成龙。”众人皆惊。其二，主考大人又见他好奇地东张西望，便以《孟子》中句“以左右望”为上联叫其对……

方以智讲到此处，便笑道：“诸位不妨也对上一对？”

“古之为市也，以其所有易其所无者，有司者治之耳。有贱丈夫焉，必求垄断而登之，以左右望，而罔市利。人皆以为贱，故从而征之。征商自此贱丈夫始矣。”众名士俱饱学，很快就都想起《孟子》中的这一段话来。“以左右望”，其实要对上也不算难；问题是，既然上联这四字是出自《孟子》，也就意味着下联四字也须是出自圣贤之书。这便有些难了。一时之间，各人苦思冥想，却也想不出一句合适的话来。

“密之兄，你也别卖关子了，却不知这位龚进士如何对来？”众名士与看楼的小厮不同，小厮或许会疑心龚鼎孳的进士身份，众名士却不会。因为若果真假冒进士，相见之后，不可能不露出马脚。

方以智悠悠吟道：“唯天下至诚，为能尽其性；能尽其性，则能尽人之性；能尽人之性，则能尽物之性；能尽物之性，则可以赞天地之化育；可以赞天地之化育，则可以与天地参矣。”这是《中庸》里的一段话。

方以智还未念完，便有人脱口道：“与天地参。”

“以左右望；与天地参。”

若是一个孩童能够对出这样的对子来，当然是了不得了。如果说前一个故事还有牵强附会之处，那后一个故事，却足见此子可谓神童。如此神童，年纪轻轻，能中进士，应也不是什么难事。

众人正议论间，龚鼎孳已大步而入，高声道：“合肥龚鼎孳见过诸君。”

起初，顾眉真没在意什么合肥龚鼎孳。身在眉楼，阅人多矣，此亦名士，彼亦名士，此亦公子，彼亦公子，其实，若脱下衣裳来，与眉楼的小厮也没什么区别，只不过比小厮们多些装腔作势罢了。

但方以智讲完那两则故事，顾眉忍不住有些好奇。一个小小孩童，如此捷才，总是会使人好奇的。至于故事的真假，顾眉并没有多想。所谓“空穴来风，未必无因”，这样的故事总不会是毫无来由的。

所以，当龚鼎孳大步而入的时候，顾眉忍不住轻轻掀开绣帘，想看一看，这昔日神童今日进士会是一副什么模样。

这一眼，刚好与龚鼎孳四目相对。

此刻，他们还不知道，正是这一眼，将改变他们的一生。

四

嫣香院落莲钉扣。有结阵、都梁弹袖。浓丝丽玉春风守。团宊蔷屏粉肉。

搓花瓣、作成清昼，度一刻、翻愁不又。今生誓作当门柳，睡软妆楼左右。

——龚鼎孳《杏花天》

手剪香兰簇鬓鸦，亭亭春瘦倚栏斜。寄声窗外玲珑玉，好护庭中并蒂花。

——龚鼎孳《江南忆》

龚鼎孳从未想过，自己竟会如此炽烈地爱上一个人。

他知道，这样的爱，很艰难。

他知道，秦淮河上，名士风流，却似波心云过，绝不会留下半丝痕迹。所有的山盟海誓，其实只在青楼之中，床榻之上，一旦出门，便会化作浮云消散。

然而，他更知道，他是他，他们是他们。

他是龚鼎孳，合肥龚鼎孳。

“我必娶你。”龚鼎孳对顾眉说道。

“呵呵。”

“相信我。”龚鼎孳紧握着那双纤细的小手，真诚地说道。

“呵呵。”

无论龚鼎孳说什么，顾眉都只是那么呵呵地笑着。

因为她不相信。

当日，名士陈子龙何尝不说要来娶柳如是？山盟海誓，结果，是将柳如是赶出家门。还有杜十娘，最终只落得个怒沉百宝箱。还有玉堂春……

风流名士，只是过客。而她们，这些青楼的女子，只是那些名士风流之后的轶事。

她们，只能是那些名士的点缀。

不过，顾眉并没有什么痛，也没有什么恨。

因为她知道，这就是她们这些青楼女子的命运。年轻时，不妨像花儿一样开放，无数的赏花人流连忘返；一旦春归，雨疏风骤，便花落成泥。

不要相信那些名士，不要相信那些名士的喝彩，不要相信那些名士的山盟海誓。很久以前，顾眉就这样对自己说。

她看不到希望，也不会抱有希望。因为，没有希望的绝望，才不至于使自己陷入痛苦。

人，总要学会放弃痛苦，要学会抹干眼泪，学会对任何一个人，虚伪地笑。

然而，当这个可能虚伪的男人离去的时候，怎么会那样地痛呢？

花飘零。帘前暮雨风声声。风声声。不知侬恨，强要侬听。

妆台独坐伤离情。愁容夜夜羞银灯。羞银灯。腰肢瘦损，影亦伶仃。

——顾眉《花深深·闺怨》

龚鼎孳终究不得不离开秦淮河。

临走时，龚鼎孳十分坚定地说道："等我，我必娶你。你什么时候答应，我什么时候来迎娶。"

"呵呵。"

当龚鼎孳远去的时候，顾眉的眼角，不由自主地滚落下晶莹的泪。

他还会回来么？顾眉凄然地微笑，像雨中缓缓飘落的花。

五

惜花期。订花期。诉向花愁知未知。天怜两道眉。

望中疑。梦中疑。斗帐檀丝月午时。香泥塑蝶痴。

——龚鼎孳《长相思》

似多情。似无情。玉艳心情是怎生。春衫记不明。

长歌行。短歌行。多少柔肠撺掇成。流莺只一声。

——龚鼎孳《长相思》

无赖鹦哥，谁遣唤、花枝醒。阑干外、愁潮恨岭。一步妆台，受不起、加餐信。风静。深帘栊、回头小影。

有限天涯，载得了、垂杨病。销魂牒、权时拜领。说谎高唐，可好托、春衾性。难听。长叹与、清钲乍并。

——龚鼎孳《惜奴娇·离情用史邦卿韵》

一阕阕的新词，从龚鼎孳的笔端流出，汇成一部《白门柳》。

他知道，今生今世，他必娶那个女子。否则，这一生，还有什么意义？

然而，那一个绝美、聪慧的女子，为什么总是不肯答应？总是笑着，依偎在他的怀里，却不肯跟他走。

她没有拒绝，也决不答允。

她所做的，就是一个寻常青楼女子所做的。

而他，只是一个寻欢客。

若使无情，何以总是一副有情的模样？若使有情，何以对他无数次的誓言总是呵呵一笑？

“她不相信，不相信我。”龚鼎孳痛苦地想道，“她只是将我当作一个过客。”

龚鼎孳痛苦得有些发狂。

龚鼎孳走后，顾眉跟往日一样，迎来送往，跟那些名士们饮酒作乐。

这原本就是娼妓的生涯，即使她是秦淮名妓。

合肥龚鼎孳。呵呵。顾眉想，或许，这个男人只能存在于记忆之中吧？就像泪。

娼妓不会流泪。

娼妓只会笑。

娼妓卖的只能是笑。

然而，那一段早已应该深藏的记忆，如何总是在不经意的时候泛起漪沦？为什么对那一个早已远去的男子，总是难以忘怀？每一天醒来，总是感觉到他身体的余温？

“不应如此的。”顾眉这样想道，“我不可能爱上他，就像他不可能爱上我一样。”

或者，即使相爱，也决不会有结局。

海天悠，问冰蟾何处涌？玉杵秋空。凭谁窃药把嫦娥奉？甚西风吹梦无踪。人去难逢。须不是神挑鬼弄。在眉峰。心坎里别是一般疼痛。

——汤显祖《牡丹亭·闹殇·集贤宾》

眉楼之中，顾眉咿咿呀呀地唱着，直唱得两眼晶莹，直唱得此心如裂。一时间，杳不知自己到底是秦淮河畔的顾眉顾横波，还是那《牡丹亭》里的杜丽娘。

“好！”名士余怀大声赞道，“果然是南曲第一！庄妍靓雅，风度超群，鬓发如云，桃花满面。弓弯纤小，腰肢轻亚。绝代之佳人也。”

众名士自然也是纷纷叫好。

顾眉凄然一笑。

前些日子，有沧父某倚仗时任南京兵部侍郎的叔父的势，诬陷眉楼常客刘芳，牵累到顾眉，意欲将顾眉抓到公堂，将眉楼关闭。好在同是眉楼常客的名士余怀、陈则梁等人出力，方才摆平此事。

然而，此事过后，顾眉越发明白了身为一青楼女子的无奈与哀伤。

笑在脸上，哀在心头。或许，这就是娼妓的悲哀吧。

陈则梁道：“横波，还是找个人嫁了吧。”

“呵呵。”

陈则梁无奈苦笑。陈则梁知道，自己即使深爱着眼前的这个女子，也是绝对无法将她娶回家的。不要说是娶作妻子，便是娶作小妾，也不可能。官宦人家、书香门第，是绝无可能让一个娼妓进门的。

即使这个娼妓多才多艺，能书会画，能诗词，能琴棋。

“横波！”

“呵呵。”

顾眉轻轻地笑着。只是，她轻轻笑着的时候，脸上多出几分抹不掉的哀伤。

“还是找个人嫁了吧。”

那么，嫁给谁？

又能嫁给谁？

顾眉的心头，忽就想起那个说“我必娶你”的人来。

那个人的身影分明已经模糊，一旦想起，怎么又那么熟悉？

“年兄，听说了么？龚鼎孳龚芝麓兄，这一次是疯了一般……”

“怎么？”

“这位龚芝麓年兄，也不知道是发的哪门子风，竟连续弹劾周延儒、陈演、王应熊、陈新甲、吕大器等权臣，将满朝公卿都得罪个遍。唉，这一回，只怕他是在劫难逃了。”

“疯了。得罪这么多人，还不要进天牢？”

“早晚的事。”

“唉。”

“疯了……”

顾眉怀抱琵琶，徐徐站起。她水一般的双眼之中，蓦然间多出几分坚定，仿佛是下定了某个决心似的。

“横波？”陈则梁立即发现了顾眉的这般变化，不由得惊奇地叫了一声。

“我要去京城。”顾眉淡淡地说道。

六

相思明月社，推桃燕、一代水边楼。忆黛比岫遥，花和人瘦。玉围屈戌，珠写篁篌。销魂别泪如巫峡雨，心逐广陵舟。乳燕幕开，锦笺难托，蜜蜂房闭，香粉都收。

红窗携纤手，双双把鸳盟，订在新秋。只道霎时金屋，管甚闲愁。怅霞生绮陌，谁家弄笛，露凉小苑，何处藏钩。七夕看看过了，梦见还羞。

——龚鼎孳《风流子》

入狱是早晚的事。

一连串的弹劾，得罪了那么多的高官显贵，不入狱才怪呢。

然而，国事糜烂至此，龚鼎孳又焉能视而不见？读圣贤书，所为何事？孔曰成仁，孟曰取义。

至于生死，龚鼎孳早已置之度外。

如果那些朝廷大员们依旧尸位素餐的话，只怕北京都保不住了。到北京都保不住的时候，这条性命，留着又有何益？

闯贼、献贼早逼近京师，后金鞑子大军压境，在山海关外随时准备致命一击。

国势如危卵。

龚鼎孳独自留在京师为官，妻子儿女都留在了家乡合肥。

大不了一死而已。每一次弹劾之后，龚鼎孳都会在家中静静等待，等待入狱，等待死亡。

人生原本就是等待，等待入狱，等待死亡，等待一切可知与不可知的到来。

如果，如果你不在身边，死亡又有什么可怕？龚鼎孳这样默默地想道。我必娶你。然而，我不会逼迫你。

爱一个人，就决不会逼迫她做任何事，哪怕是用爱与幸福当借口。

爱一个人，就是尊重她的一切选择。

一路之上，兵荒马乱，当蓬头垢面、满身尘土的顾眉出现在龚鼎孳的眼前时，龚鼎孳几乎都认不出她来了。

半晌，龚鼎孳才颤抖着嘴唇，问道："你，你怎么来了？"

顾眉含着泪，瞧着这个憔悴如斯的男人，轻轻地道："你说过，只要我肯嫁，你就肯娶。"

龚鼎孳呆了一下，几乎不相信自己的耳朵，道："你，你肯嫁我？"

顾眉轻轻点头："你肯娶，我就嫁。"

龚鼎孳一把抓住顾眉的手，大声道："我肯。"抓住顾眉的手，示意她一起，朝天而跪，大声道："皇天在上，我，合肥龚鼎孳，愿娶顾眉为妻。"

顾眉迟疑一下，道："皇天在上，我，金陵顾眉，愿嫁龚鼎孳为妾。"

"妻！"龚鼎孳转过头来，深深地看着这个女人，道，"我必将以妻待你！"

龚鼎孳的语声斩钉截铁，没有丝毫犹豫。

是妻，不是妾。

或许，他将无法给予顾眉以妻的名分，但他早就下定决心，必

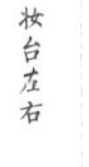

以妻待之。

顾眉泪眼模糊，无数的酸楚与苦痛一下子涌上心头，到最后，忍不住放声痛哭。

他知道，无论是官场，还是家族，都决不会允许龚鼎孳娶一个秦淮娼妓的。

“阿眉。”龚鼎孳紧握着这个女人的手，柔声道，“你不愿意?”

“我愿意，我愿意!”顾眉大声说道，“我愿意，嫁合肥龚鼎孳，生生世世。”

她知道，龚鼎孳早已娶妻。然而，此刻，此刻，她只想做这个男人的女人，生生世世。

龚鼎孳的眼角也有些湿润。

多少年的思念，没想到，在此刻成真。

多少年的思念，没想到，在几乎绝望的时候，成真。

两人对拜几下，忽地相视一笑。

“阿眉，”坐定之后，龚鼎孳有些埋怨地道，“这兵荒马乱的，你怎么就一个人来了？要是出了什么事的话，可怎么是好?”

顾眉微微地笑着，笑着瞧着这个这些年来一直思念又一直不敢思念的男人，想：“在你得意的时候，我可以不管；但在你最失意、最绝望的时候，我一定要在你的身边。就像朝云与东坡。”

“我想改个名字。”顾眉道。

龚鼎孳笑道：“改个什么名字?”

“徐善持。”顾眉轻轻地道，“从此，世间不再有顾眉，只有徐善持，合肥龚鼎孳的女人，徐善持。”

顾眉双目盈盈。

“我要为你生孩子，生好多好多孩子。”顾眉依偎在龚鼎孳的怀中，轻轻地道，“你说好不好?”

龚鼎孳心神激荡，将这个女子揽在怀中，就像抱着一件绝世珍宝。

七

画眉余兴，晒王章闺阁、都无英物。北阙浮云遮望眼，谁作中流铁壁。翦豹天关，搏鲸地轴，只字飞霜雪。焚膏相助，壮哉儿女

人杰。

投袂太息花前，仰天长笑，正酒狂初发。赤日金鳞霄汉转，坐见岳摇氛灭。一叶身轻，千峰约在，幸少星星发。与君沉醉，玉台斜过佳月。

——龚鼎孳《念奴娇·花下小饮，时方上书有所论列，八月廿五日也。用东坡赤壁韵》

龚鼎孳大发请帖，请同僚、朋友来喝喜酒，道是自己要成亲。

等众人齐聚，便有人认出顾眉来。这一认出，顿时就引起一场轩然大波。

哪有娶个小妾这样隆重、这样郑重其事的？寻常人家娶妾，一顶轿子抬回来就足矣，哪有像龚鼎孳这样，遍请同僚，唯恐人不知的？更何况，这将要娶的妾，还曾是秦淮河上的娼妓。

眉楼。顾眉。艳名远播。可说到底，也只是娼妓啊！

“败类，败类，斯文败类，”有人便一脸的痛心疾首状，“败类啊！”

“秦淮河的娼妓，居然娶秦淮河的娼妓，不与父母知晓，丧尽人伦，”又有人大声疾呼，“不忠不孝，这样的奸贼，还有何脸面留在朝堂之上？”

“弹劾！这样的奸贼，我要弹劾！”

“我也弹劾！”

……

一时之间，龚鼎孳成了千夫所指，整个官场、士林，都将他看作不忠不孝、不仁不义、丧尽人伦、道德败坏之徒，骂名滚滚而来，使得龚鼎孳险些不敢出门。

在决定娶顾眉的时候，他也曾料到有这一天。没料到的是，舆论清议竟会来得如此迅猛。

无怪乎那些名士，都不敢将他们的女人带回家。龚鼎孳心中苦笑。

不过，他并不后悔。

人，总要做些即使错了也决不后悔的事。

每一天，顾眉只是依偎着龚鼎孳，什么也不说，就那么脉脉地，瞧着这个男人。

既然已经决定今生今世跟在他的身边，那么，就决不求去。

“只要你还要我，我就在。”顾眉心中这样想道，“至于身外的骂名，呵呵，这一生，遭受的还少吗？当无数的骂名就要将一个人淹没的时候，又哪里会在乎这什么骂名?!”

顾眉相信，这个男人，也不会在乎。

我选的男人，决不会让我失望。

“怕不怕?”龚鼎孳低头瞧着怀中的女人，笑眯眯地问道。

“怕什么?”顾眉轻轻地问。

龚鼎孳道：“我可能会丢官，可能会坐牢，可能会被人骂臭，骂死，而你，也将是红颜祸水，罪恶滔天。”

“你怕么?”

“不怕。”

“那我还怕什么?”

“有你在，我将什么也不怕。”顾眉在心头喃喃说道。

八

冰绡冷织孤烟悄。檐涛响压花铃小。夜色上啼乌。青灯一壮夫。婵娟千种意。莫照伤时字。此夜绣床前。清光圆未圆。

——龚鼎孳《菩萨蛮·初冬以言事系狱，对月寄怀》

不记今为何夕，隔墙钟鼓催春。逞风花草太无因。笼香深病色，罢酒得愁身。

料是红闺初掩，清眸不耐罗巾。长斋甘伴鹔鹴。忍将双鬓事，轻报可怜人。

——龚鼎孳《临江仙·除夕狱中寄忆》

天街风定后。想画鼓云繁，绛笼星就。虎城豹柝，轻烟外、逗出铜笼春漏。侯家锦毯，醉不了、珠场花候。谁信道、青鬓孤臣，今宵雪霜盈袖。

依稀烛下屏前，有翠匳绡衣，月明安否。小眉应斗。恨咫尺、不见背灯人瘦。香柔粉秀。猛伴得、英雄搔首。千古意、惟许冰丝，平原封绣。

——龚鼎孳《玉烛新·上元狱中寄忆》

一笑东风，喜寒梅尚繁，香散瑶雪。携手花前，重见酒杯豪发。铁石消磨未尽，算只有、风情痴绝。生抛撇、瘴戟蛮装，更央珊枕埋骨。

而今虎须怒歇。料天荒地老，比翼难别。络粉调笙，还让引裾人物。尽取头厅重印，肯换却、纤纤霞袜。甘心署、锦队钳奴，五湖编管烟月。

——龚鼎孳《万年欢·春初系释，用史邦卿春思韵》

龚鼎孳终于入狱。

就像惊雷过后，暴雨必将来临一样，这入狱，原就是顺理成章的事。自古以来，焉有得罪满朝权贵而又声名狼藉之人能免于事者?

"我等你。"顾眉轻轻地对狱中的龚鼎孳道，"我等你出来。"

龚鼎孳脉脉地瞧着她，忽道："如果我再也出不来了呢?"

"我也一样等你，等你到天荒地老。"顾眉的声音依旧很轻，但很坚决。

"也许我会牵连到你。"龚鼎孳沉吟一下，又道。

"我是你的女人。"顾眉轻轻笑道。

龚鼎孳不复他言，只是这么脉脉地看着这个女子，仿佛怎么看也看不够似的。

"在你最失意的时候，我一定要在你的身边。"

顾眉的双眼，在阴暗的监牢之中，不改晶莹。

崇祯十七年(1644)二月，龚鼎孳出狱。

三月十九日，京师陷落，皇帝自缢殉国。

九

弱羽填潮，愁鹃带血，凝望宫槐烟暮。并命鸳鸯，谁倩藕丝留住。搴杜药、正则怀湘，珥瑶碧、宓妃横浦。误承受，司命多情，一双唤转断肠路。

人间兵甲满地，辛苦蛟龙外，前溪难渡。壮发三千，粘湿远山香妩。凭蝶梦、吹恨重生，问竹简，殉花何处。肯轻负，女史苌弘，止耽莺燕语。

——龚鼎孳《绮罗香·同起自井中赋记，用史邦卿春雨韵》

这是一口枯井。

枯井之中，是两个满身淤泥的人。

一缕阳光从井口斜斜地射了进来，使得原本阴凉的井底，也算是多出几分暖意。远处，则是隐隐的呐喊声、厮杀声，还有不时出现的惨叫声。

龚鼎孳轻轻地将顾眉脸上的淤泥抹掉，依旧现出那张绝美的面庞来。

“对不起。”龚鼎孳柔声道。

顾眉也轻轻伸出手来，将龚鼎孳脸上的淤泥抹掉。

“两个人，一条命。”顾眉轻轻地道，“无论你做什么，我都会跟着你。”

龚鼎孳沉默片刻，问：“你怕死么？”

“怕。”顾眉道。

“那你为什么……”龚鼎孳迟疑道，“为什么还要和我一起跳井？”

“因为更怕失去你。”顾眉柔声道，“因为无论生死，我也要和你在一起。你生，我生；你死，我死。”

“善持！”龚鼎孳的心猛地一颤，眼角就湿润了。

“……傻瓜。”顾眉将手在衣襟上擦了擦，然后，轻轻地抹去龚鼎孳眼角的泪。然而，她的眼角，却有泪在闪烁。

“是我自私了。”龚鼎孳道，“对不起，善持。我……我不死了。”

“孝升……”

“我不死了。为了你，我也不能死！”龚鼎孳终于下定了决心，“死了，就什么也没有了，只有活着，才能真的和你在一起。”

“……你不怕？”顾眉幽幽道。

“怕什么？”龚鼎孳忽地冷笑一声，“骂名？奸贼，还是逆贼？朝中衮衮诸公，尸位素餐，皇帝昏庸，而又刚愎，才使得国事糜烂至此，闯贼破京，宗庙隳弃。我耿耿忠心，一腔热血，却系狱经年。……我凭什么要殉他们的国？他们的国亡，与我何干？我欠他们的，早已还清了。”

当闯贼破城的时候，龚鼎孳便想着以身殉国，与顾眉相拥投井。只不过他们没有想到的是，这是一口积满淤泥的枯井，两个人弄得浑身淤泥，结果，却没有死得成。

有时候，死亡也会跟人开玩笑的。

顾眉目不转睛地盯着这个男人。她不知道，到底是这个男人变了，还是这个男人原本就是如此。但她知道，这就是她的男人。无论这男人是什么模样，是忠，是奸，都是她的男人。

我只想今生今世，和这个男人一起，直到白头。他生，我生；他死，我死。其他的，与我何干？

“善持！”龚鼎孳双手抓住顾眉的肩，很认真地道，“从此，我将为我们而活。我要活着，给你快乐，给你幸福，给你一生的安宁。”

顾眉含着泪，瞧着这个仿佛陌生却又那么熟悉的男人。

“投降闯贼的话，会留下千古骂名……”半晌，顾眉低声道。这是毫无办法的事。闯贼破城，留下的官员，要么投降，要么死，没有第三条路走。逃跑？在闯贼围城之前，或许还能；而现在，要逃跑，大约比登天还难。

当闯贼围城的时候，龚鼎孳还在狱中。

当闯贼围城的时候，龚鼎孳还在狱中，所以，顾眉即使能够逃跑，也没有。

龚鼎孳哈哈大笑：“千古骂名那又如何？我，只愿和我心爱的女人在一起，安安宁宁地度过这一生。”

“你怕死，却还是为我而死，那么，我为什么就不能为你而活？”龚鼎孳想通这一切以后，整个人只觉如释重负。

“谁？什么人在那里？快出来！”井外，忽就听得有人高声大喝，然后，是一阵铠甲声、兵器声。

龚鼎孳在井底站直了身子，怀抱着顾眉，微微仰头，冲着井口，高声道：“我，合肥龚鼎孳，在此！”

十

江山如此，年华依旧，分明又度春宵。银鸭吐香，莲铜滴月，朱栏瘦拂长条。闲倚玉屏腰。见鬟云送懒，罗袜藏娇。怕被花窥，一天风露近蓝桥。

幽情惯是无聊。记青绫宠爱，红研丰标。隋苑莺残，吴宫叶冷，苍茫昨日今朝。清梦转迢迢。望碧天草色，烟雨凄遥。无计留春，泪丝偷印美人蕉。

——龚鼎孳《望海潮·感春》

龚鼎孳从井中出来，几乎没有任何犹豫地，就投降了闯军，接受直指使之职，巡视北城。不久，吴三桂“冲冠一怒为红颜”，打开山海关，放大清入关，大破闯军，多尔衮乘势攻破京师。龚鼎孳迎降。时人嘲笑他为“明朝罪人，流贼御史”。而多尔衮更是认为龚鼎孳“此等人只宜缩颈静坐，何得侈口论人”，“人果自立忠贞然后可以责人”，讽刺他“自比魏徵，而以李贼比唐太宗，可谓无耻”。孙昌龄则贬斥他道：“惟饮酒醉歌，俳优角逐，前在江南，用千金置妓名顾眉生，恋恋难割，多为奇宝异珍，以悦其心。淫纵之状，哄笑长安。”

滚滚骂名，纷至沓来。

龚鼎孳浑不在意。

经历过系狱，经历过死亡，哪里还会在意流言？

人多喜以道德要求别人，多喜要求别人以死名志，而于己，则又是另一番嘴脸。若孙昌龄者，顺治二年（1645），便经给谏孙承泽举荐，任吏部考功司郎中。其时，已六十三岁。

“我要为你挣个诰命。”龚鼎孳兴致勃勃地说道，“我不能给你妻子的名分，但我能够为你挣个诰命！”

“可是……”顾眉有些欢喜，更多的却是迟疑。因为她知道，即使龚鼎孳挣得个诰命，这个诰命，也应是给居住在合肥的童氏夫人的。大明亡后，童氏夫人独自居住在合肥，不肯进京，人道是气节远胜乃夫龚鼎孳。

龚鼎孳握住顾眉的双手。这些年来，几乎每天都要紧握这双手，从不厌倦。

“她不会要的。”龚鼎孳道，“如果她要，那么，我就为你再挣一个。我要让天下人都知道，我，合肥龚鼎孳，最爱的女人是谁。”

顾眉道：“别人要笑话的……”

龚鼎孳便笑：“我连骂都不怕，还怕笑话？更何况，那些笑话人的人，或许，才是笑话。”

随着时间的推移，局势渐渐稳定了下来。到这个时候，谁都知道，大清取代大明已成定局。而南京的弘光朝堂之上，依旧是乌烟瘴气，钩心斗角。

不过，这一切都已与龚鼎孳无关。

龚鼎孳只想能够拥有安安宁宁的生活，与顾眉一起，度过这一生。

“我要为你生个孩子。”顾眉这样说道。

十一

乍雨又微晴。山外山青。屏风六曲护银灯。供奉笔床香一瓣，雪净花明。

坐对古先生。病里人情。芳磁碧乳胜金茎。小艇春莺谁度曲，添注风情。

——龚鼎孳《浪淘沙·湖楼晚坐，用陈眉公山中夏夜韵》

转眼已是康熙年。龚鼎孳官场浮沉，历任左都御史、刑部尚书、兵部尚书、礼部尚书等，顾眉也得到了一品诰命的封荫。这在旁人看来，根本就是不可能的事，但龚鼎孳做到了。

一个曾经的娼妓，竟获得朝廷的封荫，而且还是一品诰命。不用说，这在官场与士林之中，又引发了一场轩然大波。

“龚合肥？”有人冷笑，“就是那个闯来降闯、清来降清的奸贼？”

“还是那个父死奔丧犹自饮酒作乐的逆贼！”又有人补充道。

“更是那个弃妻子不顾而终日与小妾寻欢的藐视人伦的逆贼！还礼部尚书？我呸！”

……

这些流言，自然有的传入龚鼎孳之耳，有的没有。毕竟，龚鼎孳现在还是朝廷重臣，背后议论倒也罢了，当面指责的，却也没几个人有那样的胆量。至于这些年来，龚鼎孳救助过多少文人学士，“穷交则倾囊以恤之，知己则出气力以授之”，自然是很容易被人忽略的。大约除当事人之外，是没人在意的。又或者说，任何一个人，总有人亲近，有人嫉恨。这原本就是很寻常的事。

合肥。稻香楼。龚鼎孳从浙江仙居知县退归后所建。此处登楼凭眺，风光绝胜，四方名流，纷纷来此，饮酒作乐，发思古之幽情。不知怎的，便有人说起龚鼎孳来。

"想当日，闯贼攻入北京，那龚芝麓怀抱小妾，躲入井中，"有人饶有兴致地说道，"他道他是陈后主呢……"当隋军攻破金陵，陈后主与张丽华躲入井中，早已是文人学士们耳熟能详的典故了。

"不是说龚大人投井殉国而未死的吗？我听说，龚大人原本投井殉国来着，只是井是枯井，未死得成，遂为闯贼所获，不得已降了闯贼。"

"笑话！要死还不容易？投井不成，上吊总可以了吧？崇祯皇帝……算了，不说了。"

"年兄说得是。我还听说，曾有人质问龚芝麓，当闯贼进京，如何不死？你道那龚合肥怎生说的？却道是：'我原欲死，奈小妾不肯耳。'呵呵。如此无耻之人，如今，竟也成了朝廷重臣。"

"'生平以横波为性命，其不死委之小妾'，龚芝麓也端的是无耻了。否则，何以为礼部尚书？呵呵。"

"顾横波出身金陵娼寮，与龚芝麓倒也般配。"

"哈哈。哈哈哈。"省悟过来的人俱放声大笑。

"龚芝麓童氏夫人倒是大节无亏，本朝定鼎，便不肯进京。听说，朝廷的这一次一品诰命，原是给童氏夫人的，童氏夫人不肯受，才给了那个金陵老妓。"

"金陵老妓也得朝廷诰命，真真是斯文丧尽，斯文丧尽呐。"

"不过，我听说，那横波夫人这些年来四处求子而不得，岂非是天道循环，报应不爽？到头来，竟以竹木刻成一孩童，终日抱在怀中……疯了，果真是疯了。"

"唉。这龚芝麓，这龚芝麓……诸位，少说几句吧，龚芝麓终究是我等乡党……"

"吾以此为耻。"

"年兄说得是……"

……

浑没人在意到，在临窗的一桌旁，正有一男一女，悠悠地喝着茶。起初，他们还只是微笑着听，渐渐地，脸色就有些发白，发青，到最后，那女子脸色铁青，坐着也摇摇欲坠，险些摔倒。

那男子一伸手，抓住那女子的手，柔柔地、柔柔地瞧着她。

"孝升……"那女子哀哀地道，"对不起，对不起，我……我没能给你生个孩子……”

那男子柔声道：“我在乎的是你。”

“我知道，我知道……”那女子泪眼盈盈，“我知道你对我的好……”

那男子道：“今生，只要我们能在一起度过，其他的，又何必管？”

那女子幽幽道：“我……我真的想为你生个孩子啊！生个我们的孩子……”

十二

几般离索。只有今番恶。塞柳凄，宫槐落。月明芳草路，人去真珠阁。问何日，衣香钗影同绡幕。

曾寻寒食约。每共花前酌。事已休，情如昨。半船红烛冷，一棹青山泊。凭任取，长安裘马争轻薄。

——顾眉《千秋岁·送远山李夫人南归》

四十岁的时候，顾眉生了个女儿，只可惜，很快就夭折了。此后，再也没能生育。

康熙三年(1664)，顾眉病逝。时年四十五岁。

昔日姊妹，柳如是欲嫁陈子龙而不得终归钱谦益；董小宛委身冒襄为妾，二十七岁早逝；卞玉京苦等吴梅村而终是孤独到老；李香君嫁侯方域而终被赶出家门；马湘兰苦等王稚登三十年；寇白门一生所遇尽为无情者；陈圆圆繁华落尽，辞宫入道，“布衣蔬食，礼佛以毕此生”……

“易求无价宝，难得有情人。”顾眉默默地想着，默默地瞧着这个守候在她床头的男子，喃喃道：“我真不想死啊……我……我真的好想好想为你生个孩子……”

顾眉凄然一笑。

活着，多好啊！只有活着，才能拥有说好的幸福。

这正是：最是人间留不住。朱颜辞镜花辞树。

康熙十二年(1673)，龚鼎孳去世。时年五十八岁。

对于龚鼎孳来说，这九年的生涯，该是一种怎样的孤独啊！

恨人自有伤心事，生怕欢娱。红泪芳濡。下得闲情唤绿珠。
青团扇子谁抛却，争看罗敷。花里人孤。好梦回头[illegible]味无。

——龚鼎孳《罗敷媚·无题》

陈维崧

了尔一生花烛事，宛转妇随夫唱

满江红

湖海何年，浑不识，元龙滋味。都讨了，残山剩水，哀歌无地。乞食还邀吴市酒，托身曾写梅花未。道君来，冠盖满京华，青衫渍。凭栏唱，凉蟾底。今古事，茫茫矣。看纷红易惹，乌衣门第。故国依然斜照外，虬髯顿坐沧桑里。更几番，重读稼轩词，春云细。

——李旭东

一

“先生，救我！”门一打开，十五岁的徐紫云就直挺挺地跪了下来，使得陈维崧一时之间不知所措。

这里是如皋水绘园。陈维崧到水绘园才两天。

“你……”，陈维崧实在是不明白这少年的来意。这少年长得很清秀，大有女郎相，是水绘园冒家班的歌郎。问题是，这与陈维崧可毫不相干。准确地说，陈维崧与这少年也就见过一面而已。只见过一面，就深夜来找，而且，还是见面就跪呼“救我”，这使得陈维崧心中怎么着都觉得古怪。

“先生……”徐紫云面露哀戚，一双眼水汪汪地瞧着陈维崧，使得陈维崧原想拒绝的话，一下子竟没能说出。陈维崧忽地觉得，这少年的眼神，依旧使人不敢直视。他微微地将眼神滑过一旁，身子又一侧，鬼使神差地道：“你先进来再说。”想了想，又道：“在外面，被人看见了可不好。”

正是深夜，枯竹有影萧萧。天空寒月，有影摇漾水中，随着微风拂过水面，化作点点粼光。

二

这是顺治十五年（1658）的寒冬，陈维崧辗转流离，刚刚到水绘园。

顺治十三年（1656），随着陈贞慧的去世，陈家迅速地陷入生计维艰、灾难紧逼的绝境。顺治十四年（1657），十四岁的幼弟陈宗石入赘侯方域家。八月，陈维崧漂泊到南京，与冒襄、龚鼎孳相见。顺治十五年（1658）秋路过太仓，拜见吴伟业。冬，至如皋。

有谁试过这种颠沛流离、漂泊四方、以诗买名的生活？每到一地，都要感慨赋诗，以谋得那些诗人名士的一笑，从而能得一食一宿，不至于使自己饿毙街头。

也许，这就是生活吧。人，无论在什么样的困境下，总得活下去。

陈维崧与冒襄的初次相见已是十多年前的事。

那是在前明的崇祯十二年(1639)。那一年,十五岁的陈维崧随父亲到了南京,先后拜见侯方域、冒襄与方以智,并开始随陈子龙学诗。

一转眼,十几年过去了,世易时移,前明也变成了大清。无论愿不愿意,这已是无法改变的事。在这样的改朝换代之中,有人以身殉国,像陈子龙,像夏允彝、夏完淳父子,像张煌言;有人选择遁世以待时机,像王夫之、顾炎武;有人则选择投身新朝,像钱谦益、龚鼎孳、吴伟业。无论什么样的选择,每一个人都会很清楚,个人的力量在这样的时代大变革中,可谓是微不足道。

就像精卫。

无论精卫拥有怎样的猛志、胸怀,终无法填满沧海。

或许,这就是时代的悲哀吧。

如皋。水绘园。

当陈维崧叩门而入的时候,正值冬天,逼近岁末。冒襄亲自迎了出来,大笑着,牵着他的手,将他带入寒碧堂中。这使得寓居在水绘园中的其他名士很是惊讶。

"陈维崧,字其年,"冒襄笑道,"陈定生的长子。"

有人醒悟过来,道:"去年,令泖水先生掷笔之陈其年乎?"

冒襄大笑道:"正是此子。"

群公邀饮过新亭,又见秋淮夹道青。万里关河惟夜月,十年朋辈半晨星。帛书山外羁臣雁,纨扇宫前汉妾萤。自是金波如客泪,天涯何处不飘零。

南朝宫殿对前溪,历历银河鸡鹊低。自昔青山推虎踞,至今白下有乌啼。纵横磊落周公瑾,文采风流王简棲。今古可怜人物异,清辉濯濯秣陵西。

惊秋一雁下江东,皓魄参差极望中。影落龙庭晴苜蓿,光临凤阙冷梧桐。何人不识秦明月,有客能歌大国风。百尺临春遮不住,独留寒彩散长空。

词客追陪庾亮楼,清光瑟瑟不胜愁。天边瑶树千门月,坐上金箫六代秋。宴罢重论飞盖事,曲终疑作弄珠游。桂宫高处休回首,

多恐征人泣海头。

——陈维崧《青溪中秋社集,同龚芝麓、许菊溪、王于一、杜于皇、苍略、纪伯紫、余澹心、冒巢民、唐祖命、梅杓司、邓孝威、丁汉公赋四首》

陈维崧团团一揖道:“见过诸公。”

冒襄一向好客,不过,如果只是寻常人的话,只怕做不了水绘园之客。相见之后,冒襄便吩咐人大摆筵席,为陈维崧接风洗尘。

“世叔?”陈维崧神情有些不安。

冒襄笑道:“你父与我何等交情?你这番到水绘园来,便像是回到自己家中一样。若再聒噪,便是不认我这个世叔了。”

陈维崧原是豪爽之人,听得冒襄如此一说,便也一笑,不再矫情。蓦回头时,正见立于屏风之侧的一个少年,面目清秀,嘴角含笑,两只眼睛更似会说话一般,黑亮的眸子活泼泼地瞧着他。这目光,使得陈维崧不由自主地胸口一撞,将视线轻轻地滑过一边。

他感觉到自己好像不敢碰触那少年的目光似的。

那少年的目光,分明似水,而不是火。

“先生从哪儿来?”那少年抿着嘴,轻声问道。

“太……太仓。”陈维崧回答。他方才说完,心头忽地一愣。这立于屏风之侧的少年,分明是歌郎的打扮……

冒家班的歌郎,说到底,也是奴仆的身份。可那少年,怎么一点也不见奴仆的卑怯?

阿云年十五,娟好立屏际。笑问客何方,横波漾清丽。

——陈维崧《将发如皋留别冒巢民先生》

三

陈维崧将徐紫云让进屋子,又小心地左右瞧了瞧,没发现人,方才将门掩上。他也知道,正是冬日,又这么晚,外面应该没什么人的。便是他自己,也是因为刚刚到水绘园,诸事不熟,或者说是有些不习惯,所以,才挑灯夜读,等读到倦了,便容易熟睡。

却不料有人轻轻敲门,打破了这夜的宁静。

“先生。”徐紫云又直挺挺地跪了下来。

“你……你先坐下来说话。”陈维崧忙要将他扶起,却不料,使尽了力，也没能将这少年扶起来。这少年好大的气力。陈维崧心下有些惊讶：从这少年的面相来看，分明应该是旦角；没料到一个旦角也有这样的气力。

徐紫云道："先生不答应救我，我便不起来。"

陈维崧又扶了两扶，徐紫云依旧是纹丝不动，只好直起身来，苦笑道："你……"虽说见过一面，也讲过几句话，可陈维崧到底还不知这少年叫什么名字。

"我叫徐紫云，"徐紫云道，"先生叫我'阿云'好了。"

陈维崧沉吟一下，道："那好，我便叫你'阿云'。阿云，你到底什么事来找我救你？"陈维崧心下不解，同时，也有些忐忑。虽说父亲与冒襄是旧友，所谓"四公子"的名头，在当今士林很是响亮；可毕竟父亲已经去世，宜兴陈家已经败落，陈家兄弟飘零，而他自己，如今虽说是冒襄书招而来，却毕竟是寄人篱下。寄人篱下要有寄人篱下的自觉，如果事情牵涉到冒家，陈维崧想，他又如何去救眼前这少年？

这少年是冒家班的歌郎，竟然跑来找一个只见过一面的寄人篱下的人求救，陈维崧总觉得这事情显得有些诡异。

徐紫云道："先生先答应救我就是。"说着说，两眼便紧盯着陈维崧。只不过，那似水的瞳仁中，显出无限的幽怨与无奈。这眼神，使得陈维崧实在无法直视。从见第一面开始，这少年的眼神，便使得陈维崧无法直视。

所不同的是，今夜的眼神，所多出来的幽怨与无奈，使得陈维崧的心一下子就变得柔软起来。

陈维崧其实也想拒绝，甚至想着带这少年去见世叔冒襄。可一碰触到这少年的眼神，那些个念头就烟消云散了。

瞧着这依旧跪着的少年，陈维崧很是无奈，道："阿云，我不知道该怎样才能救你啊，又如何答应？"

徐紫云道："明日，先生向老爷提出由我来服侍您就是。"

陈维崧愣了一下，道："就这？"心道：这虽说可能也会遇到些麻烦，不过，倒也算不得什么难事。宜兴陈家，原也是豪门，有客人长住的话，也都会派一两个奴仆贴身服侍。徐紫云说到底也是冒家的奴仆，唱戏之余，不可能什么活儿都不干的。陈维崧想，只要他肯觍着脸去求冒襄，冒襄应该不会拒绝。只是，他有些想不明白，这如何算是"救"这少年？

徐紫云点头道："老爷很看重先生，只要先生开口，老爷必定不会拒绝。"

陈维崧叹了口气，道："明日，我试一试吧。"

徐紫云喜道："这么说，先生是答应了？"

陈维崧道："成不成的，我可不知。"

徐紫云道："老爷肯定会答应的。"

陈维崧道："那你现在可以起来了吧？"

徐紫云道："谢先生"！说着话，慢慢地站起身来。

陈维崧有些好奇地道："阿云，你能够告诉我，到底发生了什么事，你叫我来救你？"

徐紫云神情一黯，道："先生，能不能不要问？"那哀哀的眼神，使得陈维崧的心不由得又是一软。

"好吧，我不问就是。"陈维崧道，"我明日向世叔索你来服侍我就是。"陈维崧这样说着，心里一叹。他自己也有些不明白，自己何以会这样稀里糊涂地就答应了这少年的请求。

他只觉得自己无法拒绝这少年啊！

"谢先生！"徐紫云再次表示感谢。

"那今晚……"陈维崧迟疑一下，道。他自然是想说，我已经答应了你，那么，现在你可以走了吧？老实说，有一个陌生人在屋子里，陈维崧总觉有些不习惯。

即使这陌生人也不算怎么陌生，也曾见过一面，而且，如果顺利的话，将会在今后的日子里贴身服侍他。

这陌生人面目还很清秀，足可谓是美少年。

徐紫云嫣然一笑，道："先生，我服侍您歇息。"说着，就要上前来替陈维崧脱衣服。

陈维崧脸色一红，忙就退后几步，道："不忙，不忙。……阿云，你今晚，你今晚不走？"其实，他本来是想说，"阿云，你还是回自己屋歇息去吧"，可结果居然就说成这样。或许，在内心里他不愿徐紫云离开，可分明与陌生人相处，是使人很不习惯、很不自在的。

徐紫云幽幽道："先生，我睡碧纱橱就好了。"说着话，就先将陈维崧的床铺好，然后，从柜橱中又取出一套被褥，在碧纱橱中铺好。徐紫云做这些似行云流水一般，油灯的灯光掩映之下，更显得娉婷婀娜。恍惚之间，这哪里是美少年，分明是一个年轻曼丽的小女子。

蝉鬓隔花阴。香肌压翠衾。风前一笑掷千金。记得那时明月底，刚半线，露丹襟。

银钥杳沉沉。朱楼阻信音。流莺啼破绿窗深。清泪未弹红泪滴，流不了，到如今。

——陈维崧《唐多令·春愁》

四

陈维崧是被一阵吵闹声给吵醒的。他有些不明所以，不过，还是急急忙忙地穿好衣裳，想出去看个究竟。陈维崧倒也不是好奇，而是这吵闹声就在门外，而且，仔细听时，仿佛是一个人在骂另一个人，骂得痛快淋漓。那被骂的，只是偶尔辩解几句。

是徐紫云。

从声音中，陈维崧能够听得出来，那被骂的，是徐紫云。

陈维崧微一皱眉，出门看时，那正骂人的，是一个四十来岁的中年人，面目有些沧桑，头发也有些花白，一条辫子垂在身后，随着身子的抖动，那辫子也在轻轻摇晃。那汉子眼神虽说有些昏暗，可偶尔翻起，却显得锐利，仿佛是待磨之剑一般。

“阿云，”陈维崧问道，“怎么回事？”

徐紫云忙就站到陈维崧身后，小声道：“先生，这是我师傅陈九。”

那叫陈九的中年人上下打量着陈维崧，仿佛不认识似的，半晌，道：“陈维崧？”这直呼其名，很显然，是很不礼貌了。陈九是徐紫云的师傅，那么，说白了，也就一唱戏的，是冒家班的；而陈维崧，即便是因为家道中落，不复论身份高贵的问题，至少也是冒襄亲自请来的水绘园的客人，这一奴仆身份之人，又如何能直呼陈维崧之名？又如何敢？

不过，陈维崧神情不变，而是一抱拳，道：“见过陈九师傅。”

陈九点点头，冷笑道：“阿云昨晚便是歇在你这儿？”

陈维崧不动声色，道：“不错。”他自然早就看出，这陈九似乎对徐紫云很不满意的样子。

陈九忽道：“我能不能进去看看？”说罢，也不管陈维崧答不答应，便直闯了进去。陈维崧有心想拦，见他一副怒气冲冲的样子，脚步竟是一顿。徐紫云苦笑道：“对不起，先生，他先就想进去，我

想着先生还在睡，就拦住了。”陈维崧淡淡地道：“不关你事。”他也没有问陈九何以要直往他屋子里闯。

“我们进去看看。”陈维崧说道。虽说屋子里其实也没什么，也就几件随身衣物，十几本日常所读之书而已，至于银两，早就所剩无几。若不是早没了花费，陈维崧是否会到水绘园来也未可知。

人，总得生存；而要生存，就必须要有银两。诗人终究是俗物。有时候，陈维崧也不无悲哀地这样想。

陈维崧与徐紫云刚刚进门，便听得陈九一声尖叫：“陈维崧，你们昨晚怎么睡的？”

陈维崧又一皱眉，便见得陈九那张狰狞的脸。陈九紧瞪着陈维崧，仿佛随时都会扑过来似的。

陈维崧没有做声。他瞧了瞧自己的床铺，被褥还乱着，刚刚起身之后，还没有来得及整理；转头便见碧纱橱中，空空的，什么也没有，想来被褥已被徐紫云收起来，重新放入柜橱中了吧。

陈维崧何等聪明之人？听得陈九如此质问，又打量了一下屋子，很快就明白了陈九龌龊的心思。这使得陈维崧有些生气。不过，生气归生气，却也明白，他无法解释。有些事，真的是怎么也无法解释的。

“陈维崧！”陈九见陈维崧不做声，越发恼怒，两只眼睛竟像是要喷出火来似的。

徐紫云忙道：“师傅，昨晚我睡碧纱橱的。”

陈九冷笑一声：“恐怕你们是颠鸾倒凤吧？”说着话，眼神阴鸷，直瞧着陈维崧。

徐紫云涨红了脸，道：“师傅，你、你……”

陈九道：“怎么？被我说中了？”他依旧紧盯着陈维崧，那眼神，便似毒蛇。

陈维崧叹息一声。老实说，对陈九这眼神的变化，陈维崧真的很是佩服。都说眼神是一个戏子的基本功，对陈九来说，这眼神的变化，可谓是炉火纯青了。

“陈师傅，”陈维崧淡淡地道，“阿云睡在哪里，却与你何干？”

陈九愤怒之极，尖声道：“阿云是冒家班的歌郎，阿云是我徒弟，阿云……”

陈维崧依旧是神情淡淡，道：“那又如何？与你何干？”

“与我……”陈九愣了一下，竟一下子说不下去，不由得恼怒

道,“怎么不与我相干?我是他师傅!他是我徒弟!”

陈维崧日丽风清般地微微一笑,道:“即便你是阿云的师傅,阿云做什么,也轮不到陈师傅你来管吧?”

陈九大怒,紧握着拳头,有心冲上去跟陈维崧打上一架,却到底还是没敢。一则是他明白,徐紫云的武艺已不在他之下,气力则更胜他一筹;二则是陈维崧到底是水绘园的客人,而他陈九,说到底也只是冒家的奴仆,这样的身份,如果他动手的话,只怕家主冒襄不会放过他。

家主冒襄,一向爱交朋友,对来水绘园的客人都是倾心相待。

“你们……你们……”陈九气得说不出话来。

陈维崧笑道:“我们如何?”

“好,你们等着,”陈九道,“我、我告诉老爷去。”想了想,又威胁道:“陈维崧,我告诉你,阿云是老爷最喜爱的歌郎!你将阿云睡了,你以为老爷会怎么想?”说着,冷笑一声,便往外去了。

待陈九出门,徐紫云忽地又跪了下来,低着头,小声道:“对不起,先生。”

陈维崧默然无语。

他要是到现在还不明白徐紫云的“救我”是什么意思,那就真的是傻了。只是,事已至此,他还能有什么选择?

实话实说,其实他与徐紫云之间,什么事也没有。且不论徐紫云那哀哀的眼神无论是不是演戏都使他无法无动于衷,即便真的实话实说,别人会相信?世叔冒襄会相信?

陈维崧忽地就笑了起来,道:“阿云,我们走。”

“先生?”

“我这就去找世叔,求世叔让你来服侍我。”陈维崧悠悠道。至于冒襄是不是答应,此刻,陈维崧并没有放在心上。但他相信,冒襄会答应的。

因为他是陈维崧。

陈髯,陈维崧。

一个是满脸络腮胡子的陈维崧,一个是面目清秀姣好的美少年徐紫云,这两人要是在一起的话,会发生多少美好的故事?

一如年轻时的冒襄与董小宛。

不,应该比年轻时的冒襄与董小宛的故事更引人注目吧。

站起身垂着头的徐紫云,没有在意到陈维崧的嘴角浮出一丝

玩世不恭的笑来。

日夕此间，以眼泪、洗胭脂面。谁复惜，松螺脚短，不堪君荐。几帙骂人鹦鹉著，半床诅世芙蓉撰。笑嵚崎侠骨缚青衫，奚其便。

曷不向，青河战；曷不向，青楼宴。问何为潦倒，青藜笔砚。老大怕逢裘马辈，癫狂合入烟花院。暂从今傅粉上须眉，簪歌钏。

——陈维崧《满江红·怅怅词》

五

陈维崧没走多远，便见得冒青若施施然而来，脸上满是古怪的笑意。

“其年兄。”远远地瞧见陈维崧，冒青若忍不住便高声叫道。

“二公子。”陈维崧忙拱手见礼。与冒襄的二位公子，昨日已经相识。从陈贞慧与冒襄论起，两家也算是通家之好，所以，陈维崧与冒襄的两位公子，也可算是兄弟行了。昨日，冒襄便道：“汝二人若学诗的话，要多向其年请教。”又道：“其年诗才，我不如也。”冒襄捋须而道，眼角眉梢全是笑意。

冒青若快走几步，已到眼前：“恭喜，恭喜，恭喜其年兄。”

这使得陈维崧一愣，道：“喜从何来？”

冒青若笑道：“其年兄，这才来了两日，便得阿云倾心，这还不值得恭喜？”

陈维崧心下一沉，暗道：“这么快冒青若就知道了，想来是那陈九一出门就宣扬出去了。”不过，这应也是在陈维崧意料之中，所以，他的脸色倒也没什么改变。

“呵呵！”陈维崧干笑两声，道，“我正要去与世叔说这件事。二公子，不知世叔现在在哪里？”

冒青若笑道：“我父亲正在波烟玉呢。”

“波烟玉？”陈维崧自然是想起李长吉的那首诗来。

月漉漉，波烟玉，莎青桂花繁，芙蓉别江木。粉态袷罗寒，雁羽铺烟湿。谁能看石帆？乘船镜中入。秋白鲜红死，水香莲子齐。挽菱隔歌袖，绿刺罥银泥。

——李贺《月漉漉篇》

陈维崧刚到水绘园不久，自然不知道波烟玉亭是冒襄因董小宛而建。董小宛生前爱诵此诗，回环往复，“日月之精神气韵光景，尽于斯也”。董小宛去世之后，冒襄几乎每个清晨都会到波烟玉亭，默默吟诵此诗数遍。波烟玉亭还在，斯人已不可寻。人世间的事大抵如是。

冒青若轻声道：“波烟玉是父亲为董姨娘建的亭子。”

陈维崧“哦”了一声，也不再询问。他自然明白，冒襄对董小宛是什么样的感情。董小宛已去世经年。

冒青若笑道：“不过，其年兄，这件事，你最好不要先去找我父亲……”

陈维崧心念一动，瞧着冒青若，等待他继续说下去。

冒青若道：“你先去找我祖母。若我祖母答应了，我父亲肯定也会答应的。”

陈维崧若有所思，忽道：“陈九对世叔说了些什么？”

冒青若笑道：“无非是说其年兄强上了阿云。”说着，就贼兮兮地瞧着陈维崧，饶是陈维崧早做好准备，一张长满络腮胡子的脸上也被瞧得晕红。他略有些恼怒地瞪了冒青若一眼：“二公子！”冒青若哈哈一笑：“父亲将那陈九斥退了。不过，我也看得出来，父亲对其年兄似乎也有些不满呢。”陈维崧苦笑一下，心道：“一个故人之子，刚到水绘园，就勾搭上冒家班的歌郎，这怎么说都是有些不像话的。冒襄有些生气，应也在意料之中。”

两人正说话间，忽就听得不远处有脚步声响起，掉头看时，却见两个奴仆正匆匆往这边走来。

冒青若眉头一皱，道：“你们要到哪儿去？”

那两个奴仆对望一眼，道：“二公子，老爷吩咐，去捉拿阿云。”

冒青若一愣，脱口道：“捉拿阿云做什么？”

那两个奴仆瞧了陈维崧一眼，道：“老爷吩咐，捉拿阿云，痛责一百板。”

“什么？”冒青若失声道，“一百板？一百板岂不是要打死人了？”

“老爷吩咐，小的们只是遵命行事。”那两个奴仆道。

陈维崧脸上通红。他怎么也没想到，那陈九去告上一状，冒襄竟有如此大的反应。想来，这也应是陈九意料之中的吧。

“你们先别去拿阿云。”冒青若当机立断。

“二公子……”

“有什么事，我担着。”冒青若道。

那两个奴仆对望一眼，苦着脸道：“我们也不能耽搁太久啊，二公子，不然，老爷责怪下来，要挨打的只怕是我们哥俩了。”

冒青若点点头，转头道：“其年兄，我们这就去找我祖母。”

陈维崧苦笑一下，心道：我现在还有选择么？现在去找冒襄，肯定是不明智的。那么，整个水绘园中，能够制止冒襄的，只有马恭人了。

马恭人白发如银。

当冒青若带着陈维崧去见马恭人的时候，马恭人正在两个小丫鬟的服侍下喝着银耳羹。

“奶奶。”

“太夫人。”

马恭人便一指陈维崧，道：“这位是——”

冒青若笑道：“奶奶，这位便是您曾念叨的陈维崧陈其年啊。”

“哦，哦，陈贞慧的大儿子，陈其年。”马恭人笑了起来，道，“其年，老身读过你的几首诗，不错，不错。要让老身来说呢，不但胜过巢民，比乃父也要强多了。”

陈维崧忙道：“太夫人过奖了，其年愧不敢当。巢民世叔的诗其年是万万不能及的。”

马恭人呵呵呵地笑了起来，道：“其年这么说，是觉着老身的眼光错了？”

陈维崧忙又道：“其年不敢。其年……”陈维崧一下子觉得有些张口结舌的感觉。被这老太太七缠八绕的，好像到现在怎么回答都是错。要是说老太太眼光没错，那就是说冒襄的诗真的不如自己，那就得罪了世叔；要说冒襄的诗胜过自己，那就等于是说老太太眼光错了。反正无论怎么说，都会得罪马恭人母子中的一个。

见陈维崧一副窘态，马恭人越发开心，悠悠道：“老身虽说写诗写得不能见人，读诗还是能够读出好坏的。呵呵。我们冒家，诗书传家，可不比你们陈家差。”

陈维崧忙道：“太夫人说得是。”跟这老太太说话，陈维崧的额头竟冒出些许汗来。

“青若，”马恭人笑罢，也不再逗陈维崧，转头问冒青若道，“这么一大早来奶奶这儿，有什么事吗？”

马恭人人老成精，她自然明白，这两人肯定不会无缘无故一大早就到她这儿来。

冒青若笑着就把事情说了一遍。虽说说得简单，却说得很是清楚。这一说完，马恭人身后的那两个丫鬟俱都吃吃地偷笑起来，一边笑，一边瞧着陈维崧，眼神异样。马恭人也是惊奇地瞧着陈维崧，半晌说不出话来。虽说自古都有好男风者，可好男风到这地步的，还是使马恭人很是惊奇。

陈维崧一咬牙，扑通跪倒，道：“太夫人，还望太夫人垂怜。”

马恭人笑道：“其年，你这是为难我这个老太婆啊。”

陈维崧道：“也只有太夫人才能救下阿云了。其年恳请太夫人做主。”一边说着，一边头就磕到了地上，发出“砰”的一声响。

马恭人沉吟不语。冒青若忽地附耳，轻轻地说了几句，马恭人瞪大了眼，道：“真的？”

冒青若含笑道：“真的，奶奶。”

马恭人就笑了起来，道：“巢民这个倒真促狭了。”

陈维崧正俯身在地，根本就没看到马恭人与冒青若祖孙俩鬼鬼祟祟的样子。

“青若，”马恭人咳嗽两声，道，“你去叫你父亲过来一趟。”

冒青若答应一声，道：“孙儿这就去。”说着，便急急地走了。

陈维崧听在耳朵里，心头一喜，便道：“其年多谢老夫人！”

马恭人笑道：“你先别急着谢我，其年，事情成不成，还得看巢民。巢民才是冒家的家主，老身只是一个吃闲饭的。”

陈维崧忙道：“太夫人德高望重，才是冒家的定海神针。”

马恭人大笑道：“瞧瞧你这张嘴，其年，还真能说呢。——你先起来吧。”

陈维崧依旧长跪，道：“其年不敢。”

马恭人悠悠道：“那你就跪着吧。”这老太太，瞧着陈维崧，有些诡异地笑着。

其实，陈维崧早就跪得膝盖都痛了。只是，他不敢起来。他只怕自己一起身就前功尽弃。既然已经做戏，那就要将戏做足。陈维崧心中暗自想道：既然冒家三代都已经认定自己与徐紫云的私情，那么，就将这私情化作一段风流韵事吧。

冒襄自身便是这样的风流才人，想来也应是乐意看到、乐意成

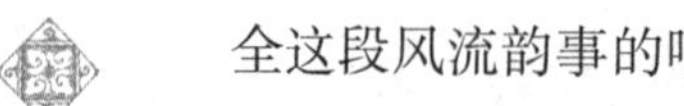

全这段风流韵事的吧。

不大会儿，冒襄随着冒青若匆匆赶来。

“其年？”见陈维崧长跪在地上，冒襄仿佛很惊讶。

陈维崧苦笑一下，道：“见过世叔。”

“这怎么说的？”冒襄忙道，“快起来，快起来，青若，还不将你其年大哥扶起来？”

陈维崧再次俯身在地，头磕得砰砰响：“还望世叔成全。”

冒襄脸色微变，沉吟不语。马恭人笑道：“巢民，这也不是什么大不了的事情，我看呢，你就将阿云给其年得了。”

“母亲。”冒襄苦笑着，却没有应允。

不知道什么时候，那陈九竟也悄悄地出现，听得马恭人如此帮着陈维崧说话，不由得脸色铁青，道：“太夫人，阿云还在学艺，这已经破了身子，只怕对他很有影响。”

马恭人冷笑道：“影响？什么影响？不就一个唱戏的？大不了，让他不要唱了。我们冒家，还少一个唱戏的？”

陈九道：“太夫人有所不知，阿云极有天分，将来会是第一等的名伶。现在，已经破了身子，要是……要是……”他恶狠狠地瞪着陈维崧，道：“那就毁了阿云了。”

“行了，行了，终不过就一唱戏的，聒噪个什么？”马恭人生气地道。

“太夫人……”陈九兀自不死心。

“大胆！”马恭人怒道，“终不过是我冒家的奴才，怎么，要反了天了？”

“小的不敢。”陈九不敢再多说什么，只是，依旧恶狠狠地瞪着陈维崧。他知道，这一切的罪魁祸首就是陈维崧。

“巢民，”马恭人冷笑一声，道，“怎么？你也要违拗为娘么？”

“儿子不敢。”冒襄忙道，“不过，国有国法，家有家规，儿子也不好就这样算了。”

陈九大喜，道：“老爷说得是。老爷，这陈维崧也该打……”

冒襄冷冷地瞧了他一眼，道：“阿云是我冒家的奴才，其年却不是。”冒襄话是这样说着，瞧着陈维崧的眼神却有些阴冷。“其年，”冒襄道，“你父与我，也算得上是莫逆之交，我也将你看作自家子侄一般，你如何能够做得出这等事来？”

陈维崧一身冷汗，只是长跪不语。

“好了，好了，”马恭人仿佛不悦地道，“当年，你将小宛带回家来，老身却也没有责怪于你。”

冒襄忙道：“这不同……”

马恭人冷冷道：“有什么不同？”老太太原本还有些昏暗的眼神竟突地有些锐利起来，她虽然没有继续说下去，可在场的几位好像也没有谁听不懂。董小宛是秦淮名妓，徐紫云是冒家歌郎，说到底，他们的身份是一样。老太太的言下之意，自然就是，当年老身能接纳董小宛嫁入冒家，那么，如今，你怎么就不能成全阿云与其年？

冒襄不觉也一身冷汗，狠狠地瞪了冒青若一眼。他分明吩咐儿子和母亲说好，来演一场戏的嘛，怎么母亲现在一点面子不给，竟有些刻薄起来？不过，转念一想，董小宛嫁入冒家、住进水绘园以来，母亲对妻子还真的没有瞧不起，相反，还都很喜欢那聪慧而命运乖舛的女子。只可惜，小宛福寿不永，前些年，一病不起，竟去世了，给冒襄空留下一些香腻而悲伤的记忆。

冒襄深深明白，爱上一个人是什么滋味，也深深明白，失去至爱之人又是什么滋味。

冒襄叹了口气，苦笑道：“其年，你现在有什么打算？”

“老爷！”听冒襄口气有些松动，陈九心头一紧，忙就叫了一声。

冒襄冷冷道：“住嘴。”

陈九心头冒火，不过，却也不敢再做声，只是瞪着陈维崧，阴阴的，也不知道在想些什么。

陈维崧道：“恳请世叔免了阿云的板子，并且让阿云来服侍其年。”

冒襄就笑了起来，道：“其年啊，你说，我为什么要答应你呢？”

陈维崧道：“世叔昨日说等安顿下来，要拨个人来服侍其年的。其年就选阿云吧。”

“我说过吗？”冒襄似笑非笑。

冒青若忙道：“父亲大人您说过的。”

冒襄瞪了儿子一眼，吓得冒青若一吐舌头，也只好退到一边，不敢再做声。

马恭人皱眉道：“好了，巢民，不说那些没用的话了，你将阿云拨给其年就是了。”

冒襄忙道："儿子遵命。不过，却也不能就这样罢了……"

陈维崧忙道："世叔的意思是……"

冒襄沉吟一下，道："将阿云拨给你使唤也行，免了他的板子也行，不过，其年，你得先答应了我一个条件。"

"世叔请讲。"陈维崧大喜道。

"很简单，"冒襄悠悠说道，"这几天，梅花开了，你写一百个梅花绝句来，我便成全了你又何妨？"

陈维崧愣了一愣，道："多少？"

"一百首。"冒襄笑吟吟地道，"一百首梅花绝句，应该难不倒其年你吧？"

陈维崧愣了半晌，一咬牙，道："行。"

"明天这个时候拿来我看。"冒襄慢吞吞地说道。

陈维崧又是一愣，小心地道："明天这个时候？"他脑门子上便冒出几条黑线来。一百首梅花绝句或许不难，可要在十二个时辰之内写一百首梅花绝句，那就不是一般的难了。即便不眠不休，算下来，就是要一刻钟写一首啊！也就是说，从现在开始，基本上就要不能有丝毫歇息，整个身心都要动起来，不能有丝毫耽搁，或许才能勉强做到。

陈九笑了起来。

陈九虽说不会写诗，却也是唱戏，对写诗多少也懂得一点。

要十二个时辰之内写一百个梅花绝句，便是太白重生也不容易啊！

马恭人忍不住道："巢民，这个，这个也太难为人了吧？"

"母亲大人，"冒襄笑道，"这个难为得了别人，却难为不了其年啊。再说，要是太简单，我又怎会将阿云给他？"

陈维崧忽地便站起身来，道："好！世叔，一言为定。"说罢，向马恭人施了一礼，飞也似地跑了。

望着陈维崧的背影，马恭人苦笑一下，道："巢民啊，要是赶明儿他写不到一百首，你又当如何？"

冒襄淡淡地道："那阿云自然是不会拨给他使唤的。至于那一百板子嘛，嗯——看他写了多少，就减掉多少，母亲大人你看如何？"

马恭人瞪了他一眼，道："这原是你的事，可与老身不相干。"说罢，便带着两个丫鬟进屋去了。

冒青若小声地道：“父亲，要是其年兄真的写不到一百首，你、你真的就这样？”

冒襄一瞪眼，道：“你也不信其年？”说罢，施施然负手而去。陈九紧随其后，面露得意。只剩下冒青若苦笑一下，又轻轻摇头，心道：“闻说陈其年才大，或许真的能够做得到吧。反正若换作我的话，定是心乱如麻，不要说一百首梅花绝句，便是一首也难啊！”

今朝秾春天气。袨服为佳耳。人在梅根冶，暗香疏影迢递。盏内红生，杯中绿泛，小吸宜城蚁。销魂死。

那人蛾绿，料应玉貌如此。难凭春驿，折寄一枝千里。横笛谁吹东风起。生怕，玉鳞飞著春水。

——陈维崧《隔浦莲近拍·饮小三吾亭前古梅下》

六

天蒙蒙亮，徐紫云睁开眼时，却见陈维崧伏在桌子上，已经睡着了。

昨晚，陈维崧只是坐在灯下，不停地挥笔写着。应该说，昨日，陈维崧从回来之后，就不停地在写，写啊写啊，仿佛就没个停歇的时候。便是午饭、晚饭，也只是吃了几个包子，吃的时候，都是一边吃一边在写。徐紫云好生奇怪，不过，也没有问。先生是读书人，而且，据说是诗人。那么，先生在不停地写，大约是诗兴大发、在写诗吧？

诗人自然是要写诗的，就像戏子自然是要唱戏的一样。

到昨夜，徐紫云原本也想陪着陈维崧的，可到底是少年郎，撑了一会儿，实在撑不住，便先去睡了。临睡前，却道：“先生有什么事的话，就叫我。”陈维崧一笑，手下依旧没停。

徐紫云一觉到天明。

每天天亮就醒，这是徐紫云多年的习惯了。准确说来，这习惯是被逼出来的。徐紫云记得，刚刚进戏班子的时候，每天都贪睡，每天都被板子给打醒。久而久之，只要天亮，必然会醒来。

事实上，很多时候，天还没亮，也会被板子给打醒。

名伶，都是被打出来的。这几乎是戏班子里公认的道理。

“先生？”徐紫云穿衣起身，在陈维崧的身后，小声地道，“先生上床睡去吧。”

陈维崧的床上，徐紫云昨晚就已将被褥铺好。

书案上，一叠诗稿，只是叠得有些乱。

陈维崧猛然警醒，直起身来，道：“什么时辰了？”

徐紫云往窗外看了看，道：“应该卯时了。”

“卯时，卯时，应该还早。”陈维崧打个哈欠，道。

徐紫云道：“那先生去睡会儿吧。”一边说着，一边就整理书案上的诗稿。“咏梅绝句。”徐紫云轻声念道。

陈维崧惊奇地道：“阿云，你认得字？”

徐紫云脸一红，道：“认得几个，不过，认得不多……”

陈维崧赞道：“不错，不错，认得不多没关系，以后，我来教你认字就是。”

“多谢先生。”徐紫云忙道。

陈维崧笑道：“你我之间，用不着这么客气了。”他站起身来，道：“我先去躺会儿，过半个时辰，你叫我起来。”想了想，又道：“千万，千万，不然会误了事。”

徐紫云自然不知陈维崧的所谓“会误了事”是什么意思，不过，听得陈维崧郑重其事地吩咐，自然是点头，道：“不会的，先生。”

半个时辰。陈维崧上床歇息的半个时辰里，徐紫云便去给陈维崧准备洗脸的热水与早餐。冬日的早晨，热水洗脸，然后，一碗热粥，实在是莫大的享受。

波烟玉。

冒襄一如既往地，坐在波烟玉亭中，静静地喝着茶。

他的双眼，无神地望着清澈的流水。正是冬日的凌晨，水虽未结冰，却一样是凛凛入骨之寒。

就像此刻的心。

病眼看花愁思深，幽窗独坐抚瑶琴。黄鹂亦似知人意，柳外时时弄好音。

——董小宛《绿窗偶成》

“小宛。”冒襄低低地叹息一声。远处，镜阁犹在，从镜阁之

中，仿佛犹有琴声悠悠传出。

董小宛留给他太多的记忆。而这些记忆，到头来也只一声叹息而已。

冒襄静静地坐着，直待杯中的茶水冷去。

冒青若轻轻地走近他身边，道："父亲，其年来了。"

"其年?"冒襄呵呵一笑，道，"你让他过来吧。"

冒青若应了一声，不大会儿，便将陈维崧带到了波烟玉亭里。

"世叔，"陈维崧面色含笑，略带得意，道，"幸不辱命。"说着，将手中的诗稿递给了冒襄。冒襄接过，随手放到亭子中间的石桌上。

"其年，"冒襄道，"你知道这个亭子的来历吗?"

陈维崧道："李长吉的诗句，'月漉漉，波烟玉，莎青桂花繁。芙蓉别江木，粉态夹罗寒。'其年读过。"

冒襄神情黯然，道："小宛生前，最喜吟诵长吉的这首波烟玉，故而我在此处建了这个波烟玉亭。"

陈维崧心头一凛，道："其年明白了。"

冒襄凄然一笑，站起身来，道："那边是镜阁，阁子里有个琴台，小宛生前便常在那里弹琴。每当她月下弹琴，复吟诵这首波烟玉时，便似神仙中人一般。"

"世叔……"陈维崧自然不知该如何对答冒襄的回忆。冒襄与董小宛的故事，他自然是明了的。只不过他不明白，冒襄何苦情深似此。说到底，董小宛也只是秦淮一妓而已。昨日，马恭人有些话，虽然没说，陈维崧也一样听得明白。

冒襄自嘲似的道："我知道，其年，无论是你，还是我母亲，其实都是瞧不起小宛的。小宛无非是秦淮河上的一个娼妓嘛，曾经人尽可夫，呵呵，嫁入我冒家，是她天大的福气，殊不知，这应是我冒襄天大的福气啊!"说到此处，冒襄两眼蓄泪，将头微微抬起，才使那混浊的眼泪不至于滚落。

"父亲!"

"世叔!"

冒襄一摆手，惨笑道："只可惜，我冒襄无福啊!"

陈维崧与冒青若面面相觑。

冒襄道："青若，我书房里有一册《影梅庵忆语》，你替我取来。"

冒青若答应一声，急急地去了，不大会儿，手里托着一册书，快步走进波烟玉亭。冒襄接过书，轻轻抚摸着书皮，半晌才道："这是我前些日子写的。其年，你先拿去看看。"说着话，便将手中的书册递给了陈维崧。

陈维崧接过，笑道："世叔的大作，其年必定拌读。"

冒襄摆摆手，两眼紧盯着陈维崧，道："其年，以你之大才，一百首梅花绝句根本不在话下，所以，你想让阿云去服侍你，我答应了。"

"多谢世叔。"陈维崧忙道。可说来奇怪，此刻的陈维崧，应该是大喜过望的，可事实上，听得冒襄答应之后，他的心头竟忽地有一种空空落落的感觉。

冒襄又自嘲似的笑道："在一般人看来，阿云只是一个戏子，我冒家班的一个歌郎而已，但是，其年，我希望你不要这样看。"冒襄眼神有些凌厉地瞧着陈维崧。

陈维崧凛然道："我不会的，世叔。"

冒襄点点头，淡淡地道："你读过我这一本《影梅庵忆语》，或许，就会明白我的意思了。"

陈维崧道："我会读的。"他心中好生奇怪，想："这一本《影梅庵忆语》，到底会写些什么呢？"

"去吧。"冒襄一挥手，道。待陈维崧徐徐退去，冒襄又吩咐道："青若，让陈九不要再闹事，否则，家法处置。"冒青若也答应了一声，去了。

这波烟玉亭中，便又只剩下冒襄孤零零的一个人。

冒襄忽地又无声落泪，将已经冰冷的茶端起，一口饮尽。

爱生于昵，昵则无所不饰。缘饰著爱，天下鲜有真可爱者矣。

——冒襄《影梅庵忆语》

作客天涯四载余，江城灯火倍愁余。一枝琼树天然秀，映尔清扬照读书。

乍见筵前意便亲，今生怜惜夙生因。莫言自小青衣贱，也是江淹传里人。

——陈维崧《惆怅词二十首别徐郎》（选二）

七

陈维崧将一册《影梅庵忆语》读完，不由得长叹一声，又苦笑不已。长叹一声，是因为董小宛真正奇女子也，竟不得天命，以至于早亡；苦笑不已，是因为他知道，从此，他的命运，将真的与徐紫云联系在一起了。

他无法解释。

解释了也不会有人听。

有人听，也会以为是他陈其年始乱终弃，薄情寡义。

人生就像舞台上的戏，一旦开幕，就注定了结局。

又有几人能够在演戏的过程之中改变剧本？

被这少年害苦了。陈维崧想。读完《影梅庵忆语》，他自然也就明白了冒襄的意思：将徐紫云给你，你不能辜负了徐紫云。就像冒襄终不辜负董小宛一样。

至于徐紫云分明是男儿身，冒襄大约是不会去多想的。因为陈维崧早就与徐紫云同宿，岂不意味着陈维崧原就好男风？

好男风并不可耻。但始乱终弃，却注定要被人看不起。

陈维崧苦笑不已。

"先生。"徐紫云从外面进来，忽地就跪了下来，两泪长流。

陈维崧忙站起身来，道："阿云，你快起来，快起来说话。"

徐紫云流着眼泪，道："先生，我才知、我才知先生昨晚是因我而作诗……"他的声音有些哽咽。徐紫云原就面容清秀姣好，这一流泪，便更显得楚楚动人。

陈维崧心头一叹，暗道：这、这、这，这越发说不清了。这一百首梅花绝句，原就是因徐紫云而写。那么，你又为什么要为徐紫云而写？若说是没有私情，只是为了徐紫云一句"救我"，就去长跪，就去废寝忘食地写一百首梅花绝句，谁信？

哪怕是事实，这事实却无人相信，还算得上是什么事实呢？

"起来吧，阿云。"陈维崧有些疲倦地道，"我既然答应了你，就不会辜负你。"

徐紫云依旧流着眼泪，低低地道："先生，这些年来，从未有人这样待我。先生之恩，九青今生难报。"

徐紫云，字九青。

陈维崧呵呵一笑，道："我做事，只为安心。此外，何足道？"话说至此际，陈维崧直起身来，整个人只觉豪迈之至。

陈维崧终究属于湖海。水绘园对于陈维崧来说，终究是太小、太小。

很快的，陈维崧就辞别冒襄，离开了水绘园。"闺中虽无卓识存，颇知乞怜为可耻。"陈维崧何等气性？即使冒襄父子个个对他青眼有加，终不肯一直都乞食于水绘园中。

顺治十七年（1660），陈维崧参加江南乡试。对于他来说，要摆脱奔波湖海四处乞食的状况，这大约就是唯一的选择。只可惜，这一次的乡试，陈维崧没有什么悬念地落第了。

康熙二年（1663），陈维崧再次参加乡试，然后，再次毫无悬念地落第。

此后，陈维崧连续五次乡试，五次落第……

其年大才，与乡试无关。

陈维崧劳顿奔波，徐紫云只能留在水绘园中。

吴霜点鬓。客况文情都落尽。检点行装。泪滴珍珠叠满箱。并州曾到。也拟开怀还一笑。尘务相牵。执手云郎送上船。

——陈维崧《减字木兰花·岁暮灯下，作家书竟，再系数词楮尾，七首（其六）》

真作如此别，直是可怜虫。鸳裯麝熏正暖，别思已匆匆。昨夜金尊檀板，今夜晓风残月，踪迹太飘蓬。莫以衫痕碧，偷揾脸波红。

分手处，秋雨底，雁声中。回躯揽持重抱，宵箭怅将终。安得当归药缺，更使大刀环折，萍梗共西东。絮语未及已，帆势破长空。

——陈维崧《水调歌头·留别阿云》

在旁人看来，这样的生活是凄凉的。

这凄凉，岂非也是一种美？

八

"先生。"陈维崧落第之后，刚刚回到水绘园，徐紫云便欲言又

止地道。

陈维崧道：“有什么事，只管说。”

徐紫云黯然道：“先生不在的时候，陈九他……”徐紫云终没有将话说完。

陈维崧沉吟不语。或许，他也料到，陈九不会就此罢休。然则，他更知道，自己就像无根之浮萍，终会漂出水绘园，不可能在水绘园待太久的。

“我想想……”陈维崧微微皱着眉头，手捋长髯，忽地一笑，“终有法子的。”

陈维崧迅速地找寻到通州陈鹄，请他画了《紫云出浴图》一卷。“横一尺五寸，纵七寸，云象可三寸许。著水碧衫，支颐坐石上，右置洞箫一。逋发鬖鬖然，脸际轻红。星眸慵睇，神情骀宕，若有所思。”（冒鹤亭《云郎小史》）得图之后，陈维崧遍邀题咏，很快就得诗一百五十三首，词一首，断句二，编成《九青图咏》。

陈维崧洋洋得意，道：“阿云，你这便是我的人了，看那陈九如何来打你的主意。”

徐紫云眼中蓄泪，也不再说感恩的话。

有些事，有些人，早已不是所谓“恩”那么简单。

“先生，”徐紫云道，“是九青害了先生的声名……”

陈维崧哈哈大笑：“我有何声名？便若现在，我陈其年得风流之名岂非也不错？”陈维崧笑着的时候，颔下黑髯飞舞，如抖动的剑戟。

康熙三年（1664），徐紫云成亲。

“先生……”送请帖的时候，徐紫云红着脸，不知道说什么才好。

陈维崧笑道：“恭喜你，阿云，这是好事啊！”

徐紫云嘴唇哆嗦了一下，低着头，道：“其实，我不想成亲，只想留在先生身边，侍候先生。”

陈维崧笑道：“孩子话。不孝有三，无后为大。不成亲，焉得有子嗣？”说到这儿，陈维崧神情也不觉有些黯然。陈维崧早就成亲，妻子储氏留在宜兴家中。只是，他成亲这么多年，终无所出。前一阵子，冒襄也曾表示，要助他买妾，只可惜，终未曾成。好在，陈家兄弟多，对于子嗣的问题，陈维崧也就偶尔黯然，终没有十分

放在心上。

有子嗣,无子嗣,或许都是天命吧。天命如是,人如何抵抗?

见徐紫云依旧不高兴的样子,陈维崧轻轻抚摸着他的头,道:“成了亲,也可以留在我身边的嘛。而且,成了亲,也可以让某些人彻底死了心不是?”说着,陈维崧又是捋髯一笑。

徐紫云点点头,道:“是,先生说得是。那先生……”

“我就不去赴喜宴了。”陈维崧悠悠道。

“先生……”

“阿云成亲,我陈其年会很不高兴的嘛。”陈维崧大笑道,“会很难过很难过的。”

陈维崧笑得很开心的样子。

小酌荼蘼酿。喜今朝、钗光簟影,灯前滉漾。隔着屏风喧笑语,报道雀翘初上。又悄把、檀奴偷相。扑朔雌雄浑不辨,但临风私取春弓量。送尔去,揭鸯帐。

六年孤馆相偎傍。最难忘、红蕤枕畔,泪花轻扬。了尔一生花烛事,宛转妇随夫唱。努力做,藁砧模样。只我罗衾寒似铁,拥桃笙难得纱窗亮。休为我,再惆怅。

——陈维崧《贺新郎·云郎合卺,为赋此词》

九

陈维崧终究离开了水绘园,决意北上。

四十余岁的人,功名无着,即使能够长期乞食于水绘园,也终究不是陈维崧心中所愿。

这一日,已到扬州。投宿客栈,一宿无话,第二天早晨,忽就听得外面有一阵说话声,那声音仿佛很遥远,又仿佛很熟悉。陈维崧呆了一会儿,便穿好衣裳,开门去看。

陈维崧是住在客栈的二楼。倚栏俯视,却正见徐紫云与客栈掌柜的在说些什么。陈维崧不觉愣住了。

“阿云?”陈维崧叫了一声。

徐紫云蓦然抬头,惊喜地叫道:“先生,我、我可找到您了。”

陈维崧忙就转过楼梯,下了楼,问道:“这,这怎么回事儿?”

那客栈掌柜的仿佛松了一口气似的,忙就赔笑道:“客官,原

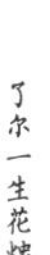

来这位小哥是找您的啊！”

陈维崧点头道：“不错，是找我的。”说着，便让徐紫云随他上楼说话。徐紫云背着包袱行李，很明显，是远路而来。

进屋坐好，陈维崧迟疑了一下，问道：“阿云，你怎么来了？”陈维崧是悄悄地离开水绘园的，跟往常一样。所不同的是，从前离开水绘园，终还想着回去；这一回，是不打算回去了。

陈维崧在水绘园已经逗留了八年。

人生有多少个八年？

陈维崧这一回是下定决心北上京师，想谋求一个出路。

这一辈子，总不能一直都乞食于水绘园。

徐紫云道：“我见先生将书籍都整理带走了，就知先生这一回应该不再回水绘园，所以，就偷跑出来了。”

陈维崧呆了呆，道：“你……你偷跑出来的？”

徐紫云点头道：“是的，先生。说好了要服侍先生一辈子的，咱们说话要算数。”徐紫云的眼睛有些湿润，有些像哭，又有些像笑。

陈维崧愣愣的，心头说不出是什么滋味儿。半晌，低低地道：“对不起，阿云，我没有先告诉你。”

徐紫云道：“先生不要说对不起，是九青想来投奔先生、服侍先生，先生不要赶九青回去，九青就很满足了。”

陈维崧道：“那你妻子……”徐紫云的母亲已经去世，妻子还在家中。

徐紫云神情迟疑一下，叹道：“是我对不起她。不过，这些年还有些积蓄，也买了些地，我都留给她了，过日子应该没什么问题。”说罢，又黯然长叹一声，幽幽道：“人生不如意事十之八九，九青愿追随先生，只好、只好……”

陈维崧默然无语。

徐紫云忽就跪倒，轻轻地，却很坚决地道：“先生不要赶九青走，除非死。”

陈维崧苦笑道：“阿云，我漂泊流离，一无所有，你若随我北上的话，只怕日子不好过啊！”

徐紫云道：“生，同生；死，同死。九青愿意。”忽地就笑了起来，道：“昔有刘关张同生共死，刘关张能做到的，九青也能做到。”

陈维崧心情激荡，一把就抓住徐紫云的两肩：“阿云！”

"先生!"徐紫云含泪微笑。

或许,这是八年来两人第一次真正的莫逆于心吧。

丝竹扬州,曾听汝、临川数种。明月夜、黄粱一曲,绿醅千瓮。枕里功名鸡鹿塞,刀头富贵麒麟冢。只机房、唱罢酒都寒,梁尘动。

久已判,缘难共。经几度,愁相送。幸燕南赵北,金鞭双控。万事关河人欲老,一生花月情偏重。算两人、今日到邯郸,宁非梦?

(原注:曼殊工演《邯郸梦》剧。)

——陈维崧《满江红·过邯郸道上吕仙祠示曼殊》

思量往事极分明。小徐卿,昵云英。萧寺幽窗,檀板劝银罂。两小一双描不尽,红烛下,态盈盈。

西风卷起隔年情。寺钟鸣,记前生。落叶中原,恰又趱离程。淡月晓风昏似梦,和泪也,出层城。

——陈维崧《江城子·沙随感旧》

徐紫云可以这样一走了之,陈维崧终究却不可以。到京师后,陈维崧先是托冒青若转告冒襄自己私挟徐紫云之罪,后又托龚鼎孳再次向冒襄告罪:"云郎从之殊洽,以行时未告主翁,中心疚仄。途次值青若,当为转达尊前。弟以老盟翁一片深情,生平怜他人过于自怜,怜其年当又过于怜云郎,定无后督意也。"有些事,陈维崧能做,徐紫云却是不可以做的。

当冒襄接到陈维崧的先后告罪之时,不觉呵呵一笑,然后,又轻轻叹息一声,心想:若阿云果真是女儿身,倒真的是一段风流佳话。只可惜……

不过,若其年真的与阿云相亲相爱,阿云便是男儿身,那又如何?

四世通门谊百年,儿曹九载共芳荃。惭非绛帐绕丝竹,曾遣青童伴食眠。见惯数来凭旖旎,心知携去省缠绵。旁观娱悦何多事,掷拂相从汝较贤。

——冒襄《述怀诗》

十

从此,徐紫云追随陈维崧,从京师,到中州,复归阳羡,不离不

弃,整整十年。这十年间,发生了很多事,然而,对于陈维崧与徐紫云来说,一切仿佛都无所谓,只要他们还在一起,就行。

天下因此传扬陈维崧有断袖之癖。陈维崧闻之,也只是呵呵一笑。

天下人说天下事,又何须去计较什么。

“他们不懂。”陈维崧淡淡地说道。

徐紫云柔柔的双眼,瞧着眼前的这个大胡子,忽就想起,他们在一起,已经十七年了。

康熙十四年(1675),徐紫云去世,年仅三十二岁。

正轻阴做来寒食,落花飞絮时候。踏青队队嬉游侣,只我伤心偏有。休回首。新添得一堆黄土垂杨后。风吹雨溜。记月榭鸣筝,露桥吹笛,说着也眉皱。

十年事,此意买丝难绣。愁容酒罢微逗。从今怕到岐王宅,一任舞衣轻斗。君知否?两三日春衫为汝重重透。啼多人瘦。定来岁今朝,纸钱挂处,颗颗长红豆。

——陈维崧《摸鱼儿·清明感旧》

春灯炧。拼取歌板蛛萦,舞衫尘洒。屏间乍见檀槽,与秋风扇,一般斜挂。

帘儿罅。几度漫将音理,冰弦都哑。可怜万斛春愁,十年旧事,恹恹倦写。

记得蛇皮弦子,当时妆就,许多声价。曲项微垂流苏,同心结打。也曾万里,伴我关山夜。有客向、潼关店后,昆阳城下。一曲琵琶者。月黑枫青,轻拢细砑。此景堪图画。今日怆人,琴泪如铅泻。一声声是,雨窗闲话。

——陈维崧《瑞龙吟·春夜间见壁三弦子是云郎旧物,感而填词》

惠山山下,谁氏高楼,记曾借我酣眠。夜半喧山雨,龙峰顶、飞挂百幅帘泉。当时尚有玲珑在,凭阑唱、落叶哀蝉。可惜是、声声红豆,忆来大半难全。

如今重经楼下,只水声呜咽,鬓鬣鸣弦。弹指匆匆,旧时燕子,换做万重啼鹃。当垆莫唤楼前客,应怪我、泪浥红棉。惆怅煞、一

天明月，满汀渔火商船。余昨年与云郎曾宿此楼。

——陈维崧《五彩结同心·过惠山蒋氏酒楼感旧》

徐紫云去世之后，陈维崧竟忽然感觉到人生之空空落落。也许，当徐紫云还在身边的时候，他还不在意；一旦身边不见斯人，顿觉百事无味。

“说好了要服侍先生一辈子的。”

“生，同生；死，同死。”

“先生不要赶九青走，除非死。”

“先生，救我。”

……

还有徐紫云的歌声，声声清唱，仿佛每一日都在耳边回响。

陈维崧百思不得其解。自己其实并不像世人所说的那样有什么断袖之癖；可是，为什么总是忘不了阿云，忘不了那个曾经的美少年呢？

陈维崧忽就明白了，当日，在波烟玉亭中，冒襄的那一种凄苦。

陈维崧悚然想道：“莫非，阿云就是我的小宛？”

有些感情，与肉体无关；有些感情，未必就要同床共枕。

有些感情，是不离不弃，即使是在漂泊流离之中，即使是在人生困顿之时。

有些感情，当时也许不明白，可是过后，就像烙在心头的烙印，永不会消失。

有些感情，甜蜜过后，就是无穷的痛。

痛，总是在不经意的时候出现。

……

陈维崧仿佛真的明白了。

夹路幡竿，盈城梵呗。分明元夜灯市。露湿巫箫，秋生赛鼓，头上月轮初霁。金波潋滟，还泻做，万家红泪。天与玉容争淡，烟飘粉裙偏丽。

许多流莺声细。似啼猿，楚峡嘹唳。只有小坟新冢，谁修薄祭？空伴唐陵汉寝，都一样、凄凉野田里。黄土鸦鸣，白杨风起。

——陈维崧《天香·中元感旧》

康熙十八年(1679),陈维崧应博学鸿词试,以一等十名授职翰林院检讨,参修明史。

康熙二十一年(1682),陈维崧去世,时年五十八岁。

陈维崧临终前,口中不断念诵“山鸟山花是故人”。似乎每一个人都知道他是什么意思,但没人知道,如果写成的话,这应是怎样的一阕新词。

陈维崧的手,轻轻地动着,仿佛在心中推敲着词句。

不向长安路上行。却教山寺厌逢迎。味无味处求吾乐,材不材间过此生。

宁作我,岂其卿。人间走遍却归耕。一松一竹真朋友,山鸟山花好弟兄。

——辛弃疾《鹧鸪天·博山寺作》

朱彝尊

共眠一舸听秋雨，小簟轻衾各自寒

人月圆

小长芦外眠初起，天色与谁看。一春病酒，三生慧业，为说江干。

香融豆蔻，风怀注脚，荡了茶烟。绣台深挂，静居闲写，几片苍山。

李旭东

一

朱彝尊是十七岁那年入赘冯家的。那一年,冯福贞十五岁,冯寿常只十岁。

十七岁的朱彝尊婚后的生活是幸福的。住在冯家,读读书,写些诗词文章。朱彝尊几乎可以说是天生带来的才气,冯家没有人怀疑。岳父冯镇鼎常常当着朱彝尊的面便对宾客赞叹:"吾家千里驹也。"这时,朱彝尊便也有些赧然。因为他始终没有忘记自己赘婿的身份。因为家贫而入赘,因为入赘而羞赧。人生为什么总是这么无奈?

好在,冯家没有人因为他的赘婿身份而嘲笑他。

除了冯寿常。

冯寿常很尖刻。

冯寿常的尖刻跟冯福贞的柔和形成了极为鲜明的对照。从外表来看,分明是亲姊妹,但一旦开始注意她们的言行举止,便看出明显的不同来。

冯福贞常常是一脸的幸福,偎依在朱彝尊的身侧:朱彝尊读书,她沏茶;朱彝尊写字,她磨墨。在冯家,每个人都能感觉到冯福贞对丈夫的爱。冯福贞柔和的双眼似一湾深潭,将朱彝尊浸淹在里面。

冯寿常则不同。冯寿常对朱彝尊的态度可以使家里的每一个人都吃惊。

有时,吃吃饭,冯寿常会将筷子一扔,眼睛直勾勾地盯着朱彝尊,问:"姐夫,你为什么不回去吃饭,要赖在我家呢?"

这时,朱彝尊微微变色,却又说不出话来。冯镇鼎往往会喝道:"你姐夫就是我们家的人啊。"冯寿常便一撇嘴:"他自姓朱,我们家姓冯。不能养活老婆,硬是赖在我们家,算什么男子汉?"

是啊,靠丈人养活,算什么男子汉?朱彝尊咀嚼着冯寿常的话,心中疼痛。

"小孩子家不许胡说!"冯镇鼎怒喝。

冯寿常认真地说:"我说的是真话,是不是啊,姐姐?"

冯福贞勉强笑笑,满心不快,却又无话可说。于是,结果是不欢而散。

好在,这样的讥讽随着时间的流逝,朱彝尊也渐渐地习惯了。

毕竟是孩子，哪能跟一个孩子计较？眨眼间，两三年过去了。这期间，朱彝尊已薄有声名，冯寿常也渐渐长大，不似小时那么尖刻了。

这一日，朱彝尊访友回来，正值春意盎然，便信步到后花园去。才到园门，忽听得花园里一阵笑声。这笑声，搅得朱彝尊心头一荡，定睛看时，却见蔷薇架下，一个女子正在扑着蝴蝶，在阳光下，似一幅绝美的图画。

朱彝尊没有动，只是倚着园门静静地看着，忽觉有一种异样的感觉。

有一种填词的冲动。

——那女子便是已渐渐长大的冯寿常。

回到书斋，朱彝尊略一思索，很快就填出一阕新词。

齐心耦意。下九同嬉戏。两翅蝉云梳未起。一十二三年纪。

春愁不上眉山。日长慵倚雕阑。走近蔷薇架底，生擒蝴蝶花间。

——朱彝尊《清平乐》

写罢，朱彝尊将笔一掷，又念了几遍，不觉就痴了。

二

几天后，朱彝尊跟往常一样，从外面回来，不知不觉的，竟又到了后花园。只是，那蔷薇架还在，蔷薇架下扑蝶的人却不知到哪里去了。朱彝尊告诉自己：我只是来寻找诗材罢了。是的，只是诗材。或者确切地说，是词材，填词的素材。二十余岁的朱彝尊，在经、史、文、诗、词、曲各个方面都表现出惊人的天赋。而在所有的学问当中，他最感兴趣的便是词这一长短句构成的文学样式。

怅怅地回到书斋，门一推，正见冯寿常那张似笑非笑的脸。朱彝尊感到一阵紧张。

但这种紧张，与先前因害怕冯寿常的尖刻而产生的紧张又有所不同。

“姐夫！”冯寿常似笑非笑地嚷道，“这是你写的吗？”

说着话，将手中的一张词笺扬了扬。

朱彝尊一呆，道：“你姐姐呢？”

冯寿常笑道:“我姐跟我娘上香去了。姐夫,你不要顾左右而言他,这首词是你写的吗?”

朱彝尊道:“你,你怎么会在我的书房?你,你常来吗?”

冯寿常将头一歪,笑着说:“我在问你呢。”

朱彝尊尴尬地笑笑:“是。前几天才做的。”

冯寿常紧盯着朱彝尊,问:“写的是谁?”

“……什么谁?”

“‘两翅蝉云梳未起,一十二三年纪。’姐夫,这写的是谁啊?不要告诉我你写的是我姐,我姐已经十八了,梳的也不是蝉云髻。”

“……”

“是不是我?”

“……不是。”

冯寿常咯咯笑道:“姐夫,我梳的可是蝉云髻,今年十三,而且前几日正好‘走近蔷薇架底,生擒蝴蝶花间’。姐夫,那日我看见你的。”说着话,冯寿常又直勾勾地看着朱彝尊。

一时间朱彝尊说不出话来,心道,要是这小丫头把事情捅出去,只怕又是一场风波。正措辞间,忽听得冯寿常低低地道:“谢谢你,姐夫。”

“你……”

冯寿常站起,在朱彝尊的脸颊上迅速地轻轻亲了一下,说,“我很欢喜,姐夫,真的。”

朱彝尊猛地一惊,心头荡漾,却早已翻江倒海了起来。

三

烟袅袅,雨绵绵。花外东风冷杜鹃。独上小楼人不见,断肠春色又今年。

——朱彝尊《捣练子》

朱彝尊心里明白,自己大约真的是喜欢上冯寿常了。因为几日不见,朱彝尊竟有一种牵肠挂肚的感觉。这种感觉是从未有过的,包括对妻子。朱彝尊自己明白,无论妻子是怎样依偎在他的身边,无论妻子是怎样的柔和,他的心里都泛不起半点漪沦。他们是夫妻,但又有谁说夫妻就必然恩爱呢?

朱彝尊胡思乱想着，顺手拿过一本书来，却怎么也读不下去。

怎么会这样？没有理由啊。我不应该喜欢上冯寿常的。真的是不应该的。可是，我怎么就不由自主？

冯寿常到她外婆家去的这几日，朱彝尊失魂落魄。

不是，不是！朱彝尊自我安慰道：福贞是跟寿常一起去的。或许，是我在想念福贞而自己也不知？

"独上小楼人不见，断肠春色又今年。"

"姑爷，姑爷，"朱彝尊正心烦意乱之际，一个小厮过来叫道，"小姐她们捎信来，明天就回来了。"

"是哪位小姐？"朱彝尊脱口问道。

那小厮奇怪地看了朱彝尊一眼，笑道："自然是福贞小姐了。"

"……那么寿常小姐呢？"

"自然也一起回来了。听说，老太太只是有些风寒，已经好了，没什么大碍，二位小姐就回来了。对了，福贞小姐叫姑爷不要忘记将床褥晒一晒。"

朱彝尊心头一阵激动，根本就没听见那小厮说了些什么。

翌日，朱彝尊怎么也无法像往日那样读一会儿书，胸口惴惴，像揣着一只不安分的兔子一般，又像是几只老鼠在不断地挠着痒痒。朱彝尊犹豫了一阵，终于还是忍不住握着本书，故作缓慢地踱到大门前。门口看门的两个小厮见朱彝尊出来，对看一眼，笑道："姑爷，不急，小姐总得午后才能回来呢。"

朱彝尊脸色一红，讪讪道："我……我回家看看。"说着话，索性就出了门。

冯家住的地方叫作碧漪坊，朱彝尊家也在碧漪坊。朱、冯两家本是近邻，结亲以后，朱彝尊虽是入赘，却也不妨碍他常回家看看。只是，酷好读书的朱彝尊一般都躲在书斋中，很少回家。或许，在内心，对当初家里让他入赘还有些隐隐的不满，毕竟，不是迫不得已，又有哪个男子肯入赘？

朱彝尊慢慢地踱着步，心中念念有词。

飞花时节，垂杨巷陌，东风庭院。重帘尚如昔，但窥帘人远。

叶底歌莺梁上燕。一声声伴人幽怨。相思了无益，悔当初相见。

——朱彝尊《忆少年》

正斟酌之间,忽听得有人叫道:“姐夫!”朱彝尊一喜,忙抬起头来,却正见一张笑盈盈的脸。

“寿常!”朱彝尊脱口道。

那阳光下的少女不是冯寿常还是谁?

冯寿常笑盈盈地问道:“你是来接我姐还是接我啊?”

朱彝尊这才发现,冯福贞好像不在,便道:“你姐呢?”

“我姐可能还要多住几天,陪我娘。我先回来的。”瞥了朱彝尊一眼,幽幽地道,“你知道我是为什么的。”

朱彝尊笑笑,往两边看了看,问:“你……你一个人回来的?”

冯寿常道:“我一个人乘轿回来的,不过,我打发他们先回去了。我、我看见你,就打发他们回去了。姐夫,这几天,我很想你。”

朱彝尊叹了口气,说道:“寿常,你知道,我们不可能的。我们不能……”

“我不管。我只是想问你,你是不是也想我?”

朱彝尊又叹了口气,道:“昨天,作了一首词,念给你听听?”

“好啊!”冯寿常眼前一亮。

认丹鞋响,下画楼迟。犀梳掠、倩人犹未,螺黛浅、俟我乎而。看不足、一日千回,眼转迷离。

比肩纵得相随。梦雨难期。密意写、折枝朵朵,柔魂递、续命丝丝。洛神赋、小字中央,只有侬知。

——朱彝尊《两同心》

冯寿常静静听罢,黯然一会,猛地抬头,道:“姐夫,又何必管许多呢?只要我们在一起,一日开心就一日,一年开心就一年,这已经足够了。”

朱彝尊点头,道:“说的是。只要现在开心就已足够了。将来的事,又有谁知道呢?呵呵,寿常,我们先回家吧。”

冯寿常嫣然一笑。

四

这种暗里谈情的日子对于朱彝尊与冯寿常来说,实在是一种

全新的感觉。

冯寿常常常到书斋来，便是冯福贞遇见也不以为意，在冯福贞看来，冯寿常总还是孩子。她却忘了，她嫁与朱彝尊时也不过十五岁。

“我向姐夫请教诗词呢。”冯寿常这样对姐姐说，“姐夫的诗、词都好。外面的人也都说好。”

听妹妹赞扬自己的丈夫，冯福贞自也高兴。在冯福贞心目中，丈夫的快乐也就是她自己的快乐，在她的心里，丈夫比她自己还要重要。

时间过得很快。不知道是谁说过，恋爱中的人总是感觉时间过得很快。朱彝尊计算着每一次与冯寿常单独相处的机会，享受着那一刻的温馨。朱彝尊越来越感觉到冯寿常的聪慧、可人。也许，在恋爱中的人看来，情人总是好的，一切都是好的，包括她的一颦一笑，娇嗔佯怒。

眨眼间大半年过去了，新年一过，又是元宵。那天，全家人都去看灯了。冯福贞自也来招呼朱彝尊出去，朱彝尊说要看书，不去了，冯福贞便也不勉强。朱彝尊一向勤奋，没有丝毫的纨绔气息。待全家都出了门，他点上蜡烛，在烛光下翻开一本《山中白云词》，静静地吟诵。近来，朱彝尊已渐渐地发现了自己的所好。然而，在读书的同时，他的两只耳朵却总不由自主地竖着。

隐隐地，他有一种预感。

这种预感根本就没有理由的。

没有理由的预感却又往往准确无误。

人世间的事就是如此的神奇，谁也说不清楚。

当听到楼梯上传来轻轻的脚步声时，朱彝尊的心差点就跳到了嗓子眼儿。虽说有这种预感，但当真的来临的时候，还是未免紧张。

“寿常！”朱彝尊低呼一声，将门一拉开，门外正是冯寿常，她蹑手蹑脚地上来。

“姐夫！”冯寿常也低呼一声，一个趔趄就扑了过来。朱彝尊下意识地伸手扶住冯寿常，冯寿常顺势倒进他的怀里。这些日子以来，两人虽说是心心相印，毕竟还是发乎情、止乎礼，更何况时刻想着要避开家人，又哪里曾有亲热的举动？

朱彝尊热血上涌，反手将冯寿常抱起，便进了门；左腿后踢，将门关上。

“姐夫！”冯寿常嘤嘤地叫着，双手勾着他的脖子，吹气若兰，一口气轻轻地喷在他的脸上。朱彝尊已低头亲了过去。

也不知过了多久，两人才轻轻分开。冯寿常嗔道：“姐夫，你欺负我。”朱彝尊微微一笑：“便欺负你又怎样？”又将冯寿常抱在怀里。

冯寿常忽就一声长叹。半晌，道：“姐夫，我们这样做，究竟对不对？”

朱彝尊未曾出声，书斋外就传来一声苍老的叹息：“当然不对！岂止不对，是大大的不对！”

朱彝尊与冯寿常俱不由大惊失色，刹那间冷汗涔涔。

五

冯镇鼎面沉似水，紧盯着朱彝尊，直盯得他毛骨悚然。

“岳父大人，我……”

“你不必说，你们的事，我全明白。先还以为是小厮们胡说乱传，不料……”

“我……”

“我在外面有一栋房子，你们夫妻搬到外面去住吧。你放心，我已吩咐小厮们不许嚼舌根子，也没有告诉你妻子。——你，你好自为之。这件事就到此为止吧。”

半个月后，朱彝尊与冯福贞便搬到了碧漪坊外的一处住宅。冯福贞虽说有些诧异，却也不敢违拗父亲的决定，更何况，父亲分给的田宅也足够小夫妻生活了。

搬家是很快的。冯家书斋里的书，也差不多都让朱彝尊搬到了新居。这一点，冯镇鼎倒没有为难朱彝尊。搬家那天，朱彝尊没有见到冯寿常。朱彝尊知道，从此想再见冯寿常一面可不知有多难了。

泪眼注。临当去。此时预住已难住。下楼复上楼，楼头风吹雨。风吹雨。草草离人语。

——朱彝尊《一叶落》

朱彝尊知道,从此刻起,他应该将冯寿常忘却,应该将那段本不该有的感情忘却。然而,越是想忘记的,越是直往心里钻,直刺得他的心阵阵疼痛。这一种心痛的感觉,使得朱彝尊忍不住提笔填词,写了出来。或许,写出来才能减轻一点心中的苦楚。有时,冯福贞也会疑惑地问:“你这写的是谁啊?嗯?”朱彝尊便会掩饰道:“只是写写罢了。近来,我正读花间呢。”冯福贞将信将疑,却也不便多问。毕竟,粗通文墨的冯福贞不敢曲解丈夫的诗词,而更重要的是,冯福贞性子一向柔和,不肯多问。

相思的日子是漫长的。这期间,每逢岳父母生日、清明、端午等节日,朱彝尊夫妇也会回到碧漪坊的冯家,也会与冯寿常相见,然而,纵然相见,却连话也不能多说一句了。冯镇鼎时刻防范着。“相见争如不见”。朱彝尊这才真正明白前人这句话的含义。

冯寿常已显得憔悴了许多。这种憔悴,使得她更是楚楚可怜,使得朱彝尊更是心痛。“相思令人老。”朱彝尊涩涩地默念着,这种苦涩的滋味使他整个身心疲惫不堪。

又差不多大半年过去了。朱彝尊简直就不知这大半年是怎么熬过来的。

这大半年中,朱彝尊的长子出世了,取名德万。

然而,纵然是有子在眼前,朱彝尊依然放不下那段感情。

正当朱彝尊相思魂断的时候,冯家传来一个消息:冯寿常定亲了,中秋以后就成亲。这个消息使冯福贞一惊:“寿常才十四岁!”然而,这却是在朱彝尊意料之中。朱彝尊知道,这是岳父大人釜底抽薪。然而,这又如何能够责怪岳父大人?

这以后的日子对于朱彝尊来说又变得异常的迅即,仿佛是一夜之间,冯寿常出嫁的日子已近。朱彝尊怅怅地陪着妻子抱着孩子回到碧漪坊的冯家。冯家一派喜气洋洋、张灯结彩的样子,跟当年朱彝尊成亲时似乎没什么两样。但朱彝尊竟有一种物是人非的感觉。冯福贞抱着孩子去看妹妹了,冯镇鼎陪着客人说话,朱彝尊在一旁陪着。

冯镇鼎瞧了他一眼,淡淡地道:“明天送嫁,你要辛苦了。”

朱彝尊大吃一惊:“岳父……”

冯镇鼎道:“寿常的夫家在百余里外,走水路要一天多呢,你辛苦一下,送嫁吧。”冯镇鼎有些冷的眼神中竟似有些柔和。

朱彝尊呆呆地说不出话来。

他自然明白岳父此刻的心意。

六

出发的时候，细雨淅淅沥沥地下了起来。冯福贞抱着孩子吩咐道："相公，一路上小心些。"朱彝尊笑笑，便跟着送亲的队伍上了船。船在蒙蒙烟雨中缓缓地离岸。两个喜娘陪着冯寿常在正舱里休息着，隐隐约约在说着闲话。朱彝尊立在船头，任雨丝打在脸上，汇成水滴，在脸颊上淌落。

"姑爷，外面在下雨，到舱里来吧。"一个小厮在舱里轻轻叫道。

朱彝尊没有应声。

他心头低低地叹息一声，撑起了一把油纸伞。然而，斜风细雨，纵然是撑着伞，雨丝依然打了过来。朱彝尊脑子里一片空白。他知道，人生中总有太多的无奈，人生总是残缺，总有好多事无法改变。这些道理他都明白。可当这些无奈真的近在眼前的时候，依然让人难以接受。然而不能接受的事，往往还得直面。这就是人生。就像今朝，寿常分明就在眼前，却似远隔千里。

明天以后，她将是别人的新娘。

而他，将亲手将自己心爱的女子，交到另一个男人的手上。

他无法选择。

人的命运总是这样的无法选择。

不知过了多久，天色渐渐地暗了下来，雨却渐渐地大了，打在船篷上，发出清脆的声响。朱彝尊长叹一声，回到船舱。

朱彝尊住的船舱紧挨着正舱，舱壁隔不住正舱传来的轻微的声音。在这些轻微的声音中，朱彝尊似乎都能分辨出哪一个声响是冯寿常的呼吸。他明白，冯寿常的一切已经刻在他的心头，刻在他的骨髓里了。草草地吃过晚饭，朱彝尊和衣而卧；同住的小厮很快就打起了呼噜，发出极响的声音，这使得朱彝尊更加难以入睡。翻来覆去，耳边的呼噜声、船外的雨打船篷声、隔壁正舱的一切轻微的声响，一下子涌入心头。这是一种怎样的滋味啊！眼角似乎有泪溢出，他自笑一下，用被角轻轻拭去。

朱彝尊胡乱地想着，心如乱麻，忽就听得几声轻轻的敲打舱壁的叩击声。叩击声很轻，过了一会儿，又是几声。

“寿常！”朱彝尊低低地一声叫唤。叩击声停止了，片刻，听到隔壁舱门打开的声音。朱彝尊的心猛然一跳，翻身而起，轻轻地也出了门。

雨还在落，桅杆上的风灯早就被打灭了，整个天地灰蒙蒙的一片，只有雨声、呼噜声。然而，朱彝尊却感到一阵从未有过的静寂。

灰蒙蒙中，朱彝尊感觉到冯寿常那无比的幽怨，近在咫尺又仿佛人在天涯的幽怨。

“寿常！”朱彝尊身不由己地向前跨出一步。

冯寿常幽幽地低叹一声，一低头，又钻回了船舱。

朱彝尊却无法抽回脚来。

所有的动静，所有的思维，刹那间全部消失。

甚至，连他自己也不存在了。

只有茫茫天地。

天地茫茫。

七

德万是在朱彝尊二十四岁那年殇了的。

其时，冯福贞又替他生了个女儿，腹中也怀了他的第三个孩子。

其时，与冯寿常不见已经三年。

思往事，渡江干。青娥低映越山看。共眠一舸听秋雨，小簟轻衾各自寒。

——朱彝尊《捣练子》

三年来，朱彝尊几乎天天都在念诵这篇《捣练子》，每每念罢，都是泪流满面。他以为，三年了，应该忘记了；他以为，三年了，与妻子已经生了三个孩子了，应该忘记寿常了。可是，他却怎么也无法忘记。

长子德万的夭折，使冯福贞相当难受，一天到晚泪眼涔涔。怀有身孕的冯福贞悲痛欲绝的样子，自也使朱彝尊抑郁不乐。毕竟，他们是八年夫妻了。

“锡鬯，”冯福贞对丈夫说，“你帮我写封信，我，我想我妹

妹了。”

朱彝尊一怔。

冯福贞叹道：“三年没见她了。我想跟她说说话。也真是的，一出门就是三年，也该回家看看啊。你快写啊，锡鬯。对了，我妹妹的字是静志，你大概还不知吧？”

朱彝尊点头，抑住心头的慌乱：“我知道了，这就写。”

十几天后，冯寿常坐船回到了碧漪坊。

寿常出嫁以后，朱彝尊终究还是没有搬回碧漪坊的冯家居住。

冯寿常见过爹娘之后，匆匆地就赶到姐姐家。姐妹见面，说起德万夭折的事，忍不住又是一阵落泪。

哭罢，冯寿常左右望了望，问：“姐夫呢？”

冯福贞微微一怔，笑道：“在书房呢。你知道你姐夫的，一天到晚不是读就是写的。呵呵，我去叫他。”

冯寿常笑道：“还是该我去看看他的。他是我姐夫嘛。”

冯福贞歪着头看了妹妹几眼，道：“只怕他认不出你了。三年不见，我妹妹变得漂亮多了，呵呵，刚才连我也差点认不出了。”

冯寿常脸色一红，道：“姐姐，我也有孩子了，该变成小老太太了。”

冯福贞笑道：“天下间有这么漂亮的小老太太，那大家伙儿不是要争着去做小老太太了？对了，孩子怎么没带来？”

冯寿常道：“孩子小，经不得颠簸。姐姐，我先去看看姐夫吧，呵呵，还真想读读姐夫这几年的诗词呢。”

冯福贞笑道：“静志，没想到嫁人这么久还是没忘了诗词，你姐姐我自打孩子出世，眼里心上就只有孩子了。”

冯寿常也笑：“也多年不读了。成亲以后就没读过。”说着话，姐妹俩已到书房。

冯福贞说：“你姐夫在里面呢，你进去吧，我要去照顾闺女了。”

冯寿常进来的时候，朱彝尊仿佛是手不释卷的样子。

冯寿常却一下子就红了眼圈。

“姐夫。”冯寿常有些哽咽。

朱彝尊脸上的肌肉微微扭曲了一阵，勉强笑笑道：“写了

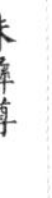

首诗。”

冯寿常便问：“什么诗？”

朱彝尊却望着她，半晌，道：“你……你长高了。”

冯寿常低头，道：“……是。是长得高了些，可是……”

“我知道。我，我也一样，无时无刻，都记着你。静志，我……我……”

“姐夫……”

一时间，两人面面相觑，竟说不出话来。良久，朱彝尊道：“写了首《风怀》，两百韵，送给你。”说着话，递过几张诗笺来，密密麻麻地写满了字。

冯寿常接过，拭去眼角的泪痕，轻轻地念诵：“……梅阴虽结子，瓜字尚含瓤……姐夫……”

朱彝尊怅然无语。

正相对无语间，听得门外远远地有孩子叫道：“爹爹，小姨……”眨眼工夫，冯福贞已带着孩子进来。见朱彝尊与冯寿常的样子，冯福贞一愣：“怎么了？”

冯寿常笑道：“姐夫的诗写得太好，都叫我看着忍不住想哭。姐姐，你看看？”便把诗笺向冯福贞递去。朱彝尊一阵紧张，却听得冯福贞笑道：“这么长的东西，我可没性子读。”白了朱彝尊一眼，道：“你不会嫌我俗吧？”

朱彝尊强笑道：“哪儿会呢。”

冯福贞白了他一眼，道：“我们家出一个大诗人就可以了，不然，谁来煮饭、洗衣？”

冯寿常很惊讶姐姐这几年的变化。几年前，姐姐是多么温柔的一个女子啊！如今怎么也柴米油盐酱醋茶起来。也许，这就是生活？

朱彝尊已将女儿抱起，轻轻地亲了一下女儿的脸，问妻子：“海媛，什么事？”

冯福贞道：“什么事？该吃饭了。”

八

这一顿饭，倒也吃得和谐。朱彝尊吃完一碗，让冯福贞去厨房再盛一些。冯福贞不疑有他，接过空碗就出去了；趁这当儿，朱彝

尊悄声道："今晚，等她睡了我们再说话。"冯寿常脸色微微一红，轻轻地点了下头。

"爹，你跟小姨说什么呀？"却不料，女儿竟大嚷了起来。

也正是在女儿大嚷之际，冯福贞已经盛好饭进来。朱彝尊失色，呵斥道："小孩子家胡说什么？"

冯福贞将饭碗放到丈夫身前，嗔道："干什么，把孩子给吓着了。你们说什么呀，瞧瞧，把孩子吓得……"

"我们……"朱彝尊张口结舌。

"姐姐，"冯寿常说，"我跟姐夫说我相公呢。"

冯福贞奇道："妹夫怎么了？"

冯寿常苦笑道："我家相公考了几次，连个秀才也没考上，哪像姐夫，名满江南，与吴梅村等大名士都有来往啊。"

冯福贞明白，寿常说的是那一次的嘉兴之会，江南名士吴梅村、尤侗、徐乾学、邹祇谟、曹尔堪、毛奇龄等都到了。朱彝尊适逢其会，毫不逊色。其时，朱彝尊不过二十二岁。

"两年前的事了，"冯福贞道，"难道妹妹也知道？"

冯寿常笑道："名士雅会，姐夫大名，现在只要是读书的，又有谁不知？"

饭毕，将冯寿常安顿在客房住下，冯福贞带着孩子也早早地歇息了。如今，冯福贞早已习惯于早睡早起。朱彝尊却道："你先睡吧，我去书房，梅村先生的一封信还没有回。"冯福贞深深地望着朱彝尊，点了一下头，然后打了个哈欠，仿佛疲惫之极的样子，嘟囔了一句："你也早点睡啊。"朱彝尊心头一荡，在妻子额上亲了一下，又在女儿的额上亲了一下，道："我会的。"望着妻女，不觉泛起一丝柔情。德万的夭折，朱彝尊知道，妻子的悲痛远在他之上。他不敢提，生怕一提起就会触动妻子的疼痛。

冯福贞白了丈夫一眼，又一个哈欠，将眼睛闭上，很快就打起了轻轻的呼噜。朱彝尊待妻子睡熟，蹑手蹑脚地出了房门，绕过回廊，穿过一条小径，进了书房。

他知道，寿常在那儿等他。

"寿常，静志！"刹那间，朱彝尊的心里只剩下冯寿常，或者说，冯寿常的影子已占据了他全部的身心。数年相思，数年的刻骨铭心，当就在眼前的时候，朱彝尊竟忽然感觉有些胆怯。是不敢面对，还是什么？

还来不及思索，月光下，冯寿常已扑了过来。

“姐夫！”冯寿常紧紧地抱着他，泪流满面，“我……我无时无刻不在想你啊……”

朱彝尊低声道：“我也是，静志！寿常！”

冯寿常愣了一下，含泪笑道：“你怎么知道我的字？”

“你姐姐告诉我的。”

“……姐姐睡了？”

“睡了。”

“谢谢你，姐夫，谢谢你还是记得我，谢谢你为我写了这么多的诗、这么多的词。”

“……我愿意。”

月光下，两人紧紧依偎着，低声地说话，静静地望着对方的脸。依然是青春的脸。冯寿常虽然已生了孩子，却也只十七岁，比出嫁时出落得更成熟，更富有丰韵。朱彝尊只觉天地之间只剩下他们两个，忍不住便印上她的唇。

好久好久，才依依不舍地分开。

冯寿常幽幽地叹息：“姐夫，我们……我们为什么就不能在一起？为什么……我从十岁那年就开始喜欢你的，姐夫，你知道这些年来我有多苦？我……”

冯寿常泪眼盈盈。

正说话间，静寂中，忽就有轻轻的脚步声。

“锡鬯，很晚了，该睡了。”正是冯福贞的声音。

朱彝尊与冯寿常几乎就是魂飞魄散。还未缓过神来，睡眼惺忪的冯福贞已到了书房门口，一愣，笑道：“你们……你们在干什么？”

冯寿常云鬓蓬乱，脸色羞红，却听得朱彝尊道：“哦，静志在问我一首词呢。”

冯寿常忙道：“是是……”

冯福贞将信将疑，也不多言，笑道：“还是早点睡吧。锡鬯，你不在我身边，我睡不着……”

第二天，朱彝尊醒来的时候，已是日上三竿。妻子却早已起来了。朱彝尊心头牵挂，匆匆地穿好衣裳，就出了房门。门外，妻子正逗着孩子玩。

“哟，起来了？”冯福贞笑道。

朱彝尊左右瞧了瞧，西厢的客房门还关着。

冯福贞依然笑着：“静志起早回去了。见你睡得香，就没有跟你打招呼。”

朱彝尊脸色一变，只觉一盆冰水从头顶浇落。

冯福贞忽地就轻轻说道：“昨晚，你睡着了，嘴里一直都在念叨着静志的名字……”

“我……”

“她是我妹妹，你是我丈夫。”冯福贞静静地说道。

她的神情，还是那么柔和，只是朱彝尊竟感觉到一丝丝的冷来。

仲冬二七，算良期须果。若再沉吟甚时可。况熏炉渐冷，窗烛都灰，难道又、各自抱衾闲卧？

银湾桥已就，冉冉行云，明月怀中半霄堕。归去忒匆匆，软语丁宁，第一怕、袜罗尘涴料消息、青鸾定应知，也莫说今番、不曾真个。

——朱彝尊《洞仙歌》

九

又几年过去了。

几年来，朱彝尊不知写了多少词，直把相思写满纸，冯寿常也再未踏进朱家一步。天生静志，或许就是叫他刻骨相思的？

几年后的一天，忽就传来消息：

冯寿常死了！

宛若一个晴天霹雳，将朱彝尊打得说不出话来。便是冯福贞也大惊失色。

“怎么会？”冯福贞叫道，“她才二十来岁……”

“是真的，”报丧的小厮说，“这几年，少奶奶一直都是闷闷不乐的，大夫说是心病……捱了几年，还是没挺过来。大夫说，少奶奶是忧郁而死的。”

朱彝尊已听不见那小厮在说些什么了。

他默默地，脚步踉跄地到了书房，磨墨，提笔，想写些什么，泪

水却湮没了他的视线。朦胧中，冯福贞也跟着进来。

朱彝尊没有抬头，却冷冷地道：“现在，你开心了！”

“锡鬯！”冯福贞哭道，“她也是我妹妹啊！”

朱彝尊一声长叹，落笔写下三个大字：

静志居。

“锡鬯！”冯福贞叫道。

朱彝尊含泪微笑：“我会为她吟诗，为她填词，为她做我能够做的一切。我的静志居，我的静志！只要我的诗词在，只要我的文章在，静志就永与我在一起。谁也分不开我们。谁也不能！我要让所有的人都明白，我朱彝尊平生最爱的人，叫‘静志’！我，我已没有什么可害怕的了。没有！”

泪水滴落在宣纸上。

若干年后，朱彝尊将所有的相思编成一部词集：《静志居琴趣》。

又过了若干年，又写成另一部名著：《静志居诗话》。

他知道，只要他的书永存，他的爱也就能够永存。

他相信。

顾贞观

绝塞生还吴季子

金缕曲

二十年前事。只一笺，泥人青眼，旧红堪记。知否江南歌白纻，落尽长干十里。都付与，清霜满地。舍此身回吴季子，纵书生谙遍炎凉味。识我者，汉槎矣。

转头三十成儿戏。更当初，缁尘京国，侯生无忌。渌水亭边谁家燕，啼过画梁须忆。有几个，人间兄弟。便结茅檐消福慧，算而今万感皆弹指。解我者，纳兰耳。

——李旭东——

一

顾贞观始终都记得与吴兆骞的第一次见面。

那是顺治十一年(1654)的事了。

那一年,顾贞观十八岁,吴兆骞二十四岁。

无论是顾贞观,还是吴兆骞,在当时,大约都没有想到,他们的一生,从此将纠结在一起。或许,这就是人生的奇妙,一次见面,就是一生。

天然一帧荆关画,谁打稿,斜阳下?历历水残山剩也。乱鸦千点,落鸿孤咽,中有渔樵话。

登临我亦悲秋者,向蔓草平原泪盈把。自古有情终不化。青娥冢上,东风野火,烧出鸳鸯瓦。

——顾贞观《青玉案》

顾贞观记得,当他将词稿交到吴兆骞的手中,心中是无尽的忐忑。顾贞观对自己的词作自然有其自得;然而,他终究是一个十八岁的少年,而此刻的吴兆骞,早已名动江左,吴梅村将他与宜兴陈维崧、松江彭师度,并称为“江左三凤凰”。吴梅村领袖诗坛,这样的评价,可以说已使吴兆骞的声名如日中天。更不用说,吴兆骞更与人组成慎交社,俨然领袖。

吴兆骞静静地读着,顾贞观静静地站立在一旁,额头早有微细的汗珠渗出。顾贞观自然很清楚,吴兆骞的定评,对他将是何等的重要。顾贞观忽然感觉自己很可笑,他想起了三国时的许子将。此刻,吴兆骞可不就像是许子将?只不过,没人是曹孟德而已。他又想起唐时的白居易第一次去见顾况,当顾况阅读白居易诗稿的时候,白居易是否也是这样的忐忑不安?

诗词如食材,若无人食用,即便是天下美味又有何用?

这样想着,忽就见吴兆骞一掌拍在身旁的桌案上,然后,就站起身来。

拍案声很响,以至于顾贞观吓了一大跳。

“顾贞观?”吴兆骞抬起头来,双目炯炯。

“是。”顾贞观徐徐地嘘出一口气来,道,“小子顾贞观,字华峰，无锡人。”

“无锡人？那顾宪成先生是……”

“家曾祖。”

“果然是家学渊源。”吴兆骞赞道。

“不敢不敢。惭愧惭愧。”顾贞观谦逊道。

吴兆骞不由得失笑，道：“华峰，你这倒是少年老成了。不过……”说着话，将手中的几页词笺向上扬了一扬，继续道，“这些词，真的都是你作的？”他的眼中，明显地还是有些怀疑。这些词，如此老到，要说是一个十八岁的少年所作，多少还是叫人有些疑心的。再联系到这少年人是宪成先生的后人，无锡顾家之子，要说是有人捉刀代笔，倒也不算是什么稀奇的事。只不过，按照常理想来，有如此才华之人，是断不肯替人代笔的。

有如此才华，成名江左，原就是很容易的事，又哪会沦落到替人代笔的地步？

顾贞观心下不高兴，脸色立刻就有些阴沉，冷冷道：“汉槎先生以为会是什么人做的呢？”

吴兆骞愣了一下，哈哈大笑，道：“走。”

顾贞观道：“到哪儿去？”

吴兆骞笑道：“华峰肯入我慎交社，乃吾社之大幸也，自然要介绍与同社诸君子相见。”

当慎交社的主要人物到齐之后，吴兆骞便将顾贞观介绍给大家，笑道：“吾弟顾华峰，一入吾社，便当为吾社第一人也。”吴兆骞说得极为真诚、欢喜。

顾贞观便大吃一惊。他怎么也没有想到，这初次相见，素昧平生的吴兆骞竟然给他以如此评价。要知道，吴兆骞本人一向狂傲，自小读《太玄经》便是一目十行、过目不忘，现如今，又是“江左三凤凰”之一，可谓是目无余子。而这“第一人”之评，俨然便是自甘于后，将顾贞观推崇到自己之上的。自古文人，谁不将自己的诗词文章看作第一？即使不明言，也断不肯自认不如人的。尤其是同时代的人。尤其是比自己年龄还要小的人。

当年的顾况，即使对白居易赞不绝口，也决不肯说他自己不如白居易的。这是文人的自傲、矜持，也是文人的自信。

吴兆骞的这“第一人”之说，不仅使得顾贞观大吃一惊，宋实颖、吴兆宽、吴兆宫诸人也同样大吃一惊。宋实颖还好些，可吴氏

兄弟却是很明白他们家老四的脾性的。想让他们家老四自甘其后……这怎么可能？要知道，慎交社的前身是几社，几社后来演变为沧浪会，沧浪会分化为慎交社与同声社。无他，就因为吴兆骞不甘人后。

以吴兆骞的孤傲与声名，要什么样的人、什么样的才学，才能获得他如此推崇？这“第一人”可决不是那么容易当的。如果有恶意的话，甚至可以说，这“第一人”便是将其置于火上。

吴兆骞自然不会有丝毫的恶意。

吴兆骞脸上满是欢喜，那种遇到平生知己的欢喜，那种一见之下引为同侪的欢喜。鸟鸣求友，人亦如是；知己难得，人海遭逢，焉能不喜？

“四弟。”吴兆宽瞧瞧顾贞观，然后将视线放到吴兆骞身上，虽然没有再出声质疑，可他的眼神却是很显然的不解。老实说，吴兆宽还真的很难相信，眼前的这个少年，竟会得到吴家四公子的如此推崇。

吴兆骞悠悠道：“你们先看这个。”一边说着，一边便将顾贞观的词笺分给大家看。他脸上的那种得意，任谁都看得出来。因自己诗词文章而得意者多矣，而因一初次见面的少年的诗词文章而得意者，古今有几？顾贞观忽地就有一种想哭的感觉。在人后，他也曾为自己而沾沾自得，也曾想过自己的词不亚于人；然而，自己认为终究只是自己认为而已，而现在获得声名如日中天的吴兆骞的如此认可，两种感觉根本就不可同日而语。

他就又想起传说中的高山流水。

古来知音难得！

杜工部如此人物，且对李太白如此之推崇、推崇到几乎可以说是谄媚的地步，然则，李太白对杜工部呢？即使不好说是不屑一顾，至少也是俯视的眼光吧。这还是在不好说李太白文人相轻的情况下。

此刻，顾贞观年轻的心真的是湿漉漉的。

几人接过词笺，对望一眼，将信将疑地读了起来。也许是读过几行，也许是几首，竟都不约而同地抬起头来，再次对望；只不过这一回，他们的脸上多了几分震惊，还有几分惊喜。那神情，又好像是饕餮看到美食一般。

吴兆骞笑道：“各位哥哥，你们看如何？”

“个中翘楚，”吴兆宫毫不犹豫地道，“当与汉槎共执吾社牛耳。”吴兆宫即使一样惊艳，却也不愿四弟的风头让眼前的这年轻人全压了下去。吴家，对慎交社可出力不少。

“不敢，”顾贞观道，“还望各位兄长赐教。”

吴兆骞大笑道：“华峰，拙诗还算是有些心得，论词的话，是大不如弟的，至于我两位兄长，还有宋兄，大约连我也是不如的。宋兄，大哥，二哥，你们说呢？”

吴兆宽微微一笑，却没做声。对自家四弟的疏狂，他们也不是第一次接触，又哪会因此而生气。宋实颖也是微微一笑，道：“汉槎的诗、华峰的词，我慎交社岂非将独霸江左？”

吴兆骞大笑道：“正是。走，华峰，我们喝酒去，贺我慎交社多了一员大将。”他的脸上，依旧满是欢喜与得意。

追忆曩时，相识在甲午之春，相别在丁酉之秋，知交中未有契阔如此者。然两人既空余子，一日便可千秋。向知有数年之别，即剡溪片叶，朝而松陵，夕而梁溪，数晨夕之素心，尚虞未尽倾倒，乃妄意为欢未央，坐失天伦乐事。嗟乎！东园楼上，诸公云集，誓书实出君手，珠盘玉敦，吾两人遂执牛耳，弟方发序齿之论，而汉槎蹑足附耳，必引弟为第一人。尔时意气，方谓文章风雅，夙愿金沙、云间之盛，再见于吾南，两人狎主齐盟矣。嗣后虹友斋头之集，娄水西关之宴，金陵锁院之追随，宛然如昨，知汉槎尚一一记忆也。

——顾贞观《寄吴汉槎书》

有些人，有些事，一旦经历，便是一辈子的记忆。

即便会因此而付出一辈子的艰辛，也生死无悔。

其实，慎交社中，名士辈出，又何止是初见的几人？

吴梅村、徐乾学、陈维崧、祁班孙……

而吴梅村更是吴兆骞的受业恩师，可称之为诗坛祭酒的人物。

二

无论是对顾贞观还是吴兆骞来说，顺治十四年(1657)秋都是他们人生的一次大转折。自此，他们都走上了与原本设想完全不

同的路。又或者，这就是人之命运的诡异吧。

虽然说这一年的事，原就与顾贞观毫不相干。

这一年，岁在丁酉，顺天、应天两府开科乡试，称北闱、南闱。其时，大局早定，清兴明亡，是谁也无法改变的事。吴兆骞虽说也有心怀故国之意，却也不能免俗，再加上老师吴梅村已经出仕，于是，他便收拾行装，到了南京。以吴兆骞之才学，应试中举，实在是很简单的事，结果也一如所料。吴兆骞的应试，无论是对他本人，还是对吴家来说，都是一种态度；而吴兆骞的中举，更可以说是吴家在新朝的开端。所以，消息传来，吴江吴家上下欢欣鼓舞。

但他们谁也没有料到，这一次的中举，竟改变了吴兆骞的一生，而对吴家来说，也是一次毁灭性的打击。

要说起来，这原本也与吴兆骞毫不相干，与南闱毫不相干。事情是发端于北闱顺天场的。贡生张汉与主考李振业曾为朋友，共享一妾。其后反目，放榜后，张汉状告李振业受贿，落第士子大哗，而此番中式之第二名王树德又为当朝吏部尚书王永吉之侄，于是，满人大员弹劾，王永吉因此降职，李振业等人于菜市被处斩。北闱案后，南闱案起，发难于名士尤侗所作之传奇《钧天乐》。尤侗高才不第，连年科场失意，便做此传奇以嘲讽之，取三甲姓名为“贾斯文、程不识、魏无知”。传奇一出，议论纷纷，直传入顺治帝之耳。顺治帝大怒，便诏令南闱中试举子北上复试。

如果仅此倒也罢了。虽然说，顺治帝此举，一则是敲打南方的读书人，二则是防止舞弊。可是以吴兆骞的才学，即便进京复试，那又何妨？更不用说，在古今传奇之中，读书人殿试之时一举赢得帝王青睐，从而名动天下的故事亦多矣。

问题是，时任江南总督的郎廷佐将吴兆骞列入“显有情弊”的八名举人之中。胥吏上门，催促上路，直与押解无异。进京以后，赴礼部点名，即被捆绑入狱。读书人，无端被谤，押入大牢，已是耻辱，更不用说傲岸如吴兆骞了。

对于有一种人来说，低头，实在不是一件很容易的事。

数日后，于瀛台复试，顺治帝亲临。复试之时，考生皆戴刑具，每举人一名，命护军二员，持刀夹两旁。而试官更是虎视眈眈。堂下，又罗列武士，夹棍、腰刀，森森逼人。在这样的情况下，考生早就吓得战战兢兢，惴惴股栗，哪里下得笔来？

吴兆骞叹息一声："焉有吴兆骞而以一举人行贿者乎?"遂搁笔不作，交了白卷。

若是寻常考试，交白卷最多也就是黜落，待下一科卷土重来就是。以吴汉槎之才，便是下一科又待如何？也不过就耽搁四年而已。如果遇到朝廷开恩科的话，还用不了四年。

二十七岁的吴兆骞等得起。

问题是，这一次的复试，又哪会那么简单？复试之后，黜去十四人的举人功名，除一人外，其余也都不准参加会试。吴兆骞交了白卷，自然便是在除名之列。

除名就除名吧，这原本就应是在吴兆骞的意料之中的事。问题是，到顺治十五年(1658)的十一月，顺治帝亲定此案，正副主考并十八房主考都被判处了绞刑。主考处刑如此之重，被除名的举子又如何能轻轻放过?

仓皇荷索出春官，扑目风沙掩泪看。自许文章堪报主，那知罗网已摧肝。冤如精卫悲难尽，哀比啼鹃血未干。若道叩心天变色，应教六月见霜寒。

庭树萧萧暮景昏，那堪缧绁赴圜门。衔冤已分关三木，无罪何人叩九阍。肠断难收广武哭，心酸空诉鹄亭魂。应知圣泽如天大，白日还能照覆盆。

——吴兆骞《戊戌三月九日自礼部被逮赴刑部口占二律》

自古无辜系鹓鸠，丹心欲诉泪先流。才名夙昔高江左，谣诼于今泣楚囚。阙下鸣鸡应痛哭，市中成虎自堪愁。圣朝雨露知无限，愿使冤人遂首丘。

——吴兆骞《四月四日就讯刑部江南司命题限韵立成》

当身系囹圄，一个接一个的消息传来时，吴兆骞自然明白了他将要面对的是什么。这使得一向狂傲的吴兆骞慌乱了起来。人不在危急时刻，永远都不会知道，自己面对危急的时候，将会做出什么样的选择。钱牧斋临池曰："水太凉了。"惹得士林笑话。吴兆骞想起，自己当时也在这笑话者之列。不要说钱牧斋，即便是吴梅村的出仕，吴兆骞暗中又何尝没有嘲笑老师"老妇再醮""晚节不

保”？现如今，轮到他自己，那种恐慌，就似雨后青苔，在他的心底迅速地蔓延开来。

如果重来，吴兆骞想，复试的时候，无论如何，也不会交白卷了。

以其才，即使不能写出出色的文章，至少也不会太难看；即使难看，最多也就不许参加会试，想来不会被举人除名。

岂有江左吴兆骞大不如人者？

只可惜，一切已成定局，不会重来。

纵使吴兆骞不断于诗中求饶，“圣泽”“圣朝”，终究无用。

这一年，吴兆骞二十七岁，顾贞观二十一岁。

这一年，吴兆骞的人生已经改变，而顾贞观，还没有。

三

顾贞观闻讯便从无锡赶往吴江。进入吴家的时候，吴家是一片愁云。

吴晋锡老泪纵横，只是嘟嘟囔囔地嚷道：“仇人陷害，仇人陷害，都是仇人陷害啊！”吴兆骞的妻子葛采真与妹妹吴文柔陪在老父的身旁，也俱是默默流泪。

“华峰来了啊。”吴兆宽也是神色憔悴，狼狈不堪。

“大兄，”顾贞观与吴晋锡见过礼之后，便忙问吴兆宽道，“汉槎兄现在到底如何了？”

吴兆宽苦笑一声：“二弟已经到京师去了。”他吴家变卖家产殆尽，也要去营救吴兆骞。这不仅仅是为了吴兆骞，也是为了整个吴家。要知道，朝廷实行的是连坐，一人出事，整个家族都会受到牵连。只不过这变卖家产的事，却也不好对顾贞观如何说。

即使顾贞观与吴兆骞一向交好。

在吴兆骞出事之后，顾贞观能够赶来吴家安慰，已经足见交情了。

顾贞观叹息一声，小声道：“大兄，伯父说是仇人陷害，可知是谁？”

吴兆宽迟疑一下，叹道：“汉槎恃才傲物，平日里也不知得罪了多少人……”他没说的是，吴兆骞的诗文当中，多有犯忌讳，这回落难,倒也说不得是完全无辜。

吴兆宽不欲就这个问题说下去,顾贞观自也不好追问。吴兆宽或许知道仇人是谁。然而,以吴家现在的状况,即使知道仇人是谁,那又如何?报仇云云,与找死无异。吴家父子都是聪明人,不会不明白这个道理。

顾贞观也自叹息一声,只是他心中忽就很是感动。吴兆骞恃才傲物,目无余子,偏偏对他青眼有加,许为慎交社"第一人"。

说话间,忽就见得有个家人急匆匆地从外面进来,一脸风尘仆仆的样子。

"老爷,大少爷……"那家人气喘吁吁。

吴晋锡忙就问道:"怎样?怎样?汉槎他现在怎样?"吴兆宽与葛采真、吴文柔也俱是紧张地盯着那家人,只不过吴晋锡在问话,他们不好做声罢了。

顾贞观也没有做声。只是要论他心头的紧张,大约决不亚于吴家诸人。顾贞观默默地去倒了碗水,递给那家人。那家人接过,喝完水,情绪才平复了一些。

"老爷,大少爷,三少奶奶,小姐,"他瞧了瞧顾贞观,又道,"顾少爷……"

"行了,行了,别说那些没用的,"吴晋锡不耐烦地道,"就直说吧,汉槎他现在怎样?"吴家几乎是倾家荡产去营救吴兆骞,无论如何,总不会落个杀头抄家吧?再说,吴兆骞的老师吴梅村已经出仕,在朝堂之上,想来也不会袖手旁观吧 。

那家人迟疑一下,道:"充军宁古塔。"

"充,充军?充军哪里?"吴晋锡仿佛没听得清楚似的。

"还没最后定。不过,二少爷说,最好的可能,三少爷也是要充军宁古塔。"那家人道。

吴晋锡与吴兆宽对望一眼,半晌,都不由得长叹一声。他们知道,这应该算是最好的结局了。只葛采真身形晃了晃,险些跌倒。好在,吴文柔赶紧扶住了她。

葛采真低低地道:"我去京城找相公。"

吴晋锡怒道:"瞎说什么?昭质,带你嫂子先歇息去!"吴文柔答应了一声,忙就去扶葛采真。

"公公……"葛采真哀哀地道。

吴兆宽叹道:"弟妹啊,你现在去京城,只会给汉槎添乱……

等汉槎到了宁古塔再说吧。”心下一片黯然。他自然明白，那酷寒之地的宁古塔对于江南的孱弱文士来说意味着什么。充军到宁古塔，差不多就是九死一生啊！吴兆宽想，好在汉槎还年轻，但愿能够挺过去。

然而，即使能够挺过去，那又如何？终其一生，都要待在冰大雪地的宁古塔了。什么功名富贵，什么江左凤凰，到了宁古塔，都将化作一场空。

就像梦一样。吴兆宽想。

那家人迟疑一下，又道：“二少爷说，最坏的结果，就是籍没家产，全家都要充军……”

这话一出，吴家父子不由俱大惊失色。要知道，全家充军就意味着吴江吴家就此完了。

“二少爷还在运作……”那家人道。

吴晋锡脸色苍白，半晌，叹道：“算了，全家充军就全家充军吧。嘿嘿，吾不能死国难，至此更复何言？”老人微微闭眼，浑浊的眼泪从眼角滚落。

顾贞观也是脸色苍白，顿了顿，忽地转身就走。

“华峰……”吴兆宽一言既出，便心头一黯，暗道：想来顾华峰也是怕受我吴家牵累了。不由得在心头冷笑几声。吴家已是如此之结局，若顾贞观再与吴家走得近的话，一旦遇到有心人存心不良，只怕真的会惹祸上身。自古以来，锦上添花者多矣，雪中送炭的能有几人？

顾贞观却没有理会吴兆宽的语气，道：“我这就去京城，大兄。”

“去京城？”吴兆宽愣了一下。

“无论如何，汉槎出塞，我总要去送一下他。”顾贞观一字一句地道。

顺治十六年(1659)，闰三月，吴兆骞启程出关。临行前，无论相识与否，赋诗送行者甚多矣。

人生千里与万里。黯然销魂别而已。君独何为至于此？山非山兮水非水。生非生兮死非死。十三学经并学史。生在江南长纨绮。词赋翩翩众莫比，白璧青蝇见排诋。一朝束缚去，上书难自

理。绝塞千山断行李。送吏泪不止。流人复何倚。彼尚愁不归，我行定已矣。八月龙沙雪花起。橐驼垂腰马没耳。白骨皑皑经战垒，黑河无船渡者几？前忧猛虎后苍兕。土穴偷生若蝼蚁。大鱼如山不见尾。张鬐为风沫为雨。日月倒行入海底。白昼相逢半人鬼。噫嘻乎悲哉！生男聪明慎莫喜。仓颉夜哭良有以。受患只从读书始、君不见，吴季子！

——吴伟业《悲歌赠吴季子》

边城日日听鸣笳，极目辰韩道路赊。三袭貉裘犹未暖，一生雪窖便为家。晨看军府飞金镝，暮向溪山引犊车。千载管宁传皂帽，难从辽海问生涯。

已甘罪遣戍荒溪，又发家人习鼓鼙。孟博暂能随老母，子卿犹得见生妻。鹤鸰原上闻猿啸，鸡鹿山前听马嘶。梦里依稀归故国，千重关隘眼终迷。

——徐乾学《怀友人远戍二首》

顾贞观没有作诗填词。

“华峰。”吴兆骞握着顾贞观的手，勉强一笑。

顾贞观忽就落泪。

“华峰。”吴兆骞叹息一声。

“必归季子。”顾贞观轻轻地但却很坚决地道。

这一年，吴兆骞二十八岁。顾贞观二十二岁。

没人相信顾贞观的话。

没人知道，顾贞观的人生路，在这一刻，已经完全改变。

没人知道，顾贞观在这一刻所选择的路，将花费他二十多年的时间，从少年到中年。

只因为当年的初相遇。

四

顺治十八年(1661)正月初七，皇帝驾崩。

消息传来，顾贞观不由得放声大哭。

"顾相公……"寺僧有些奇怪地瞧着这年轻人,却也不好劝说。从理上讲,皇帝驾崩,天下臣民都应该悲痛欲绝的。只不过事实上,天下人又有几个真的流几行泪再大哭几声?更不用说这死掉的还是个鞑子皇帝。

自然,没人敢公开说这是鞑子皇帝——敢这样说的,要么死了,要么遁迹无形,逃了。

不说是不说,心里骂两句却没什么问题。

眼前的这年轻人,分明就是汉人,竟然为一个鞑子皇帝如此痛哭流涕,这怎么看都是不大对头的。

顾贞观哭得很真。

那寺僧看样子也五十多岁了,可谓是老和尚。前半生在明,后半生入清;老实说,这鞑子皇帝驾崩,老和尚即使不幸灾乐祸,哭,却是怎么也哭不出来的。更何况这是在京郊的一座寺庙里,即便哭,又哭给谁看?

顾贞观在这庙里已经寄居了差不多两年。

"我没事。"顾贞观哽咽道。嘴里说着"没事",眼泪却还是止不住地往下淌。

顾贞观当然不是因为顺治帝的驾崩而大哭。

而是因为,顺治帝驾崩,小皇帝即位,季子生还将变得无限渺茫。

顺治帝钦定的案子,小皇帝又怎么可能翻案?小皇帝亲政之前,那些辅佐小皇帝的大臣们,也一样不会允许翻案的。

皇帝金口玉言,决不会错。

尤其是死去的皇帝。

老和尚苦笑一下,念一声"阿弥陀佛",也只好这样了。老和尚原本是因为写了一首诗,想来和顾贞观探讨一二的。这两年,老和尚与顾贞观谈诗说词,倒也颇为投机。否则,又哪会让顾贞观在寺庙里一住就是两年?

寺庙终究不是善堂。

"阿弥陀佛,善哉,善哉。"老和尚一边念叨着,一边悻悻地出了门。皇帝驾崩,顾相公痛哭流涕,作为出家人的老和尚如果坚持要与他谈诗论词,那却也怎么都不合适。

老和尚方才出门,忽便见一个小沙弥急匆匆地赶了过来,道:"方丈……"

老和尚一皱眉，道：“慌什么？”

小沙弥道：“龚大人来了，方丈。”

“龚大人？”

“龚大人？哪个龚大人？”

“不知道，就说是龚大人，说要见方丈。”

老和尚愣了一下，一时之间却也想不起到底是哪个龚大人。不过，他到底是得道高僧，神情淡淡，道：“阿弥陀佛，带贫僧去见就是。”心道：到本寺来烧香添油的达官贵人一向不多，却不知道是哪位大人忽然想到本寺？京城寺庙众多，本朝定鼎之后，又凭空多了许多喇嘛庙，像他这样的小寺庙，实在已没有多少香火了。

想到这儿，老和尚心中倒也有些兴奋。

那位龚大人正等在大雄宝殿旁边的一间偏殿里。那里供奉着送子观音的造像。

偏殿门口，是四个持刀的兵丁。几个轿夫则在另一旁歇息着。两顶小轿在阶下，靠边停放着。

见这阵势，老和尚便松了口气。很显然，这是哪家大人来烧香求子的。因为他们进的是送子观音殿；寻常进香，都应该是进大雄宝殿。门口两顶小轿，说明是夫妇俩。带的人不多，又是进小庙，不到大庙，说明他们低调之外，还不欲被人知道。

只有到了一定年纪还没有生养的，才会去求送子观音。所谓不孝有三，无后为大，这没有生养，可不是什么光彩的事，自然不想让别人知道；一般来说，是能低调就低调，能避人就避人。

如果选择大庙进香的话，那可避不开人，尤其是朝廷的官员。

龚大人。能称得上是大人的，自然是朝廷官员，而且，品级应该还不会小。

如果只是六七品的小官的话，这京城里面一抓一大把，谁认得你啊？哪里用得着避开人？

老和尚的分析无疑是很准确的。

来人是龚鼎孳与顾横波。龚鼎孳“生平以横波为性命，其不死委之小妾”——传说当年闯贼攻入北京，龚鼎孳原欲殉难，“奈小妾不肯何”。

龚鼎孳先是降闯，后又投清，原配童氏不齿，长住合肥，不肯入京；如今，这京中的主妇自然便是横波夫人。只可惜，顾横波一直

都没能生育，夫妇引以为憾。

不过，这一次进香，倒也不仅仅是求子，也有为病重老母祈福之意。至于进小庙，不进大庙，自然是不欲人知；皇帝驾崩，即便是求子、祈福，自也是低调为好。

前两年，顾横波曾生了个女儿，只可惜，很快就夭折了。

顾横波如今唤作徐善持，善持君。

龚鼎孳四十多岁，青衣小帽，并没有穿官服。只不过论品级的话，到底是朝廷重臣，出门自然要带几个兵丁的。

此刻，早已徐娘半老的顾横波正虔诚地跪拜着送子观音。老实说，年过四旬的女子，想再生一个孩子，真不是一件容易的事；然而，顾横波总是不死心。

尤其是女儿夭折之后。

龚鼎孳心头叹息，却也没有违拗顾横波之意。

龚鼎孳明白，自己终究是爱着这小妾的；更不用说，这些年来，一直都以小妾作为自己当年没有殉国的借口。然而，人活着，比什么都好，尤其是在有一个自己爱着也爱着自己的女子的情况下，不是吗？“司命多情，一声唤转断肠路”，固然惹世人耻笑，却多了一生的恩爱与幸福。

“……落叶满天声似雨，关卿何事不成眠。”龚鼎孳轻捋颔下须髯，微微抬头，耳际仿佛响起落叶飒飒之声。“落叶满天声似雨，落叶满天声似雨”，他慢慢咀嚼着，越咀嚼越觉着有味道，“关卿何事不成眠。呵呵，是啊，落叶满天，关卿何事？卿自无眠，又与落叶何干？前一句，状声何似；后一句，写人何哀啊！”以龚鼎孳的年龄，自然明了这淡淡的诗句之中所蕴含的苍凉。

人不成眠，偏怪落叶有声；其实便是“而今识得愁滋味，欲说还休，欲说还休，却道天凉好个秋”啊！

“施主。”老和尚合十肃立。

龚鼎孳回头，忙也见礼道：“见过大师。”

老和尚道：“敢问龚大人找贫僧何事？”

龚鼎孳笑道：“我见这壁上题诗好生不错，便想问一问大师，不知这诗是何人所题？”说着，便一指壁上题诗。

老和尚愣了一下，道：“哦，是顾相公所做。”说着，脸上含笑，心中却有些闷闷不乐。龚鼎孳所指题诗的旁边，便是老和尚的得

意之作。“莫非眼前的龚大人没有读贫僧的诗?”老和尚暗自想道,“顾相公的诗固然不错,不过,贫僧的诗好像也不差吧。”

“顾相公?哪个顾相公?”龚鼎孳一皱眉头,一时也想不起当今诗人之中,有哪位姓顾的能写出这样的句子来。自古以来,能作诗者多矣,然而,能写出传世诗句的,又能有几?龚鼎孳相信,眼前这样的诗句必能传世;如是,则其作者必能传世。

“是的,是顾相公。”老和尚心中的微微不快很快就散掉了,“名唤顾贞观,江南人氏。”

龚鼎孳点点头,道:“不知道这位顾相公现在何处?”说着话,瞧着老和尚的眼神中便多了几分期待。

老和尚自然不知龚鼎孳平生或有千般不是,却一向都是惜才爱士,有“穷交则倾囊橐以恤之,知己则出气力以授之”之美誉,听得眼前这位大人问起顾贞观的所在,心下不由得有些奇怪,暗道:读了一首诗就问作诗者何在,这诗真的就这么好?

“大师?”老和尚这一愣神,龚鼎孳已自追问道。

“阿弥陀佛,”老和尚笑道,“顾相公正寄居本寺呢……”

“哦?”龚鼎孳一听大喜道,“快带我去看。”说着话,便快步往外走。

“相公……”顾横波在两个侍女的搀扶下缓缓地站起身来,见龚鼎孳急匆匆往外走,有些不明所以,便叫了一声。虽说已是四十岁有余的人了,但那叫声,却依旧那么柔、糯,使得老和尚不由自主地就又念了几声“阿弥陀佛”。

龚鼎孳脚步一顿,柔声道:“善持,你先在这里歇会儿,我去去就来。……大师,请带路。”

龚鼎孳当年的“奈小妾不肯何”的笑话,与顾贞观自然毫不相干。所以,互通名字之后,顾贞观忙见礼,道:“见过龚公。”心里忽然一动。

龚鼎孳沉吟道:“华峰是江南哪里人?”

“无锡。”顾贞观不待龚鼎孳问下去,直接便道,“家曾祖讳宪成。”顾宪成的名头,天下谁人不知?

果然,龚鼎孳笑了起来,道:“原来是东林先生的后人。”

顾贞观拱手道:“正是。”

龚鼎孳笑道:“华峰已经中举?”他上下打量了一下顾贞观。

江南顾氏，寄寓京师萧寺，自然是为了科考。否则，哪有一读书人在京师萧寺一住就是两年的。

顾贞观忽地想起龚鼎孳与吴梅村的关系来。

“为吴汉槎而来。”顾贞观毫不犹豫地道。一则他知道龚鼎孳一向惜才爱士，二则早些挑明，能够得个准信；如果龚鼎孳不欲插手此事，也就不必在龚鼎孳身上花多少气力了。

果然，龚鼎孳脸色一变。

吴兆骞那么大的事，在刑部任职的龚鼎孳不可能不知。然而，知又如何？说要营救吴兆骞，那根本就是不可能的事，即使他与吴梅村一向交好，而且，任的是刑部右侍郎。

“龚公！”顾贞观急切地叫了一声。

龚鼎孳苦笑道：“再说吧。”说着话，吩咐人将自己的名帖交给顾贞观，道：“华峰，如果有什么事，就来找我吧。”说罢，也没有过多逗留，就带着顾横波坐轿子走了。

顾贞观望着远去的龚鼎孳，心头有些迷惘。他不知道龚鼎孳到底是什么意思。然而，在几乎已经绝望的时候遇见龚鼎孳，顾贞观还有其他选择吗？

五

情恻恻。谁遣雁行南北？惨淡云迷关塞黑。那知春草色。

细雨花飞绣陌。又是去年寒食。啼断子规无气力。欲归归未得。

——吴文柔《谒金门·寄汉槎兄塞外》

缟綦义烈人谁似，淡月寒梅。寂掩罗帏。生受黄昏盼紫台。

遥知枫落吴江冷，白雁飞回。锦字难裁。一片红冰熨不开。

——吴兆骞《采桑子·寄妹》

牧羝沙碛，待风鬟，唤作雨工行雨。不是垂虹亭子上，休盼绿杨烟缕。白苇烧残，黄榆吹落，也算相思树。空题裂帛，迢迢南北无路。

消受水驿山程，灯昏被冷，梦里偏叨絮。儿女心肠英雄泪，抵死偏萦离绪。锦字闺中，琼枝海上，辛苦随穷戍。柴车冰雪，七香

金犊何处?

——吴兆骞《念奴娇·家信至有感》

康熙元年(1662),葛采真与吴文柔出塞,前往宁古塔与吴兆骞团聚。其时,蒙恩免戍的老父已经去世,而吴家兄弟都已被押送到了宁古塔。

朝廷恩典,原就如是。

在两个弱女子出塞之前,顾贞观将这三阕凄苦之词呈送给龚鼎孳。龚鼎孳文名显赫,若肯渲染的话,当朝者或肯怜悯一二。

顾贞观自然明白,这"或肯"很是渺茫。当朝的不是汉臣,而是满人。小皇帝的这四位辅政大臣——索尼、遏必隆、苏克萨哈、鳌拜,可不会懂得什么诗词之好,更不会怜悯一个先帝亲定充军宁古塔的罪人,更不用说这获罪之人还是汉人。

然而,哪怕希望很是渺茫,总也要试上一试不是?

做了,未必有用;不做,肯定没有希望。

顾贞观有些紧张地瞧着龚鼎孳。龚鼎孳默默地读完这几首词,不由得长叹一声。

"昭质还有什么词吗?"对这样奇女子的词,龚鼎孳读着,心下也自黯然。

顾贞观想了想,道:"晚生记得还有一阕《长相思》。"

"哦?念来听听。"龚鼎孳饶有兴味地道。

关山秋。故山秋。叶落宫槐起暮愁。新凉作意收。
蓼花洲。荻花洲。吩咐蛩吟且暂留。断肠人倚楼。

——吴文柔《长相思》

等顾贞观念完,龚鼎孳点点头,却又拿起那张写有《谒金门·寄汉槎兄塞外》的词笺来,默默地又读了一遍,叹道:"缟綦义烈,缟綦义烈啊!"

缟綦,缟衣綦巾也,此处自然是盛赞吴文柔之义烈。

"龚公……"顾贞观急切道。

龚鼎孳苦笑道:"华峰啊,昭质此词,纵使我不言,传遍京师也没什么问题;而义烈之女,更谁人不敬?只是……"他话没说完,轻轻地摇了一下头,又苦笑一下。

“这一切都没有用。”龚鼎孳心道，“若有用的话，吴梅村岂不早就北上？无论是因为满人不通文，还是为了要威慑江南士子，又或者是维护先帝的脸面，都不可能将吴兆骞赦回的。朝廷的脸面，先帝的脸面，比什么都重要。区区几篇诗词，想让朝廷赦回吴兆骞，无异于痴人说梦。”

这些话，龚鼎孳自然不会对顾贞观直说。

他怕伤了这个年轻人的心。

这年轻人的执着，这年轻人的“必归季子”，龚鼎孳不可能无动于衷。

顾贞观长长一揖，道：“多谢龚公！”

顾贞观即使明白希望渺茫，但决不会绝望。

香笺晚坐，翠黛朝弯。燕霜那忽点云鬟，伯劳飞燕，禁骨肉，恁摧残。盼九天，为妾赐环。

甚日生还。酒泉郡，玉门关。燕颌小妹上书难。麻衣似雪，泪潸潸，背人弹。本意儿，身作木兰。时尊府君蒙恩免戍，竟以忧卒。

——顾贞观《声声令·松陵吴汉槎夫人出关，令妹昭质以孤孀远送。芝麓龚公盛称为缟綦义烈，因赋此词并寄汉槎》

六

龚鼎孳引荐顾贞观成为内阁中书舍人。内阁中书，掌撰拟、记载、翻译、缮写。或由举人考授，或由特赐。这一官职虽然只有六品，却身居中枢要地，与一般大臣相比，见小皇帝要容易得多。

无论是龚鼎孳还是顾贞观，都很明白，要营救季子生还，只有两条路，一是四大执政大臣点头，二是小皇帝答允。以鳌拜对汉臣的打压，朝中满汉的党争，第一条路基本已经断绝。那么，就只剩下走小皇帝这条路了。

小皇帝虽说只有十一岁，却天资聪颖，自幼苦读，读四书时“必使字字成诵，从来不肯自欺”，诗词书法，都有造诣。龚鼎孳轻轻地道：“华峰啊，如果皇上读了你的诗词的话……”他期许地瞧着顾贞观。顾贞观眼前一亮。

如果小皇帝读了顾贞观的诗词，并且喜爱的话，那么，这作诗填词之人，必也会获得小皇帝的青睐；如果能够获得小皇帝的青睐，那么，季子生还，岂非有望？

“我明白，龚公。”顾贞观面对不可期的前途，忽然就又多出几分希望。

康熙三年（1664），七月初八，顾贞观正当值的时候，忽就有小太监传小皇帝口谕，要召见他。顾贞观先是愣了一下，而后大喜。

他知道，机会来了。

他的心不由自主地猛跳起来。

机会。汉槎生还的机会啊！一定得求皇上。求皇上开恩。求皇上开恩。

顾贞观跟在小太监的后面，一路上胡思乱想着。

天渐明，太阳刚刚升起。

小皇帝虽未亲政，却实在是很勤政之人。

小皇帝在御书房召见顾贞观。

小皇帝身量不高，脸上还有一些白麻子。自然，这一切，顾贞观是看不见的。小太监引着顾贞观进入御书房之后，顾贞观就一直低着头，看着红色的地面，声都不敢吭一下，又哪敢抬头？无形之中，他只觉无尽的压力，似催迫金城之黑云一般。不由自主地，一颗心又猛跳起来。

霎时间，顾贞观只觉脑中一片空白；这一片空白之中，却犹有一念，似顽固地呼唤着，在荒原之上。

“必归季子！”

“生还季子！”

“季子！”

……

“跪！”小太监低低地喝道。

顾贞观忙就跪倒，高声道：“臣顾贞观见过皇上，愿吾皇万岁万岁万万岁！”整个人几乎就趴在了地上，一动不敢动。不过，那猛跳的一颗心，倒平复了一些。

御书房中一片寂静，连呼吸都听得见。

自己的,还有……

小皇帝的。

小皇帝的呼吸很轻,很绵长。

“你便是顾贞观?”小皇帝的声音虽然稚嫩,却显出一种别样的威严。

“正是微臣。”顾贞观忙高声答道。

“抬起头来给朕瞧瞧。”

“微臣不敢。”

“恕你无罪。”

“微臣遵旨。”

顾贞观慢慢地跪直了身子,只是,头还是微微地低着。

“朕瞧不清楚,”小皇帝道,“将头抬高一点。”

顾贞观便将身子挺直,以便让小皇帝看得清楚一些。这身子一直,他自也便看见皇帝,只不过,一眼之后,再也不敢多看,微微地眼睑下垂,以示恭敬。

小皇帝打量了一下顾贞观,笑道:“‘落叶满天声似雨,关卿何事不成眠’,可是你作?”

顾贞观心念一动,道:“正是微臣。”

顾贞观仿佛于暗夜看见星光一般,一颗心便渐渐欢喜起来。

“莫非皇上他喜欢拙诗?”顾贞观不由自主地暗自想道。

对于一个臣子来说,这是何等荣耀。

顾贞观却又想道,如果能够以此蒙受皇帝恩宠的话,一旦有机会,岂不就能“生还季子”?要知道,即使皇帝还是个孩子,可他迟早要亲政;即使是亲政之前,如果皇帝肯赦免汉槎的话,汉槎生还就有了极大的可能。

“你新近还写过什么诗词,拿来给朕瞧瞧。”小皇帝饶有兴味地道。

顾贞观心中一动,将放在怀中的吴兆骞的几首诗词掏了出来,双手拿着,高高举起。那小太监接过,转递给坐在书案后的小皇帝。小皇帝显得颇为期待的样子,将那几页诗词接过,低头看了一小会儿,忽就抬头,问道:“这些都是你所作?”小皇帝神色不变,双眼之中却闪过一丝阴鸷与杀气。

这股杀气,即使没有抬头,顾贞观也能感觉得到。只不过,当他取出那几页诗词的时候,他已知道,他已没有退路。

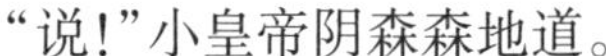

“皇上……”

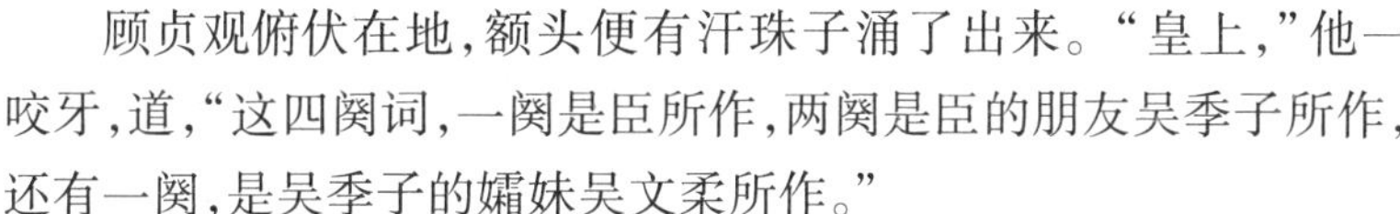

“说!”小皇帝阴森森地道。

顾贞观俯伏在地,额头便有汗珠子涌了出来。“皇上,”他一咬牙,道,“这四阕词,一阕是臣所作,两阕是臣的朋友吴季子所作,还有一阕,是吴季子的孀妹吴文柔所作。”

小皇帝脸色阴沉,冷笑道:“你都拿来给朕,却是何意?”他死死地盯着顾贞观。

“臣……”

“你想好了再说。”小皇帝冷冷道,“如果不能使朕满意的话,朕不介意杀人。”

小皇帝还没有亲政,想杀人自然不容易。不过,此刻小皇帝的心头,怒火却真的涌了上来。在小皇帝看来,顾贞观这分明就是欺君之罪。

顾贞观汗水滴答,却依旧咬着牙,道:“皇上,臣的朋友吴季子,充军宁古塔是冤枉的!”

小皇帝冷笑道:“你的意思是说,先帝冤枉了吴季子?”小皇帝心头越发愤怒。

顾贞观忙道:“不是,臣不是这个意思,臣不是说先帝冤枉了吴季子,而是有小人蒙蔽圣君,有小人欺君啊……”顾贞观说罢,实在是忍不住心头的悲愤,不由得大哭起来。

小皇帝微一皱眉,神色和缓了一些。他没有制止顾贞观痛哭。圣前痛哭,固然无礼,却也可知此人应无欺君之心。小皇帝聪明绝顶,有些事,一想就明白了。

“欺君之事或有,欺君之心应无。”小皇帝心道,“而且,此人甘为朋友而冒死欺君,也足见是条汉子。”

这样一想,勃发的怒气、对顾贞观的恶感,自然就减少了许多。

小皇帝一生都是个讲道理的人。

“小人是谁?”待顾贞观哭罢,小皇帝问道。

“是章在兹、叶方蔼。”顾贞观哭道,“当年,沧浪社分裂,这两人对汉槎怀恨之心,丁酉科场案发,他们便诬告汉槎,蒙蔽圣君,才使汉槎充军宁古塔。”说着话,顾贞观向前紧爬几步,哀求道:“皇上,皇上,汉槎是冤枉的,汉槎是冤枉的……”

小皇帝面沉似水。

“相信微臣,皇上,微臣敢以性命担保啊,皇上……”顾贞观伏

地痛哭。

小皇帝冷哼一声,道:“顾贞观,你退下吧。”

“皇上……”

小皇帝轻轻一挥手,早有两个侍卫过来,一左一右将顾贞观架起来,拖了出去。

“皇上……”顾贞观哀哀地叫道。

小皇帝冷冷地瞧了一眼,不再言语,而是取过一卷书,静静地读了起来。那几页诗词,飘落到了地上。小太监忙俯身捡起,就要放到书案去。

小皇帝淡淡地道:“收起来吧。”

“是,皇上。”小太监知道,这几页诗词,大约要永远不见天日了。

待小太监徐徐退了出去,小皇帝忽地将手中的书卷放下,沉默半晌,苦笑一下。然后,又将书卷举起。

“这件事,就这样算了吧。”小皇帝想。

他不会再去怪罪顾贞观。吴汉槎或许真的是受小人诬告,父皇或许真的是被小人蒙蔽,然而,那又如何?若承认有小人欺君而父皇不知,那父皇颜面何存?更重要的,他这个做皇上的,即使现在想替吴汉槎做主放他生还,也不可能。

因为,如今的朝堂上,他还做不了主。

能做主的,是四大执政大臣,是鳌拜。

小皇帝早已神情淡淡,仿佛什么事情也没有发生。

曙色天街,衣半湿,露华凉沁。何处是,双星一水,碧空遥浸。夹道纱笼趋画省,几枝银箭传清禁。赋春城,批敕与韩翃,题宫锦。

初日耀,龙墀荫。罘罳角,鱼鳞淰。向御炉烟里,瞻天无任。只觉上清尘土绝,那知玉宇高寒甚。料孤眠、正忆早朝人,敧山枕。

——顾贞观《满江红·甲辰七夕后一日陛见》

凤纸中宵,亲捧出,九天珠玉。只少个,添香侍史,对燃官烛。绛节高随银汉转,红檐不定金波浴。乍因风,吹得到人间,霓裳曲。

丛桂树,家山绿。归梦好,残更促。又宫壶滴罢,晓钟相续。蓬勃鹊炉三殿敞,扑琅鱼钥千门肃。量圣朝,无阙更无人,青蒲伏。

——顾贞观《满江红·中秋直院》

七

康熙三年(1664),顾横波去世。

康熙五年(1666),龚鼎孳告假扶灵回江南安葬。顾贞观于此年应北闱,名列第二,因祖籍江南,天下呼之为"顺天南元"。官至内阁中书,掌国史馆典籍。

康熙十年(1671),另一扶持顾贞观的大学生魏裔介为李之芳弹劾,以"老病乞休",获准回籍。顾贞观不得已告归。然并未归,而是继续留在京师,寻找机会。是年,纳兰性德十七岁。顾贞观三十五岁。吴兆骞四十一岁。距丁酉科场案发,已十三年矣。

月中秋半,正金波委地,绛霄层卷。唱可哀、空忆人间,记一曲宾云,桂亭双幔。碧海青天,料今夜、夜凉应倦。又无言村杵,有泪边笳,不情邻管。

追思十年游伴。叹吴山烟冷,广陵潮满。把清光、比似元宵,问姮娥肯放,花灯轻换。瓜果前头,小列个、结璘香案。怕珮声钗影,俱逐晓风零乱。

——顾贞观《望梅·中秋》

往事惊心碧玉箫。燕猜莺妒可怜娇。风波亭下鸳鸯牒,惶恐滩头乌鹊桥。

搴恨叶,摘情条。旧时眉眼旧时腰。可能还对西窗月,狼藉桐花带梦飘。

——顾贞观《鹧鸪天》

雨雪空山滋味。休认作、行云一例。枯木寒藤聊暂倚。愿他生,得相逢,欢喜地。

折取青莲比。怕幻出、并头根蒂。稽首皈依持准提。玉泠寒,早香焦,人静矣。

——顾贞观《夜游宫》

记寒宵携手,一篙新月,三径微霜。碧绡乍惜殷红减,平生意,百劫难忘。为我飘蓬,由他飞絮,恶风吹堕何方。燕台尺素,犹自

祝胜常。怪啼痕、浥透香囊。心知从此别,但寄声珍重,莫更思量。蜀道如天,侯门似海,陌头容易盼萧郎。除非是,星轺捧节,便出泸江。

纵然金屋深藏,清笳拍遍,料依旧情伤。侧身西望貂榆赠,双鱼杳,不上瞿塘。邛笮烟迷,牂牁瘴合,梦魂可到家乡。乌衣门巷,别后总凄凉。又谁过,昔日幽窗。埽眉安镜处,任泥翻燕垒,蜜涴蜂房。黄菊休开,紫薇空老,见伊枝叶几回肠。归来也,重逢满愿,所愿才偿。

——顾贞观《泸江月·寄满愿》

彼无碍光如来名号,能破众生一切无明,能满众生一切志愿。

——昙鸾法师《往生论注》

八

康熙六年(1667),小皇帝年满十四岁,循先帝顺治十四岁亲政先例,开始亲政。

康熙八年(1669),小皇帝以雷霆手段拿下鳌拜。

康熙十五年(1676),顾贞观已经四十岁,辗转京师近二十年,两鬓早已斑白。当年的誓言犹在,然汉槎生还依旧遥遥无期。

吴兆骞于宁古塔生有幼子,顾贞观欲将女儿许配于他,以便两家结为姻亲。

顾贞观明白,时间拖得越久,希望也就越渺茫。二十年物是人非,当年,汉槎出塞之时,那么多人投诗以赠;如今,京师之内,还有几个记得吴汉槎?记得那个傲视人间的"江左三凤凰"的吴汉槎?

"江左三凤凰"的陈其年早已名动天下,而吴汉槎还在冰天雪地里蹉跎岁月。

顾贞观仰首望天。

他已无泪,眼亦渐枯。

将近二十年流连京师啊,不惜低头拜谒公卿,四处奔波,到头来依旧是一事无成。

顾贞观惨笑。

原来,有的事,真的是怎么做都没有用的。

蓦然间，就听得敲门声。

顾贞观擦了一下有些干涩的眼，赶紧去打开门。

“华峰。”敲门的是徐乾学，当年的慎交社社员、吴兆骞昔日好友。跟在徐乾学身后的是徐元文。徐乾学是康熙九年（1670）的探花，徐元文更是顺治十六年（1659）的状元。徐氏兄弟的舅父，便是名满天下的顾亭林先生。

“原一兄，公肃兄。”顾贞观忙见礼道，心里有些纳罕。这些年来，徐氏兄弟也曾发力营救吴汉槎，只可惜，终究无用。今日他们联袂而来，莫非是事情有了什么转机？不过，顾贞观到底也明白，如果他们能成的话，早就成了，也用不着一直等到今日。

即使小皇帝早已亲政，这样的大事，依旧是难如登天。

因为小皇帝无论如何都不能否定先帝当年的判决。

即使判决是错的。

可先帝又怎么会错？

先帝是决不会错的。

这些年来，多少人原本也想营救吴汉槎，一旦明了此节，都只好悻悻作罢。

“华峰啊。”瞧着顾贞观斑白的鬓发，徐乾学忽就心头一酸。顾贞观不过四十岁而已，论理来讲，根本就不应有这么多的白发。这么多年，说起来大伙儿都在出力营救吴汉槎，可对其他人来说，不过是有机会就多说几句，没机会就王顾左右，前提是不惹祸上身、不得罪人，顺手而为而已；竭尽全力，那太不明智了。即便是徐氏兄弟，也一样等机会。

没人像顾贞观那样，奔波近二十年，寻找着一切机会，哪怕机会很是渺茫。

徐乾学真的有些不明白，到底是什么样的情谊，使得顾贞观愿意花费一生去“生还季子”。有友如此，夫复何求。老实说，很多时候，徐乾学真的有些羡慕吴兆骞。有时候，徐乾学也会想到，如果我也被充军到了宁古塔，会不会有哪位朋友穷尽一生来营救？

人的一生很短暂，很多时候，就只能做一件事，甚至连一件事都做不好，做不完。

顾贞观瞧着徐乾学慨叹，有些不明所以。他不知道徐氏兄弟忽然来找他所为何事。

"原一兄,公肃兄,请进。"顾贞观将徐氏兄弟请进屋内坐下。

顾贞观依旧寓居萧寺,可谓无家。

家在江南,无锡。

等坐了下来,徐乾学沉吟一下,笑道:"华峰,可曾听说我之弟子纳兰容若?"

顾贞观愣了一下,道:"好像也曾是公肃兄的得意弟子?"

徐元文笑道:"正是。那是在国子监的事了。我将他荐给大兄,大兄收为入室了。"

顾贞观点头道:"我听说,此人才华出众,在满人之中可谓是出类拔萃。"说罢,向徐乾学一拱手,笑道:"恭喜原一兄收得佳弟子。"文人亦如武人,若收到一个出类拔萃的弟子,总是一件快意的事。

就像当年,诗坛祭酒的吴梅村将吴汉槎收入门下一样。

纳兰容若还是当朝太傅、兵部尚书纳兰明珠之子。不过,对这样的身份,无论是顾贞观还是徐氏兄弟,俱是心照不宣,不复聒噪。

徐乾学笑道:"容若今年补殿试,得二甲七名,赐进士出身。"

顾贞观愣了一下,忙再次恭喜。区区二甲七名,自然算不了什么;像徐氏兄弟,都是前三甲,包括徐乾学之弟、徐元文之兄徐秉义,亦都是康熙十二年(1673)的探花。顾贞观也是榜眼,号称"顺天南元"。问题是纳兰容若是满人。满人能取二甲七名,已经是很了不起的事情了。

徐乾学微微地笑着,脸上颇有得意之色。

顾贞观瞧着徐乾学,只待他继续说下去。他自然想得明白,徐氏兄弟来找他,肯定不会是因为纳兰容若得中之事。

"华峰兄,"徐元文笑道,"这位纳兰公子甚是爱士,我与大兄将你荐举于他,他必欲见你一面,你看如何?"三五句寒暄之后,徐元文说明来意。

顾贞观先是一愣,而后徐徐站起,瞧着徐氏兄弟。他早已人到中年,阅尽沧桑,自然明白徐氏兄弟的荐举意味着什么。

徐乾学道:"相府少个塾师,容若嘱托于我,所以,公肃与我就将华峰荐举于他。华峰,容若闻兄才名,早欲一见。"顾贞观才名云云,自然也是徐氏兄弟所言。否则,像纳兰容若这样的贵公子,大约是不会在意这个在京师奔波到穷途的顾贞观的。

顾贞观微微仰头,早已枯涩的双眼,竟有了一丝湿润。他知

道，这是他的机会，更是汉槎的机会。容若是相府贵公子，更是皇上的侍卫，如果他肯帮忙的话，那么，“生还季子”大约就会从不可能变成可能。纳兰父子都是皇上所信任的人。

“多谢原一兄，公肃兄。”顾贞观俯身，长长一揖。

徐氏兄弟对望一眼，也俱有些黯然。不过，他们什么也没有说，只是轻轻点头。

一切尽在不言中。

九

德也狂生耳！偶然间、淄尘京国，乌衣门第。有酒惟浇赵州土，谁会成生此意？不信道、遂成知己。青眼高歌俱未老，向尊前、拭尽英雄泪。君不见，月如水。

共君此夜须沉醉。且由他、娥眉谣诼，古今同忌。身世悠悠何足问，冷笑置之而已！寻思起、从头翻悔。一日心期千劫在，后身缘、恐结他生里。然诺重，君须记！

——纳兰性德《金缕曲·赠梁汾》

且住为佳耳。任相猜，驰笺紫阁，曳裾朱第。不是世人皆欲杀，争显怜才真意？容易得、一人知己。惭愧王孙图报薄，只千金、当洒平生泪。曾不直，一杯水。

歌残击筑心逾醉。忆当年，侯生垂老，始逢无忌。亲在许身犹未得，侠烈今生已矣。但结托，来生休悔。俄顷重投胶在漆，似旧曾、相识屠沽里。名预籍，石函记。岁丙辰，容若二十有二，乃一见即恨识余之晚。阅数日，填此曲为余题照。极感其意，而私讶他生再结，语殊不祥，何竟为乙丑五月之谶也。伤哉！

——顾贞观《金缕曲·酬容若见赠，次原韵》

顾贞观与纳兰性德一见如故。

顾贞观明白，他们必须一见如故。只不过，除最初相见，顾贞观刻意逢迎之外，之后，二人倒也真的有一见如故之感。

就如当初，顾贞观与吴兆骞的初相见一般。

否则，纳兰性德又怎么会与他发出“一日心期千劫在，后身缘、恐结他生里”的誓言？又怎会告诉他“身世悠悠何足问，冷笑置之

而已”？以纳兰性德相府贵公子、皇帝侍卫的身份，根本没必要对他这个相府塾师如此青睐。

除非，纳兰性德是真的将他当作朋友。

这使得顾贞观很是感动，一如二十多年前，与吴兆骞的初相见。

凭君料理花间课。莫负当初我。眼看鸡犬上天梯。黄九自招秦七共泥犁。

瘦狂那似痴肥好。判任痴肥笑。笑他多病与长贫。不及诸公衮衮向风尘。

——纳兰性德《虞美人·为梁汾赋》

酒涴青衫卷。尽从前、风流京兆，闲情未遣。江左知名今廿载，枯树泪痕休泫。摇落尽、玉蛾金茧。多少殷勤红叶句，御沟深、不似天河浅。空省识，画图展。

高才自古难通显。枉教他、堵墙落笔，凌云书扁。入洛游梁重到处，骇看村庄吠犬。独憔悴、斯人不免。衮衮门前题凤客，竟居然、润色朝家典。凭触忌，舌难剪。

——纳兰性德《金缕曲·再赠梁汾，用秋水轩旧韵》

纳兰性德如此心性，如此青睐，顾贞观焉得不感激于心？

然而，顾贞观依旧想着，如何通过纳兰性德“生还季子”。于是，每当谈诗论词的时候，他都会吟诵吴兆骞的诗文，以期能打动纳兰性德。

就像徐氏兄弟将他的诗词拿给纳兰性德一样。

如果纳兰性德对吴兆骞也能如同对他一样看重，那么，吴兆骞岂非生还有望？顾贞观在心中默默地想。

只可惜，每一次，纳兰性德都是笑而不语。

纳兰性德虽然年轻，却也明白此事之难。更何况，两人相交中顾贞观始终都将吴兆骞放在心头、嘴上，这使得纳兰性德便有了别样的心情。

一眨眼，半年多时间过去了，纳兰性德始终都没有答应顾贞观的请求。

兹事体大。纳兰性德聪慧过人，即便再看重顾贞观，也无法答

应。或者说，不敢答应。

顾贞观几乎绝望。

十

康熙十五年（1676）的冬天显得格外寒冷。这样的寒冷，使得顾贞观自然而然地又想起冰天雪地里的吴兆骞来。

汉槎已经四十六岁了。顾贞观惨然想道。人生能有几年？古人说，人生百年，可事实上，人生往往也就只有四五十年、五六十年。如龚鼎孳，去世的时候才五十九岁，吴梅村去世的时候也不过六十三岁。而像顾横波，去世的时候才四十五岁。前朝的张溥，终年不到四十岁。

以宁古塔的酷寒，汉槎能坚持多久？

事实上，这些年来，如果不是徐氏兄弟、顾贞观等京中旧友接济，只怕吴兆骞早就坚持不下去了。

顾贞观呵开冻墨，铺好词笺，提笔沉吟，想成书一封，寄给吴兆骞。半晌，长长嘘叹一声，千言万语，不知从何说起。

窗外，冰雪茫茫，整个千佛寺，都在冰雪之中。

季子平安否？便归来，平生万事，那堪回首？行路悠悠谁慰藉？母老家贫子幼。记不起、从前杯酒。魑魅搏人应见惯，总输他覆雨翻云手！冰与雪，周旋久。

泪痕莫滴牛衣透。数天涯、依然骨肉，几家能够？比似红颜多命薄，更不如今还有。只绝塞、苦寒难受。廿载包胥承一诺，盼乌头马角终相救。置此札，君怀袖。

我亦飘零久。十年来，深恩负尽，死生师友。宿昔齐名非忝窃，试看杜陵消瘦。曾不减、夜郎僝僽。薄命长辞知己别，问人生，到此凄凉否？千万恨，为兄剖。

兄生辛未吾丁丑。共些时、冰霜摧折，早衰蒲柳。词赋从今须少作，留取心魂相守。但愿得，河清人寿。归日急翻行戍稿，把空名料理传身后。言不尽，观顿首。

——顾贞观《金缕曲·寄吴汉槎宁古塔，以词代书。丙辰冬，寓京师千佛寺，冰雪中作》

顾贞观一口气写完，怔怔无言，双目空若无物。笔，犹在手中，而大雪，正无声飘落。

"梁汾，"顾贞观正愣怔之间，便见得纳兰性德踏雪而来，"今日天气，正好访戴。呵呵。"

纳兰性德兴致勃勃，进门脱下蓑衣，顺手挂在壁上。蓦然转头时，见得书案上的词笺，便笑道："又有新作？呀，我这是来得巧了。"便去将词笺取在手上。

顾贞观心念一动，不由得忐忑起来。他目不转睛地瞧着纳兰性德，却没有做声。

"季子平安否？……"取过词笺的时候，纳兰性德脸上兀自有着笑意，那笑意渐渐地消失，代之的是一种沉重，两行冰冷的泪缓缓地从眼角滚落。

"河梁生别之诗，山阳死友之传，得此而三。"纳兰性德缓缓说道，"兄不必再说了，此事三千六百日中，弟当以身任之。"

顾贞观蓦然跪倒："人寿几何？请以五载为期。"

纳兰性德流着泪，将顾贞观扶起："弟尽力。"他不敢答应五年的期限。

顾贞观双泪长流。

即便是五年，五年之后，吴兆骞也当是年过五旬了。

洒尽无端泪。莫因他、琼楼寂寞，误来人世。信道痴儿多厚福，谁遣偏生明慧。莫更著、浮名相累。仕宦何妨如断梗，只那将、声影供群吠。天欲问，且休矣。

情深我自判憔悴。转丁宁、香怜易爇，玉怜轻碎。羡杀软红尘里客，一味醉生梦死。歌与哭、任猜何意。绝塞生还吴季子，算眼前、此外皆闲事。知我者，梁汾耳。

——纳兰性德《金缕曲·简梁汾》

"绝塞生还吴季子，算眼前、此外皆闲事。"这便是数日后纳兰性德的答复。

十一

"梁汾兄，"一日，纳兰性德急匆匆地来找顾贞观，道，"你随我来。"

顾贞观二话不说，跟着纳兰性德便出了门，出去之后，走了一阵，忍不住便问道："到哪里去？"

"喝酒啊。"纳兰性德笑道。

顾贞观愣了一下，道："容若，你知我从不饮酒的。"

纳兰性德瞧了他一眼，笑道："昔日李太白斗酒诗百篇，苏子瞻大醉于赤壁，梁汾兄，古来未见不饮之骚人也。"他似笑非笑地瞧着顾贞观。

古来圣贤皆寂寞，唯有饮者留其名。自古以来，诗人词家，似乎都是与酒、与痛饮、与大醉连在一起的。可偏偏这顾梁汾是素不饮酒，甚至可以说是滴酒不沾。纳兰性德、顾贞观相交这么久，互赠新词亦多矣，然而，每逢"对饮"，顾贞观饮的都是水。

（据说，纳兰性德后来将自己的词集命名《饮水》，便源于此。一笑。）

顾贞观苦笑一下，心道：饮酒是需要杖头钱的。

顾贞观常年在京师，不事经济，宁古塔的吴兆骞又需要接济，哪还有多余的杖头钱？

自然，这个解释，顾贞观是不可能说给纳兰性德听的。有些事，只能做，不能说；有些事，只能说，不能做。世事原就如此。

"量浅，一饮即醉，"顾贞观想了想，又补充道，"天生的。想来今生今世，是没办法了。"

两人又走一阵，便听得从前面不远之处，传来隐隐的歌舞宴乐声。

"容若，这是……"顾贞观奇道。

纳兰性德道："我阿玛今天大宴宾客。我将汉槎的事说给他听了，他让你去见他。"

"可是，"顾贞观迟疑道，"相爷正大宴宾客，就这样去见他，好像……好像不大妥吧？"

纳兰性德苦笑道："正要如此方好啊？"他心里自然明白，纳兰明珠大宴宾客之时，若答应营救汉槎之事，便很难反悔；若没有外人，一旦反悔，谁也没辙。

要营救汉槎生还、入关，终究还是要靠纳兰明珠。

"见过阿玛。"

"见过明相。"

纳兰明珠饶有兴味地瞧着顾贞观，这两鬓斑白、面有忧戚之色

的中年人。若论年纪的话，顾贞观也只比纳兰明珠小两岁。可看容颜的话，顾贞观却要苍老许多。至于两人的地位，那更是不可同日而语了。

人之际遇，与年龄原就无关。

众宾客也俱饶有兴味地瞧着顾贞观。在他们想来翩翩贵公子的纳兰性德与容颜苍老的顾贞观居然结为至交好友，实在是一件很有意思的事。至于顾贞观这些年来营救吴兆骞的事，他们多少也知道一点，只不过关心的人却不是很多。

他们明白，要营救吴兆骞生还，难于登天。

不过，如果纳兰明珠肯出手的话，或许，就有可能？

想来纳兰性德将顾贞观带入宴会大厅的明相眼前，也是为了这件事吧？

顾贞观赋闲之身，即便是纳兰性德的好友，这样的宴会，却也是没有资格出席的。

顾贞观恭恭敬敬，丝毫不敢觉得纳兰明珠这样看着他是无礼。

“你便是容若说的顾贞观顾梁汾？”纳兰明珠问道。

顾贞观道：“回明相，拙号是梁汾，字华峰。”

纳兰明珠点点头，道：“顾宪成之后人？”纳兰明珠自然知道前朝有个“风声雨声读书声声声入耳；家事国事天下事事事关心”的顾宪成。顾宪成是前朝人不错，可这样的襟怀，本朝一样需要。

顾贞观道：“回明相，正是家曾祖。”

纳兰明珠赞道：“名家之后啊。”顿了顿，忽道：“梁汾在京师多少年了？”

顾贞观愣了一下，黯然叹道：“回明相，已将近二十年了。”二十年前，青鬓红颜，到如今，已垂垂老矣。

二十年弹指一挥间。

纳兰明珠瞧着顾贞观斑白的头发，忽地想起自己年轻时来。好像便是二十多年前，纳兰明珠娶了英亲王阿济格之女，从辈分上讲，他应是当今皇上康熙爷的堂姑父了。从此，他青云直上，先是侍卫，治仪正了然后是内务府总管，弘文院学士，刑部尚书，加封都察院左都御史，兵部尚书，吏部尚书，直到如今的武英殿大学士，加封太子太师。一路官运亨通，可谓无人能比。反过来再看顾贞观，二十年蹉跎岁月，其间也曾出仕，也曾中举，到头来却依旧是一介布衣。人生际遇，焉能不令人感慨？

纳兰明珠心中这样感慨，神情却也没有多少变化。二十年宦海浮沉，他早就做到了喜怒不形于色。他今日肯接见顾贞观，一则是儿子的嘱托，二则是顾贞观素有才名，三则是他自己刚刚升任武英殿大学士，需有爱才之名——对于纳兰明珠来说，富与贵俱有，缺的是士林之中的声名。

纳兰明珠当然明白，这士林之中的声名对他有多重要。那看不见、摸不着的声名，很多时候，能起到逆转乾坤的作用。

容若深得皇帝看重，便与容若的文名、才名大有关联。

纳兰明珠沉吟一下，道："听说，你一直都在为汉槎奔波？"吴兆骞的事，即便容若不说，纳兰明珠自也知道一些。

顾贞观心头一酸，长长一揖，道："明相垂怜，使季子生还。"这一揖，斑白的辫子从脑后甩到身前，垂落尘埃。

纳兰明珠呵呵一笑，举起手中硕大的酒盏，方要去饮，却忽地想起顾贞观素不饮酒的事来，便笑道："梁汾，你若满饮此杯，为救汉槎。"说罢，笑吟吟地瞧着顾贞观。

"阿玛……"纳兰性德一惊。不仅纳兰性德，与顾贞观熟识的一些宾客也俱是一惊。他们可知道，顾贞观是从来不喝酒的。要知道，对于酒徒来说，酒是天下至美；而对于不饮酒的人来说，酒无异于毒药。

顾贞观毫不犹豫，直起身来，向前几步，从纳兰明珠手中接过那硕大的酒盏，双手捧着，一吸而尽。满满一大盏的酒水入肚，顾贞观原自憔悴的面庞，一下子就变得血红，人也一个踉跄，几乎跌倒。

纳兰性德忙上前，将他扶住。

纳兰明珠愣了一下，大笑道："梁汾，梁汾。我只是开个玩笑嘛！即便不饮，我难道就不救汉槎了？"说着，就又赞道："满饮此盏，何其壮也！放心，我必救汉槎。"

顾贞观道："多谢明相。"一语未了，人已软软地倒了下去。

众宾客俱大赞纳兰明珠。听得这纷纷赞语，纳兰明珠自是欢乐满怀，大喜过望，心道：若我果真救吴汉槎入关，天下名士又待如何看我？

一念及此，纳兰明珠脸上的笑意更浓，仿佛看到天下名士云集门下的情景。

十二

康熙十七年(1678),皇帝遣大臣敕封长白山。吴兆骞早得了消息,作《长白山赋》数千言与《封祀长白山二十韵》诗进呈皇帝。

……启潜跃于圣祖,臻景铄于皇图。藏瑶牒兮可竢,涌金精兮讵诬。瑞我清兮亿载,永作固兮不渝。

——吴兆骞《长白山赋》

……运喜逢文命,书惭献所忠。圣皇长有道,零秩庆无穷。

——吴兆骞《封祀长白山二十韵》

这样的文辞皇帝自然喜欢,便询问作者何人。纳兰明珠大喜,便将顾贞观营救吴汉槎垂二十年的事上达帝听。皇帝沉吟不语。

皇帝想起当年召见顾贞观的事来。

只不过,当年他还未亲政,如今,早已乾纲独断。

小人欺君。对这样的说法,皇帝自然是相信的。因为,登基以来,从鳌拜,一直到现在,曾有多少小人欺君?小人蒙蔽圣君,结果史书上还要说圣君昏庸,这样的故事,皇帝痛恨之极。

皇帝沉吟片刻,便有赦归之意。人生能有几个二十年?顾贞观奔波京师二十年,吴汉槎冰天雪地二十年。当年的吴汉槎固然有错,如今,却也认错,在歌颂皇清与圣天子,那么,又何妨给他圣天子之恩典?

"明珠,你意如何?"皇帝便问纳兰明珠道。

"不可。"一听得皇帝口气有松动之意,索额图立刻就急了,未待纳兰明珠作声,已自大声道。

皇帝微一皱眉,不过,却也没有如何责怪。索额图是当年的顾命大臣索尼之子,更重要的,是孝诚仁皇后的叔父,当今太子的舅父。皇帝与孝诚仁皇后少年夫妻,一向恩爱,皇后去世之后,对皇后的家族赫舍里氏总是高看一眼。所谓爱屋及乌,皇帝又哪能例外?

索额图时任保和殿大学士,与纳兰明珠一般,都深受皇帝信任。

“索相却是何意?”纳兰明珠自然不可能与索额图翻脸。若为区区一吴兆骞而与索额图翻脸,据理力争,却不是纳兰明珠的风格。

索额图冷笑一声,心道:“当年定案之人,便有阿玛,若此案翻了,置阿玛于何地?”自然,索尼定案之事索额图是决不会拿出来说的。

“明相,”索额图侧着头,冷冷地瞧着纳兰明珠,道,“此案乃当年先帝亲定,若赦归吴汉槎,其如先帝何?”

纳兰明珠张口结舌。

他自然知道这话的分量。

这话毫无意义,却偏偏分量极重,重到根本无法反驳。

除非皇帝乾纲独断。

皇帝沉吟一下,道:“这件事,容朕再想一想。”皇帝所想,倒不仅仅是先帝亲定的问题,还有满臣与汉臣的平衡问题。若赦归吴兆骞,汉臣固然欢欣鼓舞,那满臣又会是一种怎样的态度?索额图的态度,或许就是朝中满臣的态度吧。

纳兰明珠恨恨地瞪了索额图一眼,却也无可奈何。至于其他汉臣,更是不敢说什么了。皇帝根本就没有让朝议。

大凡不让朝议的事,便是无限期地搁置了。

好在,皇帝没有否决,则终有希望。

十三

康熙十八年(1679),徐乾学将吴兆骞诗赋带到江南刊刻,名曰《秋笳集》。集中,大多是吴兆骞在宁古塔所作。塞外风光,与江南山水截然不同,这使得天下文士议论纷纷,朝中汉臣再次呼吁赦归。

康熙二十年(1681),朝廷终于特殊,允许纳金赎归。纳兰明珠父子多方斡旋,将赎金从万金降到二千金,以认修内务府工程的名义,放吴兆骞入关。

其时,吴兆宽、吴兆宫已于前两年去世。吴江家中,老母尚在。

康熙二十年(1681)七月,还乡诏下。十一月中旬,吴兆骞抵京师。

已近岁末，天色苍白，风中有树，瑟瑟萧萧。

纳兰性德身披大氅，站立在风中，风姿绰约，宛若神仙中人一般。

路上行人车马，来来往往，虽说不多，却也络绎不绝。“过尽千帆皆不是，斜晖脉脉水悠悠。”纳兰性德心头忽就想起温庭筠的这两句词来。

汉槎还未来。

正说话间，便见得远处一列车队出现在视线里，缓缓而来。那车队中，忽就有一骑快速向前，马蹄声哒哒地响起。等那一骑到距离几十步之处，纳兰性德笑道：“应该是了。”那一骑，自然是纳兰性德派出去打探吴汉槎一行的行程的。果然，又近前一点，那人飞身下马，向纳兰性德打了个千儿，道：“公子，幸不辱命，接来了。”纳兰性德笑道：“你歇息去吧。”那人道：“喳。”自然不敢真的歇息去了，而是退到一边，垂手而立。

这时，车队行进，也渐渐地近了。纳兰性德道：“徐先生，我们去迎一迎？”老实说，纳兰性德也很是奇怪，到底是何等人物，竟让他的朋友们为他奔波二十余年。

尤其是顾贞观，根本就是用一生来谋“生还季子”。

如果仅仅是吴兆骞的诗文的话，纳兰性德想，大约他不会答应顾贞观的请托的。

纳兰性德话音未落，徐乾学早就快步向前。

他的眼角，渐渐地湿润。

车队在四五步外停了下来，最前面那辆车的车帘一掀，现出一张满是沧桑的脸来。那是一个头发花白的老者，他长长的辫子垂在脑后，面色苍苍，满是褶皱，仿佛久历风霜似的。身子微微前倾，有些佝偻，两眼黯淡无光，眸子沉沉，一副十分胆怯的模样。

徐乾学依稀辨认着那老人的模样。

汉槎？

他想，如果是陌路相逢，还能认出眼前的这位老人便是当年的“江左三凤凰”之一的吴汉槎吗？

“季子？”徐乾学快步向前，颤声问道。

吴兆骞眼睛昏花，有些迟疑地道：“你是……”

“我是徐健庵啊，”徐乾学喜极而泣，道，“季子兄，我是徐健庵。”

"原一?"吴兆骞睁大了眼,仿佛要将眼前的这陌生人看清楚似的,"你是徐原一?"

徐乾学,字原一,号健庵,昔日老友,二十余年不相见矣。二十余年不相见,纵使书信往来不绝,终感觉有些陌生。

徐乾学点头道:"是我,季子兄。"他上前抓住已经小心下车的吴兆骞的双手。那是一双怎样的手啊!如冬日的枯树枝似的,手背青筋凸出,更似荒野的河,纵横交叉,且荆棘蔓草满布在荒野之上。

吴兆骞上下打量一番,终于也认出了故人。那年轻时的模样,终依稀在心头,仿佛江南的风光。

吴兆骞终于忍不住心头的悸动,紧抱住徐乾学,放声大哭。哭声中,不知有多少无奈、委屈和无尽的苍凉。

两人便这般抱头大哭,直哭得其他人也俱是老泪纵横,直哭得纳兰性德眼眶湿润。

哭罢,徐乾学依旧紧抓住吴兆骞的手,忽地放声大笑:"昔日,华峰说,'必归季子',老夫以为艰难,不大可能,却不料今日终见季子入关,哈哈哈。"

吴兆骞这才恍然觉得,自己还没有见到顾贞观,便问道:"华峰呢?"

纳兰性德道:"梁汾老母去世,前两个月回无锡奔丧了。"

吴兆骞这才注意到还有一位翩翩而立的贵公子。徐乾学忙道:"这是明相的公子容若。"吴兆骞大惊,忙就要跪倒:"谢,谢公子……"纳兰性德哪能真的让他跪倒,忙就将吴兆骞搀扶起来,含笑道:"皇上之恩,汉槎要谢,自然要谢皇上。"吴汉槎自然便是重新正冠整衣,跪倒在地:"草民吴兆骞,磕谢皇上天恩,万岁万岁万万岁。"跪罢起身,吴兆骞再次谢过纳兰性德。

徐乾学早准备好宴席,相请京中文士,来与吴兆骞相见。毕竟,这一件事,纳兰父子固然出力甚多,功不可没,京中文士却也曾时不时地呼吁一二,以期获得皇帝重视。否则,吴兆骞的生还大约还没这么容易。当初,纳兰性德说以十年为期,终有其道理在的。

宴会之上,众人与吴兆骞相见,或哭或笑,不一而足。眼见得满目俱是京中富贵,吴兆骞惴惴不安,小心翼翼,唯恐一个不小心,又得罪了什么人。当初,如果不是恃才傲物并因此得罪人,那么,即便科场案发,也不至于有小人落井下石了。对于吴兆骞来说,当

初的恃才傲物使他付出了整整二十二年充军宁古塔的代价。

这差不多已是他的一生。

而眼前,那么多的达官贵人,即便都言笑晏晏,即便很多都是从前的老友,有的还是当年慎交社的社友,可世易时移,又有谁能说得清他们现在的真情假意呢?

吴兆骞怕了。

吴兆骞是真的怕了。

二十二年的冰天雪地,早已磨平了他年轻时的棱角。

纳兰性德心中奇怪,暗道:这个战战兢兢的老人便是梁汾口中的那个顾盼神飞的才子吗?

不过,纳兰性德只是含笑,自然不会去质问。

才人今喜入榆关,回首秋笳冰雪间。玄菟漫闻多白雁,黄尘空自老朱颜。星沉渤海无人见,枫落吴江有梦还。不信归来真半百,虎头每语泪潺湲。

——纳兰性德《喜吴汉槎归自关外,次座主徐先生韵》

十四

纳兰性德将吴兆骞留在了相府,教授其仲弟揆叙。

吴兆骞家中老母尚在,本欲在京师歇息数日,便要返回吴中。事实上,徐乾学等人也早就为他准备好行囊。

二十二年离乡北京,老父与两位兄长俱已去世,这一旦生还入关,急于还乡也是人之常情。所以,纳兰性德将吴兆骞留在相府,徐乾学等人很是不解。

至于吴兆骞,自然是不会拒绝,也不敢拒绝的。一则纳兰父子对他有再生之恩,不可不报;二则吴兆骞早没了年轻时的桀骜,如今只剩下唯唯诺诺。他不知道如果拒绝纳兰性德会有什么样的后果,但他知道,他是决不敢拒绝的。

吴文柔也则垂垂老矣,便劝她三哥去向纳兰性德请辞。吴兆骞嗫嚅不语。吴文柔急道:“三哥,你说要回家,要回家,如今,可以回家了,却为何不回?”

吴兆骞苦笑道:“容若公子……”

“容若公子,容若公子,容若公子又如何?……”

"容若公子对我们有恩啊!"吴兆骞叹道,"昭质,你带着苏还先南下吧。"吴棖臣,小字苏还,葛采真到宁古塔之后所生,如今,已十七岁了。

吴文柔瞧着吴兆骞那张无可奈何的脸,愣怔了半晌,终究也只是长叹一声,道:"三哥,苏还的亲事,也要准备办了。"

顾贞观将女儿许配给吴棖臣,两家早已定亲。如今,吴兆骞生还入关,吴棖臣也已年满十七岁,是可以将亲事给办了。

吴兆骞叹道:"华峰丁母忧南下,等见到他再说吧。"心下不由得也是苦笑。顾贞观奔走二十余年,这样的情谊,吴兆骞不可能不铭记于心。只是,这次生还入京,顾贞观却不得不南下,两人不得相见,大约这也是无可奈何的事。

吴文柔忽道:"我去找纳兰公子。"

吴兆骞惊道:"你要作甚?"

吴文柔悠悠道:"三哥,你不敢对他说的话,我去说。我一个妇道人家,可没什么怕的。"吴文柔虽已有年纪,那脾性,跟年轻的时候相比,却也没有多大的改变。

冰天雪地的宁古塔可以改变一个人,然而,有一些人,却是怎么也不会改变的。

吴文柔去见纳兰性德的时候,纳兰性德正在纸上写着什么。

盼银河迢递,惊入夜,转清商。乍西园蝴蝶,轻翻麝粉,暗惹蜂黄。炎凉。等闲瞥眼,甚丝丝点点搅柔肠。应是登临送客,别离滋味重尝。

疑将。水墨卷疏窗。孤影澹潇湘。倩一叶高梧,半条残烛,做尽商量。荷裳。被风暗剪,问今宵谁与盖鸳鸯。从此羁愁万叠,梦回分付啼螀。

——纳兰性德《木兰花慢·立秋夜雨,送梁汾南行》

这是顾贞观刚刚南下的时候纳兰性德写的。顾贞观南下已经好几个月了,纳兰性德忍不住便将这阕词又写了一遍。写罢,低低地叹息一声。

早有人进来通报,说,吴文柔请见。纳兰性德忙搁下笔,迎了出去。

吴文柔二十多年前的那阕词，纳兰性德早就读过。只不过，二十多年前，吴文柔才二十多岁，如今，已年近半百，头发也早已斑白。只是精神看起来还很好，至少在纳兰性德看来，比吴兆骞要好很多。吴兆骞始终有些畏畏缩缩，就像惊弓之雁似的。

“公子。”吴文柔福了福。

纳兰性德忙招呼道：“夫人请坐。”一边招呼着，一边就吩咐人上茶。

“不知夫人找我何事？”待吴文柔坐定，纳兰性德沉吟一下，问道。

吴文柔直接就问道：“家兄年纪已老，又二十多年没有回家，想回家去看看。还望公子成全。”顿了顿，又道：“家兄老母在堂，思儿心切，公子垂怜则个。”

纳兰性德沉吟道：“梁汾回乡之时，一再告诉我，他办完事就回京与汉槎相见。如果汉槎现在南下的话，只怕会与梁汾错过。”

吴文柔愣了一下，一时间，竟也说不出其他的话来。她总不好说，吴兆骞不急着与顾贞观相见吧？即使是说要先去看望老母……

有些话，即使想说，也是说不出口的。

纳兰性德道：“放心，梁汾说，快的话，年前就会返京与汉槎相见。”

吴文柔叹息一声，更无法说什么了。如果顾贞观年前返京的话，也就这十几二十天的事了。如果这十几二十天都不肯等，那是无论如何都说不过去的。

顾贞观真的年前就返回了京师。

他回到京师，什么地方也没有去，急急地就赶往相府，与吴兆骞相见。两人抱头痛哭，老泪纵横。

这一年，顾贞观四十六岁，吴汉槎五十二岁。

两人分别已经二十四年了。

“人生不相见，动如参与商。今夕复何夕，共此灯烛光。少壮能几时，鬓发各已苍……”抱头痛哭的瞬间，两人俱不由想起老杜的诗句来。

人生何苦如是，却又偏偏如是，夫复何言？

顾贞观忽就想到，若当年他们不相识，或者相识之后，吴兆骞不是如此揄扬，他还会穷尽一生“必归季子”吗？

好在，所有的故事、所有的苦难，好像都有了一个结局。

十五

康熙二十三年(1684)很快就来临。

三年间，顾贞观南北奔波，与吴兆骞是离多聚少。先是，两人相见之后，顾贞观又匆匆南下，去处理家中之事。老母去世之后，家中之事繁多，顾贞观终究挂怀。事实上，若非要与吴兆骞相见，顾贞观也不会刚刚办完老母的丧事就急急回京。

顾贞观再次南下之后，吴兆骞便也南下归家。这一回，纳兰性德自然不会阻止。一则是顾贞观与吴兆骞已经相见，纳兰性德再也找不到借口将吴兆骞留在京师；二则是皇帝频频出巡，作为侍卫的纳兰性德自然要侍从左右。

岁月匆匆，已是三年。

三年内，纳兰性德也曾写信给吴兆骞，让吴兆骞回京。吴兆骞在冰天雪地之中二十余年，南下后竟水土不服，随即卧病。直到今年，方才再次返京，于相府养病。吴兆骞回京之后，纳兰性德便写信给顾贞观，催促顾贞观北上。

这一年的春天，纳兰性德已为顾贞观建茅屋三间，以作为二人将来的读书处。

问我何心？却构此、三楹茅屋。可学得、海鸥无事，闲飞闲宿。百感都随流水去，一身还被浮名束。误东风迟日杏花天，红牙曲。

尘土梦，蕉中鹿。翻覆手，看棋局。且耽闲殢酒，消他薄福。雪后谁遮檐角翠，雨余好种墙阴绿。有些些欲说向寒宵，西窗烛。

——纳兰性德《满江红·茅屋新成却赋》

东园桃李姿，是妾嫁君时。燕婉为夫妇，相爱不相离。良人忽远征，妾独守空帏。忧来恒自叹，冀死魂追随。又念妾死时，谁制万里衣？幸有双鲤鱼，拟为寄君辞。终日不成章，含泪自封题。君若得鲤鱼，剖鱼开素书。但看行中字，一一与泪俱。

——纳兰性德《效江醴陵杂拟古体诗二十首·曹子建七哀》

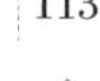

吴兆骞入京后不久，正是这一年的秋天，顾贞观也回到了京师。然而，九月二十八日，皇帝启程南巡，纳兰性德终须护驾而去。

十月十八日，吴兆骞病逝于纳兰明珠的相府。

传说，顾贞观与吴兆骞相见之后，又匆匆南下，使得吴兆骞心中有些不舒服，以为顾贞观是要弃他而去，嫌他穷困。纳兰性德闻讯之后，将他带入相府某处，某处的壁上，题有“顾梁汾为吴汉槎屈膝处”这样的字样。

这自然只是一个传说。

顾梁汾为吴汉槎屈膝固然有，纳兰性德却不会无聊到将这样的字样题写在某处壁上。除非是吴汉槎对顾贞观心生嫌隙之后，纳兰性德不希望这样的嫌隙存在。

传说，吴汉槎看到这些字样之后曾放声大哭。

其实，这样的传说真的不是顾贞观所乐意看到的。

如果顾贞观奔波二十余年，只是为了让吴兆骞放声大哭、感激于心，那么，这样穷尽一生的奔波又还有什么意义？

木落吴江矣，正萧条、西风南雁，碧云千里。落魄江湖还载酒，一种悲凉滋味。重回首、莫弹酸泪。不是天公教弃置，是南华、误却方城尉。飘泊处，谁相慰。

别来我亦伤孤寄。更那堪、冰霜摧折，壮怀都废。天远难穷劳望眼，欲上高楼还已。君莫恨、埋愁无地。秋雨秋花关塞冷，且殷勤、好作加餐计。人岂得，长无谓。

——纳兰性德《金缕曲·寄梁汾》

当纳兰性德安慰顾贞观丧友之痛的时候，怎么也不会想到，他自己也已走到了生命的尽头。

康熙二十四年(1685)的五月二十三日，纳兰性德患病，七日后，卒。年仅三十一岁。

呜呼吾哥。其敬我也，不啻如兄；而爱我也，不啻如弟。而今舍我去耶？吾哥此去，长往何日？重游何处？不招我一别，订我一晤耶？……犹忆吾哥见赠之词有曰：‘一日心期千劫在，后身缘恐结他生里。’又曰：‘惟愿把来生祝取慧业，同生一处。’呜呼。又岂

偶然之言，而他人所得预者耶？……伯牙之琴，盖自是终身不复鼓矣。何身可赎？何天可吁？音容僾然，涕泣如澍。再世天亲，誓言心许。魂兮归来，鉴此悰悰。

——顾贞观《祭纳兰容若文》

这正是：此情可待成追忆，只是当时已惘然。

十六

康熙二十五年(1686)，顾贞观于无锡惠山下的祖祠旁建三楹茅屋，名“积书岩”。从此，“徜徉山泽垂三十年，乃殁”。

在此后的近三十年中，顾贞观到底在想些什么，没有人知道。人们所知道的，就是他在这三楹茅屋之中，住了近三十年。

慢慢老去。

直到死去。

三年此离别，作客滞何方？随意一尊酒，殷勤看夕阳。世谁容皎洁，天特任疏狂。聚首羡麋鹿，为君构草堂。

——纳兰性德《寄梁汾并葺茅屋以招之》

从前的文字俱在，此外，又何须言说？

纳兰性德

人生若只如初见

浣溪沙

雾阁芸窗看不真，浇愁还寄此中身。
只难消遣是残春。
似有风怀同饮水，小山才调岂无伦。
问谁曾与瘗香尘。

李旭东

一

纳兰性德至死都记得与顾贞观的第一次见面。

那是康熙十五年(1676)的事儿。那一年,纳兰性德补殿试,考中二甲七名,赐进士出身。这样的功名,对纳兰家、对纳兰性德而言,其实都没什么用处,然而,整个纳兰府上下却都很高兴。甚而至于整个满人都很高兴。

满人不文。长期以来,这就像紧箍咒一样,使得满人在汉人的面前抬不起头;这抬不起头,在朝堂上所表现出来的就是对汉人的蛮横。"你有天灵盖,我有狼牙棒。"满人马上得天下,要那些"文"作甚?无数文人的头颅,在屠刀下滚落;而那些活着的,又有无数被送到了关外,送到了宁古塔。

汉人不服?"我有狼牙棒"。

然而,几乎每一个满人在挥舞狼牙棒的时候,也深深明白,马上可得天下,马上难治天下。

满人不文的紧箍咒满人很不喜欢。

纳兰性德是大清开国以来满人的第一个进士。

所以,便是皇帝,也哈哈大笑道:"明珠,要庆祝,要庆祝,要大摆筵席,将那些汉人的文士都请到府上去,让他们看看,我们满人论文治也不比他们差。十八举人,十九贡士,二十二进士,便是汉人,又有几个能够?"

纳兰明珠小心地道:"容若若不是因病的话,三年前就参加殿试了。"

皇帝越发高兴,道:"容若为我们满人争气,朕很高兴。这一阵子过后,就将容若留在朕身边吧,赏三等侍卫。明珠,你看如何?等过几年,再作擢升。"皇帝兴致勃勃。

"谢皇上天恩!"纳兰明珠自然是俯伏在地,磕谢皇帝。

这消息传到纳兰府,全府上下更是一片欢腾。

徐乾学自然也是十分高兴,捋须含笑,瞧着他这个得意弟子。

纳兰性德道:"京中有哪些名士,容若不是很熟,徐师父如果熟悉的话,就请来一聚吧。"

徐乾学笑道:"京中名士甚多,不过,我以为,有一人,公子必定喜欢。"

“哦?”纳兰性德两眼灼灼地瞧着徐乾学,“是谁?”

徐乾学道:“顾贞观。”

二

纳兰性德怎么也没有想到,一个男人的眼神竟会如此之忧郁。

这是一个四十岁的男人,身量中等,胡子拉碴,身上的长衫洗得很干净,却早已发白,而且,补着几块补丁;辫子垂在身后,已是花白的颜色。

这个男人的脸色很是憔悴、沧桑,仿佛经历过多少悲伤的事情似的。

那样的忧郁、那样的悲伤,使得纳兰性德的心猛然一颤。

这是一个有故事的男人。纳兰性德这样想道。他不知道在这个男人的身上到底发生过什么,但他相信,那些故事必然很动人。

一个有故事的男人总是叫人为之心颤的。

“这便是顾贞观,”徐乾学介绍道,“字华峰,号梁汾,无锡人,前明顾宪成先生四世孙。”

“见过公子。”很显然,顾贞观早就听徐乾学介绍过今日来见何人。顾贞观一揖之后,直起身来,那忧郁的眼神之中,闪过一丝希望的光。

纳兰性德点点头,斟酌着言词,道:“先生有词,能使容若一读乎?”

顾贞观迟疑一下,道:“我友吴汉槎之诗,胜我多矣。”

“吴汉槎?”

“吴兆骞,字汉槎。”

纳兰性德沉吟一下,道:“我好像听说过。”

徐乾学与徐元文对望一眼,道:“那还是顺治皇帝在位的时候,丁酉科场案,汉槎蒙冤,充军宁古塔……”

纳兰性德不动声色,道:“我好像听说过,是有这么一件事。我还听说,这是先帝亲定的案子。”

顾贞观黯然道:“是,是先帝亲定的案子,只是,汉槎是蒙冤的……”说着话,顾贞观忧郁的眼神之中,又多出几分绝望。将近二十年来,他何尝不知,这先帝亲定的案子,根本就不可能翻案。然而,在绝望之中,总得去做些什么,才可能看到希望不是?

纳兰性德道："我听徐师傅说，先生的词很好，所以，才请先生一聚，想向先生请教一二。先生若不方便的话，那就算了，还望先生恕容若唐突。"

徐乾学干笑两声，道："方便，哪有不方便的？我记得，梁汾前几日生日，就有过一阕《金缕》……"

"《金缕》？"纳兰性德眼前一亮，道，"容若平生，最爱《金缕》，先生有《金缕》，还望赐容若一读。"

马齿加长矣。向天公、投笺试问，生余何意？不信懒残分芋后，富贵如斯而已。惶愧杀、男儿堕地。三十成名身已老，况悠悠此日还如寄。惊伏枥，壮心起。

直须姑妄言之耳。会遭逢、致君事了，拂衣归里。手散黄金歌舞就，购尽异书名士。累公等、他年谥议。班范文章虞褚笔，为微臣奉敕书碑记。槐影落，酒醒未？

——顾贞观《金缕曲·丙辰生日自寿》

纳兰性德默默读完，眼角有些湿润，半晌，叹道："先生何苦若是。"

"公子……"

"叫我容若吧。"纳兰性德很真切地道。

徐乾学、徐元文不由一喜。他们自然明白，纳兰性德这是接纳了顾贞观，愿意以之为友了。

"……容若，"顾贞观自也是聪明人，心口原本悬着的石头，也就落了下来。他原本还想说吴兆骞的事，迟疑一下，终于还是放弃了。毕竟，两人刚刚才算是缔交，纳兰性德又明显地不愿意提起吴兆骞的事，此时旧不依不饶的话，只怕会弄巧成拙。

来日方长。顾贞观这样想道。

"容若，"顾贞观道，"你也不要先生长先生短的了，叫我梁汾便是。"

纳兰性德一笑："梁汾。"

二人相视而笑，忽就都有一种莫逆于心的感觉，仿佛多年前就曾经相识一般。

三

“我想编一本词集。”纳兰性德道，“梁汾，你可愿助我？”

“词集？”顾贞观想了想，笑道，“容若的词必能传世。”

纳兰性德道：“不是，梁汾你误会了。我是说，我想编一部《绝妙近词》。”

“《绝妙近词》？”顾贞观一怔。

纳兰性德笑道：“大清立国至今也要三十年了，三十年间，词人辈出，这些年来，我也搜集了一些，所以，就想着，是不是能如周草窗编《绝妙好词》那般，也编一部本朝的词集。”纳兰性德说这话的时候，两眼灼灼，大有踌躇满志之意。

顾贞观也不由得眼前一亮。以顾贞观的博学，他自然明白，这一部词集编得好的话，不仅会青史留名，更能影响一代词风。作为一个词人，对所谓虚名，即使不会如何看重，却也决不会漠然视之。

名与利，原本就是世人难以逃避的，谁也不能例外。

“陈卧子……”

顾贞观就吓了一跳：“容若……”

“怎么？”纳兰性德奇道。

顾贞观斟酌着说道：“陈卧子是前朝之人，一直都……一直都……”

纳兰性德笑道：“梁汾是想说陈卧子一直都不肯归顺本朝，与本朝作对吗？”

顾贞观点点头，却没有做声。其实，若论顾家家风，子孙也断不应出仕本朝的。然而，三十年过去，谁都知道，本朝定鼎已成定局，谁也无法改变。

纳兰性德淡然道：“其一，我们编这部词集，只论词，不论人；其次，陈卧子固是本朝之敌，其气节，便是皇上也赞叹不已的。梁汾，皇上喜的，是守节之人。至于如牧斋、梅村等人，皇上说，本朝只是用他们，如此而已。”

顾贞观默然无语。

纳兰性德笑道：“我有意编这一部《绝妙近词》，只为存一代文献，不及其他。”

顾贞观点头道：“我明白了。”

当下，两人便商议着，这三十年来，有哪些词人可以入选。陈子龙、龚鼎孳、吴绮、朱彝尊、宋征舆、丁澎、李雯、严绳孙、曹溶、吴伟业、王士祯、陈维崧……一个个数过去，纳兰性德忽地笑道："还有区区与梁汾你，却也应该在其列的。"顾贞观也笑："当仁不让。"想了想，又道："窃以为，家姊的词，也足成一家。"

纳兰性德一愣，奇道："我怎么没听你说过？"

顾贞观苦笑道："家姊顾贞立，著有《栖香阁词》，却向不示人，不欲与人看的。"

纳兰性德笑道："我又不是外人，梁汾，令姊即我姊，若有佳词，岂能不令我一读？"

顾贞观答应一声："我这就去取来。"顾贞立著有《栖香阁词》，顾贞观手边正有一份抄本，现如今，若编写《绝妙近词》的话，无论于公于私，顾贞观都会将顾贞立的词编入的。那么，首先得让纳兰性德认可。

这，顾贞观却是不担心的。

因为顾贞立的《栖香阁词》，原本就不亚于当世词家。

梦草池塘，拟重续、谢庭佳咏。又早是、离愁满载，片帆风顺。千缕柳丝难挽住，一枝红杏聊为赆。看明年、此际日边开，宫袍衬。

频酌酒，须拌饮。重话别，言难尽。怕归来庭院，故人多病。风日长途珍护好，春城寒食应相称。倩双鱼、先寄与平安，泥金信。

——顾贞立《满江红·送梁汾弟北上，适中庭杏花盛开》

纳兰性德将《栖香阁词》抓在手中，一首一首读下去，脸上满是笑意，道："梁汾，令姊之词，果然是好，古今女子，不过如此也。——咦？"正说着话，忽见书案上有一页词笺，定睛看时，却是两阕《金缕曲》。"《金缕》？"纳兰性德笑道，"我喜欢。——季子平安否？便归来，平生万事，哪堪回首？……"

纳兰性德缓缓读罢，黯然泪下："河梁生别之诗，山阳死友之传，得此而三！"河梁生别，苏武李陵故事，"携手上河梁，游子暮何之。徘徊蹊路侧，恨恨不得辞。行人难久留，各言长相思。安知非日月，弦望自有时。努力崇明德，皓首以为期。"李陵《与苏武诗》也。山阳死友，汉范式与张劭故事。

"梁汾，"纳兰性德正色道，"这件事，你不用再说，给我十年时

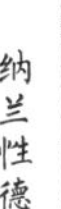

间，我来营救季子入关。”

顾贞观忽地跪倒，眼泪长流，道：“十年太长，能不能以五年为期？”

纳兰性德默然良久，长叹一声。

有这样的朋友，真吴兆骞之幸也。纳兰性德这样想道。只不知，他日我若落难，梁汾是否能如此待我？

想到此节，纳兰性德不觉苦笑一声。

这是康熙十五年（1676）的冬天，那一年的冬天天气格外寒冷。北京千佛寺中，顾贞观一跪千年。

四

顾贞观的手中，是编好的《绝妙近词》。《绝妙近词》两卷，计收一百八十四人，词六百余首。

这是康熙十六年（1677）的春天，顾贞观起意南下，刊刻这部他与纳兰性德共同编定的《绝妙近词》。

江南印事是京师无法比拟的。文章千古事。刊刻亦如是。

握手西风泪不干。年来多在别离间。遥知独听灯前雨，转忆同看雪后山。

凭寄语，劝加餐。桂花时节约重还。分明小像沉香缕，一片伤心欲画难。

——纳兰性德《鹧鸪天·送梁汾南还，时方为题小影》

马车渐渐远去，纳兰性德泪眼渐渐模糊。

这是春天。

顾贞观秋天能够及时赶回来吗？

纳兰性德不知道这是怎样的一种情感。他只知道，当马车远去的时候，他的心仿佛也被带走，带去江南。

良久，纳兰性德方才叹息一声。

“徐师父，”纳兰性德转头问徐乾学道，“梁汾秋天能够赶回来吗？”

徐乾学点头道：“从路程来计算，应该可以。不过，《绝妙近

词》是不是能够印出来，就未可知了。”刊刻一部书，雕版实在是要花太多的时间，即使一切顺利，花个一载半年的也是寻常事。如果中途有哪块版子一不小心刻错了，就要从头再来，那么，所花的时间也就可想而知。

《绝妙近词》已经编定，就要刊刻。纳兰性德迫切地想刊刻好这部书的心情，徐乾学自然明白。读书人，总希望自己的书能够流传出去，流传下去。

纳兰性德苦笑一下，低低地道：“不要怕花银子，但愿梁汾不要怕花银子。”他微微抬头，瞧着苍白的天空。不怕花银子，自然能够省下很多时间。可是，梁汾此去，会不惜银子而省下时间吗？或者说，梁汾此去，会如我思念他一般思念我吗？

纳兰性德其实不敢这样想下去。

因为他知道，梁汾这近二十年来所深深想念着的只有一个人——吴兆骞。

远在宁古塔的吴兆骞。

烟暖雨初收。落尽繁花小院幽。摘得一双红豆子，低头。说著分携泪暗流。

人去似春休。卮酒曾将酹石尤。别自有人桃叶渡，扁舟。一种烟波各自愁。

——纳兰性德《南乡子》

新寒中酒敲窗雨。残香细袅秋情绪。才道莫伤神。青衫湿一痕。

无聊成独卧。弹指韶光过。记得别伊时。桃花柳万丝。

——纳兰性德《菩萨蛮》

五

卢氏的死是一件很意外的事。

那一日，纳兰性德正在宫中值宿，家中派人来说，少奶奶就要生了。算算日子，也应该是在这两日生的。

纳兰性德便有些心神不定。

皇帝一闻，不由笑道：“还不快回家去看看！”

纳兰性德低声道：“也不是第一次生孩子，没事。”

皇帝笑吟吟地道："行了，朕准你假，快回去吧。要是还不走的话，便是抗旨不遵了。容若，莫非你要抗旨？"对于纳兰性德来说，皇帝实在是一个可亲可近的人。

"奴才遵旨。"纳兰性德打了个千儿，便急匆匆地出了宫。

等出宫，回到家时，孩子已经出世，而卢氏，已经奄奄一息。

纳兰性德默默地抓着妻子的手，眼睁睁地瞧着妻子挣扎着死去，毫无办法。

对于死亡，人，真是无能得很。

而死亡，又是来得如此之突然，如此之容易。

纳兰性德默默地瞧着这个曾经那么熟悉的人，眼泪无声地落下。

他知道，曾经的拥有，已经失去。

青衫湿遍，凭伊慰我，忍便相忘。半月前头扶病，剪刀声、犹在银釭。忆生来、小胆怯空房。到而今，独伴梨花影，冷冥冥、尽意凄凉。愿指魂兮识路，教寻梦也回廊。

咫尺玉钩斜路，一般消受，蔓草残阳。判把长眠滴醒，和清泪、搅入椒浆。怕幽泉、还为我神伤。道书生簿命宜将息，再休耽、怨粉愁香。料得重圆密誓，难禁寸裂柔肠。

——纳兰性德《青衫湿遍·悼亡》

"梁汾，梁汾，"纳兰性德低低地道，"我好难过，好难过……"

顾贞观不在他的身边。当顾贞观不在身边的时候，他心中的痛，更与何人说？

卢氏刚刚被送入墓地，父亲就来与他说续娶的事。"是瓜尔佳氏的姑娘，"父亲呵呵笑道，"现在改了个汉姓，叫官氏了。不过，不管姓什么，总是满人，将是我们纳兰家的媳妇儿。"

父亲兴致勃勃。

卢氏的死，对于纳兰明珠来说，与府上死一个丫头、仆妇并没什么区别。

"父亲！"纳兰性德有些伤心，有些愤怒。妻子才刚去世，父亲就开始提他续娶的事儿了。

纳兰明珠呵呵笑着，仿佛是自言自语般地说道："瓜尔佳氏的

倭赫大人，现在任领侍卫大臣，颇尔喷大人，是内大臣，容若，准备说给你的，是颇尔喷大人家的闺女。那闺女的兄弟，古尔汉、古苏，都是侍卫，你应该认得的了。”

“父亲！”

“这桩亲事，对瓜尔佳氏、对我们纳兰家，意味着什么，容若，你应该明白。”

“……我明白。”

“就这么定了。”纳兰明珠斩钉截铁地道，“过些日子，就成亲。”

纳兰性德黯然垂首。当父亲提起官氏的家族时，他已经明白，这桩亲事他无法拒绝。他悲哀地发现，他所要娶回来的，其实不是一个女子，而是一个家族。

辛苦最怜天上月、一昔如环，昔昔都成玦。若似月轮终皎洁。不辞冰雪为卿热。

无那尘缘容易绝。燕子依然，软踏帘钩说。唱罢秋坟愁未歇。春丛认取双栖蝶。

——纳兰性德《蝶恋花》

纳兰性德在纸上写罢这阕《蝶恋花》，怔怔良久，冰冷的泪水滴落在词笺上。“对不起，对不起，对不起。”纳兰性德在心头默默地想道。然后，他将词笺抓在手中，撕得粉碎，如秋日的蝴蝶，纷纷飘落。

“梁汾，”纳兰性德走出书房，将头微微抬起，望着那依旧苍白的天空，喃喃道，“我真的很难过——你，什么时候回来？”

六

怎一炉烟，一窗月，断送朱颜如许。韶华犹在眼，怪无端吹上，几分尘土。手捻残枝，沉吟往事，浑似前生无据。鳞鸿凭谁寄？想天涯只影，凄风苦雨。便砑损吴绫，啼沾蜀纸，有谁同赋。

当时不是错，好花月、合受天公妒。只索倩、春归燕子，说与从头，争教他、会人言语。万一离魂遇。偏梦被、冷香萦住。刚听得、城头鼓。相思何益，待把来生祝取。慧业相同一处。

——纳兰性德《大酺·寄梁汾》

顾贞观是在江南接到这阕新词的。当顾贞观打开书函，展读这阕新词的时候，心下便是一震。对于顾贞观来说，这是一种别样的感觉。

不知所措。

是的，这感觉，使他有些不知所措。

如果说“一片伤心欲画难”还只是使他笑笑，那么，到“相思何益”，顾贞观觉得，自己真的是笑不出来了。

文人嘛，起初，顾贞观这样想道。尤其是词人。词人在词中，香草美人的写法，原就寻常。东坡先生说，“望美人兮天一方”，难道还真的是遥望美人？肯定不是的。同样，容若说，“一片伤心欲画难”，其实未必伤心的。

容若翩翩贵公子，出身高贵，又是皇帝的贴身侍卫，深得皇帝宠幸，像这样的贵公子，又怎么会伤心？如若说仅仅是因为顾贞观离开京师南下刊刻《绝妙近词》，他就伤心……这，怎么也说不过去吧？更重要的是，顾贞观无法相信，也不敢相信。

顾贞观自嘲似的想道，如果我还是个年轻的姑娘，或许……可惜，我不是。我已经是头发花白年过四旬之人。说一个二十多岁的翩翩贵公子为一个四十多岁漂泊无依的半老头伤心……谁信？

顾贞观越想越觉得惶恐。

更重要的是，他还无法逃避。

因为吴兆骞。

“会侯兄，”顾贞观对毛际可说道，“我要先回一趟京师了。刻书的事，拜托会侯兄了。”

毛际可奇道：“再过几个月，应该就能出书了。梁汾你现在就回京师，这个……”毛际可自然会很奇怪。《绝妙近词》早已开始雕版，如果快的话，年底就能将书印出来。顾贞观这个时候回京师，岂非就是在路上折腾？要知道，从江南到京师，一来一去，总也要数月之久。更不用说路途艰难，是很伤人的。

顾贞观苦笑道：“我必须回去一趟了。”纳兰性德在信中表达的凄苦，使顾贞观无法视而不见。而顾贞观的内心，更是想到吴兆骞，想到，他无论如何都不能得罪纳兰性德，无论如何都要逢迎这翩翩贵公子。即使这翩翩贵公子的词，使他大感不安。

即使是从朋友的角度，也应该回京师一趟。顾贞观又这样想

道。容若悼亡，作为朋友，岂非正应在他身边予以安慰？

“拜托了。”顾贞观辞别了毛际可，收拾行装，匆匆北上。

一生长在远行中。或许，这对于顾贞观来说，便是生活吧。

七

康熙十六年（1677）的秋天，顾贞观回到了京师。这时，距离卢氏的去世，不过三个多月而已。也就是说，顾贞观接到纳兰性德的信函，几乎一点也没有耽搁，就匆匆北上了。

卢氏的忌日是五月三十日。

当顾贞观进入明珠府邸的时候，纳兰性德吃了一惊，旋即大喜过望：“梁汾！”他紧握住顾贞观的双手，久久不肯放开。顾贞观脸色晕红，只不过他到底已经年过四旬，满面沧桑，这样的晕红，却也没有人能够看得到。

“容若。”顾贞观仿佛是看着自己的孩子一般，轻轻地说道。孩子。是的，孩子。顾贞观原本绷紧的心，也就有些松软了下来。现在的容若就像是一个孩子，而词，是他的玩具。那些“伤心”啊“相思”啊之类的词句，其实，只不过是容若摆弄玩具而已。顾贞观这样想道。不能当真。当不得真。顾贞观微笑着，再看纳兰性德时，目光便变得有些柔和。

“知道吗？”纳兰性德快活地说道，“朝中有人说，梁汾你与我交往，其实只是为了汉槎……”

顾贞观心就一沉。

纳兰性德很认真地瞧着顾贞观，道：“梁汾，你与我交往，真的只是为了吴汉槎？”

顾贞观毫不犹豫地道：“当然不是。”

纳兰性德快活地笑道：“我道也不是。”

顾贞观道：“去年，我就与吴园次开始编订《饮水词》，将容若你的词认认真真地读过一遍。容若，你知道当时我们的评价吗？”

纳兰性德便有些紧张地瞧着顾贞观，道：“怎么评价？你……与吴先生怎么说？”

“满洲第一词人。”顾贞观认认真真地说道。

“满洲第一词人？”纳兰性德就有些失望。满人不文，更不用说填词了。甚至可以说，当今满人之中，能填词者也只他一人而

已。这样的情况下，这“满洲第一词人”的评价又有什么意义？

顾贞观忽就笑了起来，道：“而我以为，当今词坛，能与容若你一较短长的，惟浙西朱竹垞耳。”

纳兰性德瞪大了双眼，有些吃惊地瞧着顾贞观，半晌说不出话来。

顾贞观续道：“若以小令而论，我以为，容若你的词，延巳、六一以后，仅见湘真。”

纳兰性德依旧吃惊地瞧着顾贞观。他不明白，顾贞观何以会对他有如此高的评价。但这样的评价，使他的心里真的很快活。无论顾贞观说的是不是真心话，他都很快活。

半晌，纳兰性德才道：“这两年，梁汾的《弹指词》对我影响很大的……”

顾贞观笑道：“青出于蓝而胜于蓝。”

纳兰性德心下感动，道：“梁汾……”

“所以，”顾贞观微笑道，“我与容若交往，又怎会只是为了吴汉槎？”

纳兰性德忽就笑了起来，道：“梁汾你终不负吴汉槎，又怎么会负我！”

顾贞观不由得也就老脸一红，心道：“我与容若交往，莫非真的是为了吴汉槎？包括与容若编《绝妙近词》，为容若编《饮水词》，所做的这一切，仅仅是为了能够打动容若，让容若营救吴汉槎入关？……不是的。应该不是的。”

顾贞观蓦然之间就有些迷惘。不是的。他想。一部《饮水词》，已绝不亚于当今任一词人了……

然而，词之好坏，果真与人之交往相关吗？

酒涴青衫卷。尽从前、风流京兆，闲情未遣。江左知名今廿载，枯树泪痕休泫。摇落尽、玉蛾金茧。多少殷勤红叶句，御沟深、不似天河浅。空省识，画图展。

高才自古难通显。枉教他、堵墙落笔，凌云书扁。入洛游梁重到处，骇看村庄吠犬。独憔悴、斯人不免。衮衮门前题凤客，竟居然、润色朝家典。凭触忌，舌难剪。

——纳兰性德《金缕曲·再赠梁汾，用秋水轩旧韵》

八

《绝妙近词》终于刊刻好了。不过,是由毛际可派人将刊刻好的《绝妙近词》送到京师,送到顾贞观的手中。只是,书名已经改作《今词初集》。顾贞观收到之后,便前往纳兰府邸。

顾贞观解释,《绝妙近词》与《绝妙好词》书名过于相似,容易混淆;其次,今后若搜集到新词,还可以继续刊刻下去,二集、三集、四集……故而,将书名改作了《今词初集》。

《今词初集》之中,收顾贞观词二十四首,收容若词十七首。收词数量原不能说明问题,但要知道,《今词初集》开始选编的时候,顾贞观已经四十一岁,而容若才二十三岁。

与《今词初集》一起拿到纳兰府邸的,是顾贞观的一首新词。

物外幽情世外姿。冻云深护最高枝。小楼风月独醒时。
一片冷香惟有梦,十分清瘦更无诗。待他移影说相思。

——顾贞观《浣溪沙·梅》

读罢这一阕新词,纳兰性德欢喜异常。他自然知道,顾贞观的这阕新词,名为咏梅,实际上是写给他的;而且与吴兆骞无关。

“万一离魂遇,偏梦被、冷香萦住”。

“一片冷香惟有梦”。

新来好,唱得虎头词。一片冷香惟有梦,十分清瘦更无诗。标格早梅知。

——纳兰性德《梦江南》

这是康熙十七年(1678)的春天。

“有些事,”顾贞观迟疑一下,道,“我还要南下处理一下。”

纳兰性德脸色微变,半晌,问道:“什么时候走?”

顾贞观道:“就这几天吧。”迟疑一下,道:“先要去一下扬州,与吴园次先生将《饮水词》确定下来,如果没什么问题的话,今年就可以开雕版印刷了。”《今词初集》之中,收有吴绮吴园次的二十三首词。《饮水词》的编订便是由顾贞观与吴绮负责。吴绮也算

得上是当时词坛名家。

纳兰性德两眼灼灼，自然就想到，顾贞观此次南下应是因他。《今词初集》已经刊刻，如果《饮水词》再顺利刊刻的话，那么，可以说，纳兰性德在词坛的地位便可一举奠定。

顾贞观道：“然后，可能会去一趟福建，与伯成兄一见。”吴兴祚，字伯成，时任福建巡抚。

纳兰性德没有问顾贞观为什么要去福建。“梁汾去福建，总有他的道理吧。”纳兰性德这样想道。

康熙十七年(1678)，三月，顾贞观南下。

烟花三月下扬州。

到年底的时候，纳兰性德收到顾贞观从福建写来的信函。

荔粉初装，桃符欲换，怀人拟赋然脂。喜螺江双鲤，忽展新词。稠叠频年离恨，匆匆里、一纸难题。分明见、临缄重发，欲寄迟迟。

心知。梅花佳句，待粉郎香令，再结相思。记画屏今夕，曾共题诗。独客料应无睡，慈恩梦、那值微之。重来日，梧桐夜雨，却话秋池。

——纳兰性德《凤凰台上忆吹箫·除夕得梁汾闽中信因赋》

康熙十七年(1678)的除夕，纳兰性德过得很是开心。

因为他知道，顾贞观即使身在福建，终究没有忘记他。

一个人，被另一个人记挂着，总是一件快乐的事。

青镜流年，客中一倍关心早。加餐音到。入夜灯花笑。
街鼓隆隆，已是春来了。春知道。锁窗寒悄。有个人清妙。

——顾贞观《点绛唇·螺川立春》

九

转眼已是康熙十八年(1679)。这一年，纳兰相府中并蒂莲开，而顾贞观正好北上，抵达京师。距离上一次的分别，已经一年半的时间了。

一年半的时间其实真的不算很长，然而，对于纳兰性德来说，却是那么漫长，漫长如冬日的不眠之夜，数尽三更到五更。在这一年半的时间里，纳兰性德填了很多很多词，有的寄给了顾贞观，有的则没有。但他知道，无论寄的还是没寄的，都是因这个人而作。

“寄与不寄间。妾身千万难。”纳兰性德没由来就想起元人的这个曲子来。

唉！纳兰性德心中叹息。他知道，他根本就不应该为这个人写那么多词的。他纵有无限的情感，也不应为这个人啊！

他所想念的，应该是他死去的妻子，是他曾经为之伤心欲绝的那一个女子啊！

泪咽却无声。只向从前悔薄情。凭仗丹青重省识，盈盈。一片伤心画不成。

别语忒分明。午夜鹣鹣梦早醒。卿自早醒侬自梦，更更。泣尽风檐夜雨铃。

——纳兰性德《南乡子·为亡妇题照》

一片伤心欲画难。

一片伤心画不成。

这一片伤心，到底是因谁？

荷花池中，并蒂莲开。

严绳孙笑道：“这倒是绝好的题材。”

“怎么讲？”纳兰性德心中一动，问道。

严绳孙细捋须髯，慢条斯理地道：“前朝冯小青诗云：‘稽首慈云大士前，莫生西土莫生天。愿将一滴杨枝水，洒作人间并蒂莲。’”

顾贞观忽道：“可是‘瘦影自临春水照，卿须怜我我怜卿’之冯小青？”

严绳孙笑道：“正是。不过，却也不知，到底是实有其人，还是只小说家言。”

顾贞观点点头，道：“无论是也不是，挂其名下的几首诗却是极好的。唉！总是伤心人。”说罢，顾贞观便有些黯然。我们在此处谈诗论词，却不知冰天雪地之中的吴汉槎现在正在做什么。顾贞观忍不住就这样想道。

"'愿将一滴杨枝水，洒作人间并蒂莲。'"纳兰性德一边低低地念着，一边瞧着池中的并蒂莲，整个人不觉痴了。此刻，他浑然不知自己在想些什么，浑然不知自己到底想要什么，他的眼前、心中，就只剩下那正盛开于池中的并蒂莲。并蒂莲开，生生世世，夫复何求？然而，秋风漫起，那并蒂莲能经历秋霜而不枯陨吗？到明年的夏秋，那并蒂莲还会如今年这般盛开吗？

花开花落，花落花开，再开的，已不是今年的花……

阑珊玉佩罢霓裳。相对绾红妆。藕丝风送凌波去，又低头、软语商量。一种情深，十分心苦，脉脉背斜阳。

色香空尽转生香。明月小银塘。桃根桃叶终相守，伴殷勤、双宿鸳鸯。菰米漂残，沉云乍黑，同梦寄潇湘。

——纳兰性德《一丛花·咏并蒂莲》

一篙轻碧众香浮。月艳淡于秋。双成本是无双伴，汉皋佩、知倩谁收。浴罢孤鸳，背花飞去，花外却回头。

合欢消息并兰舟。生未识离愁。相怜相妒浑多事，料团扇、不耐飕飗。金粉飘残，野塘清露，各自悔风流。

——顾贞观《一丛花·并蒂莲》

画桡昨夜过横塘。两两见红妆。丝牵心苦浑闲事，甚亭亭、别是难忘。澹月层城，影娥池馆，生小怕凄凉。

而今稽首祝空王。便落也双双。露寒烟远知何处，妥红衣、忽认余香。那夜帘栊，双纹绣帖，有尔伴鸳鸯。

——严绳孙《一丛花·并蒂莲》

"桃根桃叶终相守，伴殷勤、双宿鸳鸯。"纳兰性德心中默默地念着自己的词句，然后，又轻轻地将顾贞观的词句念了出来："金粉飘残，野塘清露，各自悔风流。"各自悔风流。各自悔风流。"呵呵。"念罢，他凄然地笑了两声。

"公子？"见纳兰性德一副痴迷的模样，严绳孙不由得有些担心，就轻轻地叫了一声。严绳孙寓居纳兰相府已经很久，早知这位相府贵公子很多时候都是这般痴痴呆呆。

纳兰性德却没有搭理他，而是取过他的那阕新词来，慢慢地念道："……那夜帘栊，双纹绣帖，有尔伴鸳鸯。"读到最后一韵，整个人不由得又有些痴了。就这般，忽而悲，忽而喜，忽而笑，忽而凄凉，良久，才徐徐地吐出一口气来，脸色恢复了平静。

唉。严绳孙心下里低低叹息一声。他抬起头来，瞧了瞧纳兰性德，又瞧了瞧顾贞观，终究什么也没有说。但他知道，他最后一韵，到底想写些什么。

只不过，词中可写，说，却是决不能说出的。

十

随着《今词初集》与《饮水词》的刊刻，顾贞观也算是在京师安定了下来。他想，做完这些，应该对得起容若了。一介书生，能够为容若做的，大约也只有这些了。富贵荣华，容若根本就不缺。

那么，至此，容若也应该想着去营救汉槎入关了吧？

这一日，纳兰性德忽就急匆匆地将顾贞观拖到了相府的筵席上，满目所见，都是朝廷重臣、达官贵人。纳兰明珠升任武英殿大学士，自然要摆酒庆贺。

本朝不设宰相之职，大学士便相当于古之宰相了。

纳兰明珠笑道："梁汾，你的事，容若已经说了。这件事，不容易啊！不过，如果你肯满饮此盏，我答应你，为你去救汉槎入关。"说罢，示意侍女将满满的一大盏酒送到顾贞观的身前。

满饮此盏，对于一般的人来说，当然不成问题。但明珠知道，顾贞观从不饮酒。

当满满的一盏酒送到顾贞观的身前时，纳兰明珠的脸上，便多出几分笑谑。

顾贞观想都没想，取过那硕大的酒盏，站立着，咕嘟咕嘟，一饮而尽。这使得熟悉顾贞观的人俱不由大惊失色。

"哎呀，"纳兰明珠不觉也有些懊悔，道，"梁汾，刚刚只是戏言罢了，你便是不喝，我也会去营救汉槎的……"

话音未落，顾贞观再也支撑不住，扑通一声，倒在地上……

望着顾贞观因醉酒而血红的脸，纳兰性德心中说不出是什么滋味。

这个人，为少年时的一个朋友，奔波二十余年，愿意为那个朋

友做一切事……

纳兰性德忽然羡慕起那远在宁古塔的吴汉槎来。

康熙二十年(1681),吴兆骞终得入关。

然而,顾贞观正欲与故友相见,却闻得在无锡的老母去世。人生之事,总是难以两全,顾贞观只有辞别京师,南下奔丧。

望着顾贞观踉跄远去的背影,纳兰性德忽地感觉到一阵恐惧。

顾贞观家在江南,流落京师二十余年,只是为了营救吴汉槎。如今,汉槎终得入关。汉槎家在江南,汉槎终将还家……

如果吴汉槎回江南与顾贞观相见,他们,还会回京师吗?或者说,顾贞观还会回京师吗?

那梦幻一般的江南,水墨画成的江南啊!

春水碧于天。画船听雨眠。

那江南,只属于顾贞观,属于吴汉槎,属于无数江南才子……

那江南,不属于纳兰性德。

纳兰性德将吴汉槎留在了相府里。纳兰性德道:"汉槎兄,梁汾处理完家中的事情之后就会北上与兄相见,若兄此际南下的话,只怕会在路上错过。"

吴汉槎只好留在京师。

吴汉槎自然不会想到,纳兰性德之所以这样做,是担心他与顾贞观相见之后,不再回京师耳。

十一

山一程。水一程。身向榆关那畔行。夜深千帐灯。

风一更。雪一更。聒碎乡心梦不成。故园无此声。

——纳兰性德《长相思》

顾贞观处理完老母的丧事之后,很快回京与吴兆骞相见。然而,此际,纳兰性德却护驾东巡,来到了冰天雪地的塞外。塞外风光果然与关内不同,显得无比雄壮,然而,这却不是纳兰性德所想要的。

纳兰性德所想要的，只是建三楹草屋，与顾贞观住在一起，读读书，填填词，如此而已。

事实上，出塞之前，纳兰性德已经着人在京师建这样的三楹草屋了。他只是想着，等顾贞观从江南回京，便邀请他住进去。

汉槎已经入关，顾贞观应该不复有什么牵挂了吧？

纳兰性德独立于风雪之中，始终心神不定。

汉槎与梁汾相见之后，他们，是不是就要南归？是不是就不复北上？是不是就从此不复相见？

“人生若只如初见……”

纳兰性德忽然就明白了与顾贞观初相见时，这个男人眼中的忧郁与哀伤。

如果，如果不让汉槎入关的话……

如果当初不答应顾贞观的请托，让吴汉槎终老于宁古塔，那么，顾贞观是否也会忧伤到老？

而如今，答应了顾贞观的请托，营救吴汉槎入关，那么，顾贞观是否就要弃我而去？

人生的选择，怎么就如此之艰难？

纳兰性德心乱如麻。

回到京师，斯人不见。

顾贞观与吴汉槎相见之后，便匆匆南下，说是要继续去处理家事。

顾贞观走时，什么也没有留下。

才听夜雨。便觉秋如许。绕砌蛩螿人不语。有梦转愁无据。

乱山千叠横江。忆君游倦何方。知否小窗红烛，照人此夜凄凉。

——纳兰性德《清平乐·忆梁汾》

知君此际情萧索。黄芦苦竹孤舟泊。烟白酒旗青。水村鱼市晴。

柁楼今夕梦。脉脉春寒送。直过画眉桥。钱塘江上潮。

——纳兰性德《菩萨蛮·寄顾梁汾苕中》

一段段思念，化作一阕阕新词。然而，顾贞观依旧不归。

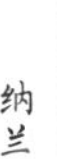

十二

康熙二十三年（1684），顾贞观突然出现在京师。这时，纳兰性德与顾贞观不相见已经近三年了。

当纳兰性德闻得顾贞观进入相府之时，不由得大喜过望。

“终究没有忘记我。”纳兰性德这样想道。

被一个自己永不忘记的人忘记，那该是怎样的一种悲哀啊！

“梁汾。”纳兰性德快活地嚷道。他自己也不知道，为什么当他看到那张苍老的容颜时，自己会变得如此之快活。

有时候，人的快活真的很简单。

也不可理喻。

“容若，”顾贞观矜持地微笑着，“好久不见。”

“是啊，是啊，真的好久不见，”纳兰性德笑道，“要近三年了吧？”

顾贞观点点头，道：“总是不巧，我到京师的时候，你随驾出巡；而你回京之时，我又从上南下。”顾贞观自然不会说，何以会如此之不巧。

有些事，只能做，决不能说。

不过，人间事，原本不就如此吗？

纳兰性德笑道：“是啊，总是这么不巧。不过，我们总算相见。走，我们……”他话未说完，见顾贞观从怀中摸出几张词笺来，便有些狐疑有些惊喜地瞧着顾贞观，止住不说。

莫非是梁汾新词？纳兰性德想道。莫非，是写给我的新词？

这样一想，纳兰性德的心中，便又有些忐忑起来。

顾贞观有些神秘地笑着，将手中的词笺递给了纳兰性德。

黄昏后。打窗风雨停还骤。不寐乃眠久。渐渐寒侵锦被，细细香消金兽。添段新愁和感旧。拼却红颜瘦。

——沈宛《长命女》

白玉帐寒夜静。帘幙月明微冷。两地看冰盘。路漫漫。

恼杀天边飞雁。不寄慰愁书束。谁料是归程。怅三星。

——沈宛《一痕沙·望远》

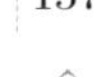

难驻青皇归去驾，飘零粉白脂红。今朝不比锦香丛。画梁双燕子，应也恨匆匆。

迟日纱窗人自静，檐前铁马丁冬。无情芳草唤愁浓。闲吟佳句，怪杀雨兼风。

——沈宛《临江仙·春去》

雁书蝶梦皆成杳。月户云窗人悄悄。记得画楼东。归骢系月中。

醒来灯未灭。心事和谁说。只有旧罗裳。偷沾泪两行。

——沈宛《菩萨蛮·忆旧》

惆怅凄凄秋暮天。萧条离别后，已经年。乌丝旧咏细生怜。梦魂飞故国、不能前。

无穷幽怨类啼鹃。总教多血泪，亦徒然。枝分连理绝姻缘。独窥天上月、几回圆。

——沈宛《朝玉阶·秋月有感》

一连五阕新词，将纳兰性德看得眉飞色舞。

“梁汾，”纳兰性德迟疑一下，却道，“这是你最近做的？”以纳兰性德的眼光，自然看得出来，这五阕新词与顾贞观以往所作有所不同。只不过，词人往往风格多样，也没什么好奇怪的。像东坡，既能“大江东去”，也能“天涯何处无芳草”，还能“也无风雨也无晴”；像稼轩，既能“千古江山”，也能“为赋新词强说愁”，还能“稻花香里说丰年”。对于一个成熟的词人来说，这原本就是一件很寻常的事。

纳兰性德所疑惑的，在于词中所体现出来的情感。“只有旧罗裳。偷沾泪两行”“独窥天上月、几回圆”，这在顾贞观以往的词中尤其是写给纳兰性德的词中，几乎不曾有过。“忆当年、侯生垂老，始逢无忌。”这才是顾贞观对纳兰性德的态度。即使到后来，最多，也就是“一片冷香惟有梦，十分清瘦更无诗”。而这两句，已经使纳兰性德很是开心。

纳兰性德望向顾贞观的眼始终都是热的，而顾贞观望向纳兰性德的眼，始终都是冷的。或者说，是冷静。

纳兰性德热情如火，顾贞观冷静如水。

而此刻,这五阕新词之中,竟也蕴含着火一样的情感。

纳兰性德灼灼地望着顾贞观的眼。

顾贞观微笑着摇头。

“不是?”纳兰性德愣了一下。

“不是。”顾贞观道。

“那……这是谁做的?”纳兰性德冷静下来,忽然便感觉到这五阕新词之中的女儿家气息。像“添段新愁和感旧。拼却红颜瘦”“无情芳草唤愁浓”,分明就是女儿家手笔。至于这感觉是不是无误,那就谁也说不清了。

事实上,古来词人有女儿家气息者多矣。

顾贞观笑道:“容若,你觉着这几阕词写得如何?”

纳兰性德沉吟片刻,道:“花间一脉,可谓正宗。”

顾贞观大笑道:“如此说来,容若对这几阕词应是极喜的了?”

纳兰性德不知顾贞观到底何意,不过,他还是轻轻地点了点头。

顾贞观眯着双眼,笑吟吟地道:“这几阕词的作者,今年只有十八岁……”

“呀。”纳兰性德倏地站起,越发惊讶地瞧着顾贞观。若作者只有十八岁,那么,这几阕词给人的观感就会更进一层了。虽说古来多天才,但诗词之道,终须磨砺,所以老杜才会有“庾信文章老更成”的说法。

顾贞观悠悠道:“此次回到江南,我也是偶然之间发现此女……”

“此女?”纳兰性德又是一愣,不过,也很快就释然。原来,这真是女儿家手笔。

顾贞观点头道:“此女名唤沈宛,字御婵,浙江乌程人,今年十八岁。”

纳兰性德道:“十八岁如此词作,也算很了不起了。梁汾,莫非你想续编《今词二集》?嗯,此女之词,足可入选。”

顾贞观笑道:“此事不急。”

纳兰性德有些迷惑地瞧着顾贞观。

顾贞观依旧微笑:“此女我已带到京师,现就在相府之外……”

纳兰性德有些不解,心道:带到相府之外作甚?

顾贞观笑道:“我意便是将此女介绍入相府,给容若你红袖添

香，哈哈，这却也是一段佳话也。容若，你看如何？”

纳兰性德徐徐站起，道：“你是说、是说……”

顾贞观笑道：“夫唱妇随，人间乐事，更是士林佳话。”

纳兰性德瞧着顾贞观，半晌，忽地笑了起来，道：“不错，不错，夫唱妇随，真乃人间乐事也。呵呵，我明白了，我明白了。”纳兰性德仿佛满心欢喜，哈哈大笑起来。

没人在意到，此刻，他眼中的凄然与悲伤。

也没人在意到，此刻，顾贞观眼中的无奈与黯然。

有些事，只能各自心知，如此而已。

十三

康熙二十三年(1684)，纳兰性德于相府之中，建三楹茅屋，“为君构草堂”。

顾贞观北上京师，旋即南下，构积书岩于端文公祠下。端文公，顾宪成也。

九月，纳兰性德强撑病体，护驾南巡，与顾贞观会于无锡。

十月，吴兆骞病逝于纳兰相府。

十一月，顾贞观于金陵闻耗，诗文以祭。

十一月，皇帝经江宁、曲阜还京。

康熙二十四年(1685)，五月二十三日，相府两棵夜合花开放。适顾贞观抵达京师，纳兰性德召集梁佩兰、姜西溟、吴天章、朱彝尊诸人与之相会，分题歌咏。

阶前双夜合，枝叶敷华荣。疏密共晴雨，卷舒因晦明。影随筠箔乱，香杂水沉生。对此能销忿，旋移迎小楹。

——纳兰性德《夜合花》

第二日，纳兰性德卧病不起。

黄昏又听城头角。病起心情恶。药炉初沸短檠青。无那残香半缕恼多情。

多情自古原多病。清镜怜清影。一声弹指泪如丝。央及东风

休遣玉人知。

——纳兰性德《虞美人》

纳兰性德吩咐道："不要告诉梁汾。"

他的手中，是一卷《弹指词》，慢慢地读着，慢慢地念诵着，眼泪也慢慢地滚落。

沈宛已被他送到府外。

第七日，纳兰性德去世，时年三十一岁。

去世之时，手中犹自紧握着那卷几乎已经翻烂了的《弹指词》。

一生一代一双人。争教两处销魂。相思相望不相亲。天为谁春。

浆向蓝桥易乞，药成碧海难奔。若容相访饮牛津。相对忘贫。

纳兰性德《画堂春》

厉鹗

疑在小楼前后，不知何处迷藏

踏莎行

听雨楼头，拾花小径。将春瘦作寒宵并。游仙枕上梦来时，浅妆犹伴闲云影。

东阁风单，南湖舟冷。吴歌写罢几人听。世间原自有情痴，一声秋唱无从省。

李旭东

一

水边的朱满娘吃力地将水桶提起，一步一步地，沿着青石的阶梯，慢慢地上了岸。到岸上之后，这女子将水桶放下，直起身子，伸手将额头细粒的汗珠拭去。

“满娘，提水呢？”街坊顺口招呼着。

朱满娘笑道：“是呢，家里没水了，提些回去。”

“让朱二帮你送几挑，吃个十天半个月的也没问题呢。”街坊热情地道。朱二是这条街上专门挑水的，一挑水不过三文钱，一块烧饼的价钱。这街上的住户，吃的水基本都是朱二送的。想想也是，不过三文钱，自个儿去挑多累啊！宁少吃一块烧饼，也不去挑一挑水。这道理，谁都明白。

“不了。”朱满娘大声道，“我自个儿提回去就行了。”

“这姑娘，”街坊便笑道，“婶儿这是疼你呢。瞧瞧你，这身子骨儿，哪里提得动水？”

“谢谢婶儿，”朱满娘也笑道，“我慢慢儿提回去就是。”

说着话，朱满娘也歇息够了，便又吃力地将水桶提起，沿着青石板路，往家里慢慢地走去。到实在累了的时候呢，就将桶放下，歇那么一会儿。不过是一桶水，这么歇一会儿、走一会儿，总能提回家的。可不要朱二送水，三文钱呢！对朱满娘来说，挣三文钱可不容易。

朱满娘提着水桶，慢慢地往回走，走一路，歇一路，终于就要到家了。临近家门的时候，忽见自己家的门居然开着，就微微地怔了一下。

“爹，你回来了？”朱满娘有些担心地叫道。

养父每天都要出去找点活儿干，才能使父女俩勉强温饱。往日里，总要到太阳落山才会回家，今儿却回来这么早，莫非出了什么事不成？

这真的使朱满娘很是担心。

朱满娘的养父其实是伯父。伯父、伯母没有生育，所以，朱满娘很小就过继过来。后来，亲生父母、兄弟姐妹和养母都相继过世，到如今，朱家就只剩下他们父女俩相依为命。

朱满娘一边说着话，一边已提着水桶进了家门。水缸靠门放

着。朱满娘将水桶放在缸边，想歇一会儿，积攒一点儿气力，再将水倒入缸中。一缸水，走个七八趟，应该就能满了。

水缸不是很大。

屋子里光线有些暗。

“满娘，你过来。”养父说道。

朱满娘直起身看时，却见养父正与一个三四十岁的男子说话。那男子一身书生的打扮，颌下微微的胡须，两眼眯着，含着笑，正打量着朱满娘。

见家中有陌生男人，朱满娘不由得脸色微微一红。“爹。”她叫了一声，然后，慢慢地向养父那边走去。一边走着，眼睛的余光也就扫向那个男子。

她不知道这男子是谁，也不知道这男子到她家里来的目的，但不知道为什么，对这个男子的到来，她竟有些不安。

“来，见过你表哥。”养父笑着说道，“这是你表哥。”

“表哥?”

“你沈家表哥。”养父虽然笑着，其实，他的眼神有些敬畏。

“沈家表哥?”朱满娘就是一愣。她自然知道沈家表哥。沈家，竹溪望族，与朱家虽说是远房表亲，却一向都是很少来往的。朱满娘记得，即便是家里有人去世，到沈家去送信，沈家最多也就送些银两，人却是不来的。大约在沈家看来，朱家只是一门可有可无的亲戚吧。

却不知这位沈家表哥突然来朱家做什么。

朱满娘就有些警惕地瞧着这位沈家表哥。

那沈家表哥便微微一笑，道：“你是满娘吧?”

“我是……”

“我记得上次见你，才四五岁吧，一眨眼就这么大了。”

朱满娘想了想，却怎么也想不起曾经见过这位沈家表哥。

“满娘啊，”养父沉吟一下，道，“你沈家表哥这一次来，是想给你说一门亲……”

“说亲?”朱满娘一愣。

“是啊，给你说门亲事。”沈家表哥笑着说道。

朱满娘与养父对望了一眼。老实说，对这突如其来的好事，他们多少都有些不适应。

养父迟疑一下，问道：“不知道是哪一家的亲事?”先前两人只

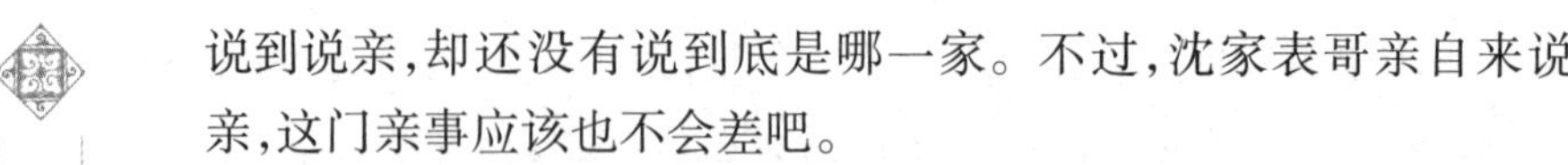

说到说亲，却还没有说到底是哪一家。不过，沈家表哥亲自来说亲，这门亲事应该也不会差吧。

沈家表哥笑道："是我的一个朋友，中过举，有名的文士，说是名满东南也不为过。"

养父便又有些迟疑。因为他很快就想到，如果中过举，又是什么名满东南，这样的人物，年纪应该不会小了吧？而且，这样的人物，会娶一个困顿人家的女子为妻吗？养父心中便有些忐忑。

沈家表哥道："我那朋友内闱不修，家有河东狮，动则回娘家去住。所以，我们这些做朋友的，便想给他说一门亲事，也好照顾于他。"

话说到这儿，朱满娘父女俩自然很容易就想到，这是要与人做妾呢。父女俩又对望一眼，一下子便又都有些拿不定主意。

沈家表哥叹息一声，道："表舅，以朱家现在的境况，满娘想嫁与人为妻，可嫁不到好人家，别的不说，就是一份嫁妆，表舅，大约你也备不起来吧？现在呢，答应这门亲事，我们沈家负责给表舅养老送终，满娘的嫁妆，也由我们沈家来准备，还有，满娘嫁过去，虽说是为妾，其实与妻也没有什么区别。我那朋友家中的河东狮，长年都是待在娘家的。要不然，我们这些做朋友的，也不会急着给他说门亲事了。"

养父其实也早已有些心动，只是终究担心满娘嫁过去以后的情况，所以才没有马上答应。听得沈家表哥说，名为妾，实为妻，这心中的天平便又向答应一方倾斜了一点。

"那，你那朋友今年多少年纪？"养父这样问着，眼睛却紧盯着沈家表哥，心道：若是个七老八十的什么名士，我可说什么也不能答应。

这世道，七老八十的什么名士娶个十七八岁的小妾，可寻常得很。

沈家表哥道："也不老，就四十出头吧。"

养父心头这才稍稍地松了口气。

给人做妾，这四十出头，的确不算老了。

二

杭州的清晨，都是被西湖的风所吹着的，所以，显得特别的倾

心、可人。只可惜，厉鹗没有觉得。

厉鹗是被蒋氏的嘶吼声给吵醒的。

仿佛是因老娘没有准备好早饭，那蒋氏便厉声呵斥起来。

厉鹗皱着眉头。

老实说，他也心疼老娘。问题是，心疼老娘也没有用，他无法与蒋氏争吵。

从骨子里来说，这个四十四岁的老书生终究是斯文人，连脏话都不会说，又哪里能够与蒋氏吵架？老娘也曾恨铁不成钢地说："你这是懦弱，是烂泥扶不上墙。"知子莫如母。老娘的话，无疑是对的。只是所谓江山易改本性难移，那样的懦弱的秉性，已经四十多年，又如何能够改变？

厉鹗知道，不要说蒋氏是在嘶吼，便是寻常，甚至蒋氏还带有些微笑意的时候，他也是瞧着就怵。

就像老鼠看到猫似的。

其实，要论起来，厉鹗也并非自小就这般懦弱。他记得，家中自来困顿，父亲去世之后，全家就靠长兄士泰卖烟叶为生。士泰曾经将他送入寺庙，想让他出家为僧，一方面，是给家中减些负担，另一方面，也是让他能够有口安稳饭吃。

厉鹗死活不肯。

说什么也不肯做和尚。

老娘叹了口气，终究心疼儿子，这件事也就罢了。

厉鹗记得，当时，老娘苦笑着说："你这孩子，怎么这么倔！"

在士泰与老娘看来，做和尚也比在家中受苦要好。

瀛屿沙空，星槎翠剪，耕龙罢种瑶草。秋叶频翻，春丝细吐，寄与绣囊函小。荷筒漫试，正一点、温馨相恼。才近朱樱破处，堪怜惠风初袅。

娇寒战回料峭。胜槟榔、为销残饱。旅枕半欹熏透，梦阑人悄。几缕巫云尚在，溅唾袖、余花未忘了。唤剔春灯，暗萦醉抱。

——厉鹗《天香·烟草》

多年后，厉鹗写过很多关于烟草的诗词，或许，就是对少年时光的记忆吧。只不过，在文字之中，并无困顿。

就像颜回，身居陋巷，箪食瓢饮，却从无抱怨一样。

厉鹗伸手捂住自己的耳朵,想让自己的心能够清静下来。但蒋氏的声音,依旧似钢针一般,向他的耳鼓直刺。

猛听得一阵重重的脚步声,紧接着,蒋氏一掀门帘,便大踏步地闯了进来。一边进来,一边嘴里嘟嘟囔囔着,道:“瞎了眼了,怎么就嫁给了你这样的穷鬼！穷！一辈子的穷！读什么书？人家读书是做官,你读书就是穷！老娘倒了八辈子霉了!”一边嘟囔着,一边就用一种睥睨的眼光瞧着还躺在床上的厉鹗。

厉鹗紧闭双眼,装睡。

他实在不知道自己该如何面对蒋氏。

河东狮吼？厉鹗心头凄凉。河东狮只是脾气坏一点罢了,何尝嫌弃穷困？

厉鹗忽又想起朱买臣来。

嫌弃丈夫穷困,古亦有之。这样一想,厉鹗的心,算是舒服了一点。

蒋氏冷笑着:“装睡,装睡,其他的什么都不会,这做缩头乌龟,不学也会。”蒋氏骂起人来,无论是对丈夫还是对婆婆,都一样的刻薄。

厉鹗依旧装睡,装着没听见。

是啊,或许是懦弱吧。厉鹗想。有时,懦弱会收获怜悯;而在蒋氏,懦弱所收获的,只能是鄙视。

蒋氏决不会同情比她弱的人,当面对比她弱的人的时候,蒋氏只会越发嚣张。

蒋氏一边骂骂咧咧着,一边就打开了橱柜的门。

这橱柜,还是她当年成亲时的陪嫁,到如今,红漆剥落,颜色黯淡,一如老去的自己。

听到蒋氏打开橱柜的门,厉鹗便知,这女人又要回娘家了。

每一次,无论什么原因,或者根本就没有原因,有时大吵,有时没有吵,有时索性就是不声不响,这女人就会收拾衣物,回娘家。在这女人看来,娘家是随时可以回的;至于夫家怎么看,至于外人怎么看,这女人根本就不在乎。

“窝囊废!”蒋氏收拾好自己的衣物,那橱柜基本就空了。

然后,厉鹗便听得一阵远去的脚步声,脚步声渐行渐远,渐渐地就听不见了。

厉鹗慢慢地起身,出了房门。出门看时,老娘正坐在灶台边,

默默地流泪。老娘的头发早已全白，身形瘦小，仿佛风一吹随时都会倒下去似的。

“娘。”厉鹗轻轻地叫了一声。

老娘叹了口气，瞧了厉鹗一眼，忽道：“要是有个孩子就好了。”

厉鹗愣了一下，忽地也就想道：“如果有个孩子，蒋氏是不是不会这样泼辣了？”

不过，他也知道，如果能生孩子的话，蒋氏早就生了。

三

远处的山，重重叠叠的，在淡淡的月光下，就像梦幻一般。而水中倒影，又是那么分明，仿佛就在身前。湖风也清清凉凉的，轻轻地吹拂着湖面，吹拂着月光下的一叶小舟。

沈幼牧轻轻地举起手中的酒盏，细细地抿了一口，微微地眯着双眼，瞧着这月，这湖，这山，这一片寂静的天地。此刻，仿佛天地之间，就只剩下在湖面浮动的这一叶小舟似的。

“太鸿，”沈幼牧举杯向月，道，“你道是我现在在想些什么？”

沈绎旃迟疑一下，道：“东坡赤壁赋吧？”

沈幼牧一瞪眼，道：“却没有问你，是问太鸿呢。”

厉鹗微微地笑着，却没有做声。

“太鸿？”沈幼牧忍不住便又叫了一声。

沈绎旃嘟囔道：“你想的不是赤壁赋是什么？哦，莫非是记承天寺夜游？嗯，张岱，张岱湖心亭看雪？‘莫说相公痴，更有痴似相公者……何夜无月？何处无竹柏？但少闲人如吾两人者耳’？”沈绎旃越想越觉得有些道理。

三人月夜乘舟，游于碧浪湖上，岂非是痴人、闲人？古来文士，多半如此。在他们自己看来，或许是文雅之事；而在旁人眼中，无非痴、闲二字。

沈幼牧瞧了弟弟一眼，微微地笑了一下，眼睛又看向厉鹗。

沈绎旃心道：莫非都不对？苦笑一下，也只好无聊地端起酒盏，轻轻抿上一口。如果这都不对的话，他还真想不到，他这位兄长现在在想些什么。转念又想：我便是说对了，你不承认，我也没奈何不是？这样一想，只好又苦笑一下。

他知道，他这位兄长是在与厉鹗打趣呢。

厉鹗是他们的朋友。

前些日子，沈幼牧乘乌篷船到杭州与厉鹗相会，没多久，便将厉鹗带回湖州。沈幼牧偷偷地告诉沈绎旃："蒋氏又回娘家了。我让太鸿来湖州散散心。"

其实，沈绎旃知道，还有就是替厉鹗说亲的事。

厉鹗年过四旬，犹未有子，而蒋氏又是如此之泼辣、刁蛮，动则大吵一顿，就回娘家长住。见厉鹗如此，作为朋友的沈氏兄弟自然就有些想法。

说门亲。沈幼牧也曾与沈绎旃商议。一方面，厉鹗家中，终须有个女人来操持——厉鹗的老娘，终究是老了；另一方面，以嫁妆为名，也好接济一二。

于是，找一个什么样的姑娘，就成了问题。

无论如何，总不能前门驱狼、后门进虎，让厉鹗再娶回去一个蒋氏那样的泼妇。

很快的，他们就想起了他们的远房表亲朱满娘。朱满娘家人几乎死绝，只剩下一个养父；而且，朱满娘是要嫁到杭州去。这就意味着，朱满娘不可能如同蒋氏那样，动辄回娘家。更重要的是，朱满娘贤惠而能干，这几乎是街坊们一致公认的。与不仁不孝、不贞不淑的蒋氏比起来，简直就是一个天一个地。

沈氏兄弟商议妥当，沈幼牧这才将厉鹗请到湖州来。不过，说亲的事也不急，暂且先效仿古人，泛舟碧浪湖来也。

沈绎旃想到此处，便也望向厉鹗，想：太鸿会如何应答长兄呢？

却听得厉鹗负手而立，缓缓吟哦道：

晓天鱼板响，趁青蘋风起，碧鸥波涨。一枝塔影，斜袅打双桨。道场山在望。仲姬犹剩眉样。划碎玻璃，占卢湾柳汊，新雨欲沉网。

何处纹帘卷上。白纻歌轻，去也终怊怅。双鬟可买，应作五湖长。水云连浩荡。杜郎元是疏放。有日重来，愿身为鹊镜，妆脸镇相傍。

——厉鹗《梦芙蓉·戊戌五月十八日，泛舟碧浪湖作》

“好词，好词。”沈幼牧也不管听清没有，早自鼓掌喝彩道。

厉鹗笑道：“幼牧兄，你抬举我了。”叹息一声，道：“这是戊戌年写的，距今近二十年了。”

沈氏兄弟面面相觑。他们自没想到，厉鹗吟哦的居然是一阕近二十年前的旧作。

厉鹗神色郁郁，声音也有些低沉，半晌，道：“那一年，我成亲不久，有一回，便带着她来到湖州，泛舟碧浪湖上。”说到此，忽就闭嘴不说，半晌，自己倒了盏酒，一口饮尽。饮得太急，像是呛了一下，连连咳嗽数声，方才渐渐地止了。

“太鸿……”沈幼牧欲言又止。

厉鹗笑道：“我没事。幼牧兄适才大约是想着我献丑呢，我又哪能让幼牧兄失望？”

沈幼牧苦笑。他倒是真的想着，泛舟碧浪湖上，能让厉鹗吟哦一二。却没想到，竟勾起厉鹗的往事来。

厉鹗道：“那一年，我二十六岁，她……也很年轻。呵呵，很年轻。”忽就又低低地念道：“‘有日重来，愿身为鹊镜，妆脸镇相傍。’”

重新听得厉鹗将这最后几句念将出来，沈氏兄弟俱不由变色，便是一番滋味在心头。

他们自然想到，这近二十年前，厉鹗与蒋氏也曾恩爱，也曾山盟海誓，泛舟碧浪湖上，相约“镇相傍”；又有谁料到，到如今，昔日的恩爱，竟会变成如此模样。

不对。沈氏兄弟忽地脸色又是一变。

厉鹗瞧着沈氏兄弟又是脸色一变，不由苦笑道：“你们也想到了？”

“太鸿……”沈幼牧还真不知道说什么才好了。沈氏兄弟也算是博学之人，起初，听到这最后几句，也没有多想。鹊镜，不就是镜子嘛。“明明金鹊镜，了了玉台前。”“晓凌飞鹊镜，宵映聚萤书。”可一想起如今的厉鹗与蒋氏，自然而然地，就想起《神异经》里的一段典故来：“昔有夫妇将别，破镜，人执半以为信。其妻与人通，其镜化鹊，飞至夫前，其夫乃知之。后人因铸镜为鹊安背上，自此始也。”

沈氏兄弟早知蒋氏不贞不淑，只不过，这样的私事，却是怎么也不好问厉鹗的。想不到，厉鹗竟借这阕旧日的词，自己说了

出来。

词谶？沈氏兄弟自然又想起这个问题来。这样一想，只觉万分诡异。当日，厉鹗和蒋氏，还是新婚，分明恩爱，词中，体现出来的也是恩爱之意，怎的这无意之中的"鹊镜"一词，竟预示了他们的将来？

"有日重来，愿身为鹊镜，妆脸镇相傍。"当沈氏兄弟第三次咀嚼这几句词时，竟都有了些毛骨悚然。

莫非，人世间的事，原本就如此古怪？

四

游丝不惹东风住。和闷闲吹絮。嫩寒犹护小窗纱。试比去年今日瘦些些。

飞红只在回塘里。塘下差差水。水边杜宇尽情啼。唤得春归何似唤郎归。

——厉鹗《虞美人》

沈幼牧终究向厉鹗提起娶亲的事。

沈幼牧笑呵呵地道："'水边杜宇尽情啼。唤得春归何似唤郎归。'太鸿，春心泛了也。"

厉鹗老脸一红，神态却有些黯然。半晌，自嘲似的笑了一笑，道："我现在有妻等于无妻。"

"明白。"沈幼牧道，"所以，我与绎旃才想着要送你一门亲事。"

厉鹗愣了一愣，道："幼牧兄的意思是……"

"自作新词韵最娇，小红低唱我吹箫。曲终过尽松陵路，回首烟波十四桥。"沈幼牧慢慢吟哦道，"此昔日姜白石诗也。范石湖能送一个小红与姜白石，我兄弟自然也能送一个小红与太鸿你啊！"

"这个……"厉鹗有些赧然。与蒋氏成亲近二十年，一心吟哦、著述，再加上家境贫寒，哪曾有这娶妾之意？或者说，也不是不曾想过，却到底也只是想想而已。对于一直困顿的人家来说，所谓红袖添香，也只能存在于想象当中。

"太鸿啊，"沈幼牧倒了盏酒，递给厉鹗，正色道，"一则是，你也年过四旬，膝下犹虚，不孝有三，无后为大，百年之后，连个香火也没有，唉，真不是个事儿啊……”

厉鹗苦笑一下，没有言语。他何尝没有想过这个问题？只是，蒋氏年轻的时候都没能生育，到现在，更不可能了。

“再者呢，”沈幼牧斟酌着说道，“你那夫人，呵呵，做朋友的也不好多说，只不过，老夫人终究已经年老，太鸿你又是万事不关心，家中终须有人操持啊。”

厉鹗沉吟不语，却到底有些心动。老娘一日日老去，而蒋氏对老娘是动辄呵斥，毫无孝顺之心，且动辄便回娘家，长住不归，至于自己，说万事不关心或许是夸张了一些，可除了吟哦、著述之外，大约也真的什么都做不了。这些年来，若非朋友接济，只怕家中早就断炊，更不用说其他了。

蒋氏在家中，便时常斥骂于他，道是窝囊，无用等，说到底，就是嫌弃他穷困潦倒而又不能改变家境。

或许，在厉鹗想来，安贫乐道是一种美德，而在蒋氏，却决不肯这样想。一家生计都要靠朋友的接济，这算什么安贫乐道？算什么美德？

“三者呢，”沈幼牧笑吟吟地道，“红袖添香夜读书，太鸿，你可别说你从来没有这样想过啊。哈哈。”

沈幼牧爽朗地笑着。

红袖添香夜读书，这是古来多少文士的梦想。若厉鹗说他从未想过，沈幼牧还真不相信。其他不说，这阕《虞美人》，便很清楚地说明了问题。

一寸横波惹春留。何止最宜秋。妆残粉薄，矜严消尽，只有温柔。

当时底事匆匆去，悔不载扁舟。分明记得，吹花小径，听雨高楼。

——厉鹗《眼儿媚》

风走叶声帘底。夜长灯细。秋尘不肯洗征衫，有前日、分携泪。

暗忆余香残醉。几层烟水。分明新梦到伊行，但道得、相思字。

——厉鹗《一络索》

厉鹗两眼迷蒙，忽就想起一段往事来。那曾经的往事，就像水中沉渣，忽然泛起，便将此刻的心搅乱，搅得一片混浊。曾经的拥有，早已不见；当日的无奈，如今依旧；已经失去了的，永不再来。即使化作朦胧的词句，除了留下声声叹息之外，什么也不能改变。

厉鹗忽地就又想起晏小山来。"落花人独立，微雨燕双飞。"何等凄然，何等苍凉，伴随一生。

那一个行走在"吹花小径"上的月上姑娘，那一个凭倚在"听雨高楼"上的月上姑娘，如今安在？可还安好？

"悔不载扁舟。"厉鹗黯然叹息。那悔意，此刻便似毒蛇一般，咬啮着渐已苍老的心。

今生今世。厉鹗明白，那将是他今生今世的痛，今生今世的悔。无可言说。一个人，总有很多事，深藏在心底，纵使凌迟一般的痛，也无可言说，莫与人知。

眼见着厉鹗神情变化，仿佛是被触痛了一般，沈氏兄弟对望一眼，终不知是发生了什么事。

他们也没有问。

作为朋友，他们知道，此刻，最好的安慰便是无言。

良久，厉鹗伸手，用衣袖拭去眼中的浊泪，道："幼牧兄，绎旃兄，见笑了。"

沈幼牧也没有多说什么，只是又倒满一杯酒，递给厉鹗，然后，举起自己的酒盏，与厉鹗轻轻碰了一下，道："太鸿，请！"

一口饮尽，酒汁淋漓，顺着嘴角，淌落到胸口。厉鹗沉吟道："幼牧兄，我能不能先见一下那位姑娘？"

沈幼牧一笑，就一口答应，道："行。"

当沈幼牧带着厉鹗与朱满娘相见的时候，厉鹗先是一怔，然后，脱口道："月上？"年过四旬的厉鹗，在那瞬间，整个人都几乎呆住了。

五

乾隆元年（1736），中秋，厉鹗纳姬人朱满娘，迎娶于碧浪湖。

这一年，厉鹗四十四岁，朱满娘十七岁。

银云洗鸥波，月出玉湖口。照此楼下溪，交影卧槐柳。圆辉动上下，素气浮左右。坐迟月入楼，寂寂人定后。裴回委枕簟，窈窕穿户牖。言念婵媛子，牵萝凝伫久。纳用沈郎钱，笑沽乌氏酒。白蘋张佳期，彤管劳操手。乘月下汀洲，遥山半衔斗。明当渡江时，复别溪中叟。

——厉鹗《中秋月夜吴兴城南鲍氏溪楼作》

月满中天，碧浪湖上。

朱满娘静静地坐在船舱之中，头上，是红色的盖头。明朗的月光，透过篷窗，照在她红色的篷嫁衣上，仿佛是印上了一层银辉。船舱外，水声轻轻，一如今夜的月，那么柔和，那么宁谧。遥望湖岸，碧树参天，山如螺髻。

此际，厉鹗有说不出的开心，又有说不出的惶惑。

湖风淡淡，吹进船舱，带来一阵阵水的清香。

厉鹗站起身来，走到朱满娘身边，犹豫再三，还是掀开了朱满娘的盖头，现出那张同样有些惶惑的脸来，脸色更有几分娇羞与不安。

“老爷。”朱满娘低低地道。满娘知道，无论乐不乐意，眼前这个渐已老去的男子，将会是她今生的丈夫，将会是她的天，她无法抉择。

听得朱满娘说话，厉鹗竟也有些不安起来，一张老脸忽地血红，像抹上一层胭脂似的。这个瞬间，厉鹗仿佛回到了从前，仿佛回到自己的少年时代。那时的自己，是多年轻啊，就像初春刚刚萌青的细柳，在春风中，随意荡漾。

朱满娘依旧低着头。

“你，”厉鹗的声音有些涩涩的样子，“抬一下头……好吗?”有些颤，有些涩，有些柔，有些不安，一如二十多年前的那一个雨夜。“吹花小径，听雨高楼。”那梦一样的雨夜啊！这二十多年来，不知道多少次，在心头萦回。厉鹗终于明白，那些不能忘记的，这一生，也无法忘记。

朱满娘心头奇怪，不过，还是听了厉鹗的话，轻轻地抬起头来。那明朗的月光，便清霜一般，轻轻地扑在这个年轻女子的脸上，就像扑上一层轻轻的脂粉一般。只是她的眼还低低地垂着。离家前，养父说：“满娘啊，到人家是做妾的，一定要低眉顺眼，低眉顺

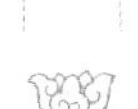

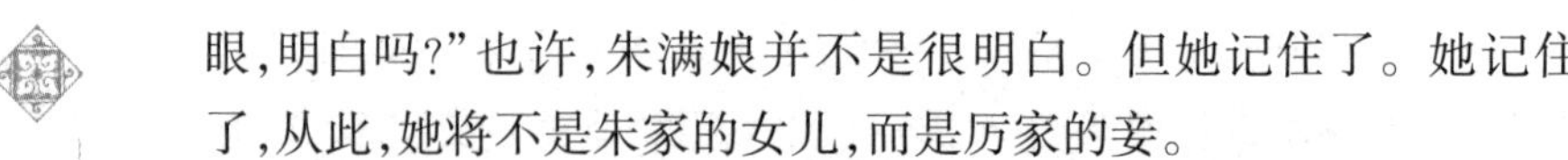

眼,明白吗?”也许,朱满娘并不是很明白。但她记住了。她记住了,从此,她将不是朱家的女儿,而是厉家的妾。

“月上……”厉鹗低低地、喃喃地道,眼神便有些痴迷。他低着头,细细端详着眼前这个年轻的女子,仿佛是端详着一件绝世精美的瓷器一般,那流水一般的记忆,再次涌上心头。

他的眼,就有些模糊。

春浅初匀细黛,寒轻不上仙肌。玉梅花下见来迟。夜月深屏无睡。

心倚红笺能说,情除青镜难知。试香天气惜香时。人静街痕如水。

——厉鹗《西江月》

良久,厉鹗终究是低低叹息一声。他知道,眼前的这个年轻女子,终不是月上,就像他自己不复少年时一样。

不是月上。厉鹗心头黯然苦笑。其实,月上的容颜,在他的心头,早已模糊。而那模糊了的容颜,偏偏就如镌刻一般,无法忘记。

“你,你叫什么名字?”厉鹗低低地问道。沈幼牧好像曾经说过,这个女子是他的远房表妹,好像也曾说过这个新嫁娘的名字,只是他忘记了。或者说,他根本就没有在意这个女子的名字。他满心里想着这就是月上,这是他记忆中的月上。

朱满娘低声道:“我叫满娘。”

“满娘,满娘,”厉鹗念了两声,忽就两眼灼灼地瞧着朱满娘,道,“我给你改个名字,可好?”他热切地瞧着这低眉娇羞的新嫁娘。

朱满娘愣了一下,低声道:“妾身一切都听老爷的。”她深深记得养父的叮嘱。其实,便是养父没有叮嘱,她也明白,身为侍妾就要有身为侍妾的自觉,身为侍妾,连自由都没有,何况名字?也不知道那些读书相公是怎么想的,每买一个侍妾,都要给这个侍妾换个名字。换了名字之后,这人,岂非还是从前那个人?

自然,这心中的想法,朱满娘是决不会说出的。

“那好,那好,”厉鹗道,“我就给你改个名字,叫‘月上’,可好?”

“月上?”朱满娘愣了一下。她实在没有觉得“月上”这个名字比“满娘”好听。只是，从见第一面开始，这个男人就“月上”“月上”的，也不知着了什么魔魇。月上就月上吧。朱满娘想。反正也只是一个名字而已。

厉鹗兴致勃勃地道：“小山词曰：‘小玉楼中月上时。夜来惟许月华知。’欧阳文忠公也有词曰：‘桃花无语伴相思。阴阴月上时。’姜白石词云：‘月上汀州冷。’施乘之则曰：‘试问莲灯千炬，何如月上梅花。’蒋竹山曰：‘印了夜香无事也，月上凉天’……”厉鹗恨不得将古今诗词之中的“月上”都给钩沉出来。只可惜，朱满娘直听得云里雾里，昏昏沉沉，浑不知他到底想说什么。

厉鹗说了一大串之后，又道：“满者，圆也。满月者，圆月也。今日中秋，月上凉天，正是满月。满娘者，月上也。”厉鹗越说越得意，越觉得自己解释得很有道理。厉鹗忽就想到，这些年来，他从未像今晚这样说了那么多话，还兴致不减。

朱满娘静静地听着，弯弯的嘴角，好像弯弯的月。她的皮肤原本有些黝黑，可在中秋满月的光下，竟变得玉似的白。

厉鹗见朱满娘静静的却又有些迷惘的模样，不由得迟疑一下，道：“你……读过宋词吗？”

朱满娘摇摇头。

“……唐诗呢？”

朱满娘还是摇摇头。

这使得厉鹗多少有些失望。不过，他到底还不死心。

“那……你认得字吗？”

朱满娘脸色微红，嘤嘤地道：“认得一些，小时候，读过几年……”那还是在家人都活着的时候。后来，亲生父母、兄弟姐妹还有养母相继去世，几场丧事办下来，一个家就迅速地衰败了下来，又哪里还会去认什么字、读什么书。

小时候认得的字，现在，也不知道还记得几个。

厉鹗沉吟不语。

朱满娘有些担心，以为自己惹得这个男人不高兴，便壮了壮胆，将头微微地向上抬了一下，低声道：“老爷……”声音有些颤，有些胆怯。

这柔弱而有些发颤的声音，使得厉鹗心神一荡。“没关系，”他一把抓住朱满娘的手，将她的手放在自己的掌心，“我教你。我教你认字，教你读诗，教你读词。”

朱满娘的手有些粗糙，不过，这有些粗糙的小手，却使得厉鹗又是心神一荡。

“月上。”厉鹗低低地道。

“……”

“月上。”厉鹗喃喃着，胸口有些软，眼睛不自觉地有些润。

“……老爷。”

“月上，月上，”厉鹗轻轻地将朱满娘揽在怀中，“我的月上……”

船舱外，满月的光依旧如霜，将整个湖面都照得一片银白。

今晚，很好的月，在碧浪湖上。一艘船，载着厉鹗与他的新嫁娘，轻轻地，轻轻地，向杭州驶去。

船娘站在月光下的船头，回望船舱；船舱的门帘已经轻轻落下。那船娘微微一笑，已有皱纹的脸上，慢慢地生出一抹红晕来。

六

“月上，我来教你认字。”

“月上，我来教你读诗。”

“月上，我来教你写诗。”

“月上，原来你还会画画啊！”

“月上，这幅红梅图，唔，画得真好，月上。”

……

四十多岁的厉鹗，一下子变得开朗起来。每一天，无论朱满娘在做些什么，他都会凑到她的身边，轻轻、轻轻地呼唤她的名字：“月上，月上，月上……”仿佛怎么呼唤也呼唤不够似的。

朱满娘跟在娘家时一样，每天都忙忙碌碌的，提水、煮饭、洗衣、打扫，到忙完之后，还要认字、读诗、写诗、画画。

“唔，要题一首诗才完美。”厉鹗细捋须髯，端详着纸上的红梅。

“老爷，”朱满娘笑道，“那你帮妾身题写一首呗。”

“唔，”厉鹗沉吟道，“还是你写，月上，写完我再帮你看看就是。”

“我不会啊，老爷。”朱满娘道。这些日子以来，随厉鹗也读了

一些唐人绝句，可要说写的话，朱满娘还真有些胆怯。读诗与写诗，就像吃菜与做菜、穿衣与做衣一样。

厉鹗笑道："还没写，又怎么知道会不会？"

"老爷……"

厉鹗正色道："为夫命令你写，月上。"

一枝红绽傍墙阴，疑是绛衣仙子临。莫说桃花偏命薄，多缘霜雪未能禁。

——朱满娘《题自画红梅》

缓缓吟哦，反复推敲，朱满娘终究是写出了平生第一首绝句。写罢，朱满娘将笔一放，笑道："比煮饭洗衣可要难多了。"

厉鹗大笑道："哪里难来？这一首，唔，足可传世了。"

朱满娘抿嘴一乐，道："老爷就会哄人。"朱满娘的脸色红润润的。对朱满娘来说，厉鹗的确是年纪大了一些，可这些日子以来，厉鹗的疼爱，朱满娘又何尝不知？即使，厉鹗是将她呼作"月上"。

有时候，朱满娘也会疑心，这世间是不是真的有一个月上。不过，她没有问。聪明的女人，知道什么该问，什么不该问。

银塘冰泮晴波溜。照影独来凝立久。一痕风带不须宽，两剪山螺依旧秀。

钗梁蜂蝶劳纤手。底事暗惊朱粉瘦。欲丝未絮恰才芽，渐逗新愁浑似柳。

——厉鹗《玉楼春》

"月上，"厉鹗含着笑，将词笺递给朱满娘，道，"读来听听。"

朱满娘白了他一眼，嘟囔道："你不会自己读？"

"你读来好听，"厉鹗笑呵呵的样子，想了想，又道，"我喜欢听。"

朱满娘便又白了他一眼。

朱满娘声音和缓，诵读起诗词来，绵而软，委实动听，堪比丝竹。渐渐地，厉鹗便觉得，听朱满娘诵读，也是一种享受。"小红低唱我吹箫。"原来朱满娘真的堪比小红，只不过厉鹗不是姜白石，不会吹箫而已。

蒋氏没有回来。

也许，厉鹗纳妾的消息也会传到蒋氏的耳朵里。然而，这对于蒋氏来说，又有什么关系呢？

七

日子一天天过去，每一天，朱满娘依旧是煮饭、洗衣、提水、打扫，有时，还要替厉鹗整理书房。等稍稍有些空闲，厉鹗又要督促她去读诗、写诗，还要画画。每当有朋友来访，厉鹗都会将她的画取出来，将她的诗取出来，给他的朋友看。朋友们啧啧称奇，纷纷表示羡慕。每当这个时候，厉鹗都会是一脸的满足感，偏偏又装出个若无其事的样子，道："哪里，哪里，小妾写（画）得还不够好，还要诸位年兄多多指教。"

然而，对于困顿之中的厉鹗来说，有这样乐趣的机会，实在是不多。

乾隆四年（1739），赁居南湖已八年的厉鹗，房屋主人忽然说要卖掉屋子。

乾隆五年（1740），初夏，厉鹗不得已移居东城。

乾隆六年（1741），夏，厉鹗病。初秋，朱满娘病危。

贫贱夫妻百事哀。

厉鹗坐在床头，黯然垂泪，一条花白的长辫，从胸口，直垂到床沿。

家中能典质的几乎都已典质，终究是药石无灵。

"庸医……庸医。"厉鹗心头这样痛骂着，"分明原本只是一场小病，结果，竟被庸医治成这般模样。"

朱满娘还怀有身孕。

"月上。"厉鹗抓住朱满娘冰凉的手，胸口只觉堵得慌。

朱满娘微微睁着双眼，仰望着这个半老的男人。

"月上。"厉鹗喃喃道。他不知道，如果朱满娘真的走了，他该怎么办。这些年来，困顿潦倒，朱满娘始终伴随，将一个家打理得像一个家。

老娘佝偻着身子，头发全白，坐在一边，手中捻着佛珠，口中念

念有词，也不知在念些什么。

朱满娘脸色苍白，嘴唇干裂。

"月上，"厉鹗低低地道，"你还有什么话说吗？"

他知道，朱满娘已到了最后的时刻，

朱满娘迟疑一下，轻轻地摇了摇头。

"月上！"厉鹗心中一痛。

朱满娘的嘴角微微地弯着，好像是在笑。

"我不是月上，"朱满娘心中低低地道，"我叫满娘，碧浪湖边的朱满娘。"

恍惚中，朱满娘仿佛看到自己，吃力地提着水，在青石板的路上，吃力地向前走着。那是一段多么快乐的日子啊。那时，她叫朱满娘，不叫月上。

"满娘，提水呢？"

"满娘，吃了没？"

"满娘，说亲了没？"

"满娘……"

"满娘……"

整个街坊都知道她叫满娘，甚至整个乌程都知道她叫满娘，怎么忽然之间就叫什么月上了呢？

乾隆七年（1742），正月初三，朱满娘去世。时年二十四岁。

春衫泪浣。谁问春寒浅。依旧去年正月半。锦瑟华年未满。

重来径曲苔荒。一屏梅影凄凉。疑在小楼前后，不知何处迷藏。

——厉鹗《清平乐·元夕悼亡姬》

八

乾隆八年（1743），十一月，扬州。马曰琯、马曰璐兄弟出资，替厉鹗纳妾刘氏。

"你叫什么名字？"厉鹗端详着少女，柔声问道。

"……"

"我给你改个名字,叫'月上',好吗?"厉鹗的声音还是那么柔和。

"……"

"'人约黄昏后,月上柳梢头'的'月上'……"

"……"

"你认得字吗?念过书吗?"

"……"

"我教你认字好不好?教你读诗好不好?教你写诗好不好?"

"……"

"你会书法吗?会画画吗?会弹琴吗?会下棋吗?"

"……"

"月上……"厉鹗低低地,就要去抓那少女的手。

"……"

"月上……"

"月上……"

"月上……"

"去你的月上!"

樊榭以求子故,累买妾,卒不育。最后得一妾,颇昵之,乃不安其室而去。

——全祖望《厉樊榭墓碣铭》

汤贻汾

不怕满身风露，一弦一点清秋

南乡子

绝胜后人知，画里江山醒较迟。六十年前如一梦，轮驰，又是挽枪入破时。
被酒压青眉，老去双湖鬓一丝。环佩归来风露冷，清池，不见杨花绾别离。

李旭东

一

人之一生,到底想要什么?功名利禄?富贵荣华?妻贤子孝?儿孙满堂?又或者是如云自在,如天地永生?这一个问题,古往今来,不知道折磨了多少英雄豪杰、凡夫俗子。从这个角度来讲,其实,所谓英雄豪杰与凡夫俗子,并没有多少区别。金銮殿上的帝王、朝堂里的将相与十字街口晒太阳的乞丐,到底谁更快活些?谁对自己的人生满足些?"东门牵犬,乃可得乎?"这应是一个临死之人对自己的一生的懊悔吧。只可惜,人往往真的不懂自己到底需要什么,不懂自己拥有的未必就是自己想要的;而自己想要的,又像梦一般,那么虚幻、缥缈,仿佛就在心头,却又怎么也捉摸不透。

这与人的年龄无关。

人会随着时间而老去,可他的心不会。

所以,即使当人老去,他一样会苦苦思索,苦苦思索自己的一生,到底想要什么,对自己的一生,到底是一个什么念头。

如果一切能够重来,还会选择现在的人生吗?

奈何他、掉头不顾,者般波浪偏走。征帆渐小看旋远,再看些时无有。风恁骤。怕冷入篷窗、冷得衾儿透。薄棉添厚。是昨夜针针,今朝幅幅,辛苦与缝就。

今番便、金印归来挂肘。也难偿我消瘦。别时已觉恹恹病,况更相思时候。论井臼。便典尽钗裙、一样人前后。彻贫拼守。只不了孤单,未来富贵,人寿几能久。

——汤贻汾《迈陂塘》

二

或许,那真的只是一个寻常的午后。事实上,当回首往事的时候,汤贻汾忽然觉得,自己的一生之中,好像每一日、每一夜都很寻常。"天道有常,不为尧存,不为桀亡。"又何况如己般区区不文不武之人?那一个午后——具体的日子已经记不得了,汤贻汾所记得的,就是那一个午后,春日的午后,阳光懒洋洋地照在园子里,就

像一个懵懂的少女似的，给人的感觉不是美丽，而是——可爱。是的，是可爱。

女子本来就应是可爱的。老去的汤贻汾微笑着想道，就像他的妻。就像他的女。

可爱极了。老人依然微笑着。当老人微笑的时候，脸上的褶皱都像花儿似的开放。

老人的心，早就回到了那个午后。那个未必存在、却始终都在他心头的午后。

人的记忆，何必去较真？

人的一生，原就在心头。

中酒迎人懒，调鹦挽髻迟。开帘已是可中时。团扇羞看细字，前夜定情诗。

斗草输裙佩，含毫褪口脂。堂前冷落赏花卮。姊去吹箫，小妹去弹丝。郎去红牙低按，侬去唱郎词。

——汤贻汾《喝火令》

那时，妻还活着。长子绶名也还活着。

那时，是完完整整的一个家。

没人知道，完完整整的一个家对于汤贻汾来说意味着什么。据说，在每一个人的心头，都有一个小宇宙。那么，对于汤贻汾来说，这完完整整的一个家，就是他的小宇宙。

是他的全部。

多么可爱、多么温暖、多么幸福的事。

即使这样的可爱、这样的温暖、这样的幸福，汤贻汾也从来不会说出，可他知道，在他的心头，这一切，是那么的真实，真实得就像发生在昨日，发生在眼前。

妻在他的身旁，一边优雅地微笑着，一边瞧着那阕《喝火令》。雪白的宣纸上，墨色的字，一个个的，仿佛活了似的。"雨生。"妻忽就笑了起来。分明已经老去的女子，这一笑，竟使得汤贻汾的心猛地一颤，仿佛回到了多年前的那一个夜晚。

妻的发，已经斑白。妻的双颊，还有一抹微红。

"什……么事？"汤贻汾不由自主地往后退了两步，瞧着这个比他大两岁的女子。

这个无限聪慧、那么可爱的女子。

这个叫人心软如绵的女子。

即使她已老去。

“姊去吹箫，小妹去弹丝。郎去红牙低按，侬去唱郎词。”妻边低低地念着，一边目不转睛地瞧着汤贻汾，“这姊是谁呢？小妹又是谁呢？侬又是谁呢？”

汤贻汾当然不会以为妻子没读过《相逢行》。《相逢行》中写道：“大妇织绮罗，中妇织流黄，小妇无所为，挟瑟上高堂。”这《喝火令》中的几句，自然便是脱胎于《相逢行》。其实，也不仅仅是《相逢行》，古来写“三妇”的诗句也则多矣。汤贻汾相信，妻子即使没有全读过，也肯定读过不少。

“碧春，”汤贻汾笑道，“姊自然是碧春。”汤贻汾转头去看碧春。碧春是三女嘉名的字。此刻，嘉名正坐在池边，斜侧着身子，瞧着水里的鱼。她没有吹箫，箫，在她的手中。

嘉名已经定亲，将要嫁到天津的王家。对这桩婚事，嘉名既没有点头，也没有摇头。汤贻汾却知道，女儿心中到底还是有些不乐意的。

“哦，姊是碧春，”妻笑道，“那小妹呢？姊去吹箫，小妹去弹丝……”

“小妹自然是紫春！”汤贻汾悠悠道。他又转头去看紫春。紫春还小，人比琴高不了多少。不过，说紫春弹琴，好像也没什么不对。只不过此刻的紫春并没有弹琴，而是在追着花上飞舞的蝴蝶。一边追着，一边甜甜地笑。

园子里，还有懋民、绶名、禄名三兄弟，习字的习字，画画的画画，不似他们的姊妹那样只在玩耍。

这是完完整整的一家人。

这是汤贻汾的全部。

妻忽地脸色就愈加绯红，就像阳光之下的红润又抹上一层胭脂似的。妻低声道：“汤郎。”

汤贻汾的心不由自主地又是一颤，两眼蓦然之间也变得柔和起来。

“郎去红牙低按，侬去唱郎词。”妻叹息一声，低低地道，“汤郎，汤郎，我们一辈子都这样，好不好？”说罢，眼巴巴地瞧着汤贻汾，仿佛十七八岁的少女一般。

"好。"汤贻汾握住妻子已经开始粗糙的双手，毫不犹豫地道。

"一生一世一双人。"妻喃喃着，依偎到丈夫的怀里。

"孩子们看着呢。"汤贻汾嘴里虽然这样说着，身子却终究没有动。

"我不管。"妻执拗地说道。

良久，良久，妻喃喃着："汤郎。"

"在呢。"汤贻汾心头软软地，瞧着妻斑白的发。

妻幽幽地道："还记得那一年，你在九江，我在粤东吗？"

汤贻汾轻轻点头，道："记得，记得，我怎么会忘记呢？怎么可能不记得呢？"

"那样的日子，我不喜欢，一点也不喜欢。"妻轻轻地却是决绝地说道，"汤郎，汤郎，我们再也不要分开，好不好？"

"好。"汤贻汾同样决绝地回答道。

他伸出手，揽住妻的腰。

那已经略显臃肿的腰。

那曾经年轻、曾经柔美的腰。

她曾是他年轻的妻啊！

三

那一年，他在九江。她在粤东。

人生就是这样，很多时候，人无法做自己的主。那些叫嚣所谓"我命由我不由天"的，要么是疯子，要么就是傻子。又或者是年少轻狂，根本就不懂得人世的艰辛、人生的无奈。人生就像流水，瞧着像是在平静地流淌，却不知有多少明礁、暗礁挡在前方，更不知什么时候就会河岸崩塌、大水暴溢，又或者大旱之下干涸见底。

人生就是如此，一切的知与不知，都无法抉择。

那一年，他在九江为官。

那一年，她带着孩子在粤东。

那是一个寒冬。

那一个寒冬，好像并不怎么冷。

折得岭头梅，忆著江南雪。君到江南雪一鞭，可是梅时节。

画了一枝成，没个人评说。抵得家书寄与看，瘦似人今日。

——董琬贞《卜算子》

那一年，妻画了一纸梅花，然后，在画上题了这首《卜算子》，寄到了九江。“写梅寄外时在粤东。”妻在词的后面，这样淡淡地写道。但汤贻汾知道，这简简单单的八个字、平平淡淡的八个字，是题写在这一阕《卜算子》之后的。

当汤贻汾展开画轴，慢慢读这阕叫人心颤的新词时，忽就想起当日的易安居士来。“莫道不消魂，帘卷西风，人比黄花瘦”，然则，瘦则瘦矣，又关赵明诚何事？整阕词，从头到尾，易安居士都只是在说自己如何如何，那么，赵明诚呢？赵明诚呢？赵明诚呢？

妻的这阕词，却始终都在诉说着对丈夫的思念，仿佛就在耳边，喃喃细语，轻轻地，轻轻地，几分关切，几分幽怨。易安居士其实是凄凉的，而妻，是那么温暖。

汤贻汾这样想着，不觉便微笑，为妻，也为自己。

赵明诚才华不及易安居士。或许，当日，赵明诚选择异地为官，也有躲避妻子的缘故吧。当妻子的聪慧远胜过丈夫的时候，对于丈夫来说，往往也就成了一种负担。

易安居士是聪慧的。

易安居士却不懂得掩藏自己的聪慧。

一梦落春风，万里缄香雪。不定相逢在几时，别是黄梅节。

别恨两纷纷，只共梅花说。嫁得林逋瘦一双，长是天寒日。

——汤贻汾《卜算子》

汤贻汾提起笔来，微笑着。一阕和词写罢，想了想，又写道：“九江得琬贞寄赠墨梅即用自题元韵”。然后，又读了几遍，方才将笔搁下。

“琬贞，琬贞。”汤贻汾喃喃着。

他知道，在他的心底，最柔软的一块，是妻的。即使远隔千里，即使人在天涯，都不会改变。

诗言以志，亦言其情。情之所至，志为之坚。君有其志，妾有其情。有时志为情移，情为志转。君为志而移其情耶？夫志在功名富贵，则其志渝；志在流水高山，则其志笃。君渝其志而转其情欤？抑移其情而笃其志欤？

——董琬贞《寄汤贻汾书》

四

那时，还年轻。

那时，新婚不久。

其实，汤贻汾并不知道这是不是他所需要的。对于未知，人总有一种莫名的恐惧。这样的恐惧，即使藏在心底，却始终存在。

妻擅长画梅。新婚不久，妻便画了一幅《梅窗琴趣图》，并且题词一阕。

梅花不作瑶琴主。更绝塞，霜笳苦。画里韶光如梦度。朱阑池溆，绿窗花雨。旧是藏春处。

如今并命天应妒。无限香消碧烟缕。只恐人梅同老暮。芦帘纸阁，思量归去。试听冰弦语。

——董琬贞《青玉案·自题梅窗琴趣图》

当汤贻汾看到妻的笔下那梅花出现的时候，已是惊讶，然后，不由得有些不安。

他早知道，诗、词、书、画、印，妻几乎无所不能。然而，在成亲之前，任人说得天花乱坠，他都是不怎么相信的。一个女子，而且，还是一个年轻的女子，即使家学渊源，还真有无所不能的？号称古今第一才女的易安居士，也不过擅长词之一道而已。诗词相通，故易安居士也可谓能诗，只不过其诗终究尔尔；至于书画，至于印，则更未之闻也。汤贻汾这样想，倒也不是说瞧不起女子，只不过不大相信。因为他自己就是一个诗、词、书、画、印兼通的人，他知道，要兼通这些，需要有怎样的天分，又需要付出多大的努力。

或许，是会的。汤贻汾微笑着想道。

就像诗。太白会诗，工部会诗，东坡会诗。张打油好像也可谓是会诗？

这样的想法，自然是刻薄了一些。所以，汤贻汾怎么也不会将

这样刻薄的想法告诉给第二个人听的。这样的刻薄，只存在于他的心里。有人说，你的眼所看到的，未必就是真实。这话仿佛很是玄虚，然而，很多时候，又何尝没有道理？因为一个人永远都不会将他最真实的一面表现出来，不会将他的所有拿出来给别人看。

会，就行。汤贻汾继续这样想道。

这样想着，嘴角弯成一道弧线，笑得像是春日的阳光，那么温暖，那么自信。

有一个这样的女子为妻，终究是一件很叫人得意的事。不知道为什么，汤贻汾忽就想起明末的叶小鸾来。

成亲是自然而然的事，就像水流入海，化云为雨。当汤贻汾挑开红盖头的时候，一种梦幻般的感觉在心头油然而生。眼前的这个女子，就将是他的妻？一生一世？将为他生儿育女，将与他生死白头？无论她是不是真的诗、词、书、画、印皆通，无论她是否真的是才女，汤贻汾知道，她都将是他的妻，将是他生命中的一部分。她不是过客。她将与他同行。

这梦幻的感觉，对此刻的汤贻汾来说，又是那么的奇妙。

或许，人生本就如此奇妙。

汤贻汾端详着眼前的女子。

这女子，或许算不上美丽，更谈不上什么惊艳，然而，那红烛下的一抹娇羞，使得汤贻汾的心微微一颤。

“可爱。”汤贻汾在心头忽就冒出这一个念头来。是的，是可爱。这是一个可爱的女子。她的眼、她的眉、她的两颊、她的唇、她的影、她的已被揭下的红盖头，在这一个温馨的夜晚，都显得那么可爱，那么自然。

是的，自然，一切都那么自然，自然而然的，如水到渠成，如春日花开。

天注定。汤贻汾的心头，又冒出这样的念头来。

无论你是什么样的人，今生今世，都已注定。

天注定。

汤贻汾默默地想着，默默地瞧着眼前的这个女子，他今生今世的妻。他的嘴角依旧微翘，他的眼中，渐渐地多了几分水一般的柔情。

“汤郎。”在汤贻汾的注视之下，那女子的脸色越发地娇羞。

“娘，娘子。”汤贻汾只觉自己的喉头有些涩，自己的手乃至整

个身子，都有些颤。

“汤郎。”那女子低低地道，“我有个字，叫双湖。”

“双湖。”汤贻汾一伸手，将那女子的手抓在自己的手中。

他知道，从此刻起，他与她将开始一段崭新的生活。

仿佛重生。

新婚的日子很快就过去了。然而，在汤贻汾的心中，每一天、每一月、每一年，都像是新婚似的。这样的感觉，比新婚的那个晚上显得尤其奇妙。

汤贻汾喜欢这样的感觉。

原来，妻真的是诗、词、书、画、印，无一不能。

这使得汤贻汾无限欢喜，在欢喜的同时，又似乎有些胆怯。

我不如她？有时候，汤贻汾忍不住就会这样怯怯地想道。我，我嫉妒她？嫉妒自己的妻？

这又使得汤贻汾忍不住失笑。

她是他的妻啊！

泠泠瘦玉纤纤指。深深残幕悠悠思。画了眉山，烧残心字，百花头上春先至。

江南本是藏春地。高楼早筑香云里。冰雪聪明，漆胶情意，只应惭愧梅花婿。

——汤贻汾《七娘子·题〈内子梅窗琴趣图〉》

汤贻汾在《梅窗琴趣图》上，轻轻地写下这阕《七娘子》。有些话，用不着说；有些情感，用不着表达。“冰雪聪明，漆胶情意，只应惭愧梅花婿。”汤贻汾想，自己似乎真的有些嫉妒妻；只不过，这样的嫉妒，似乎更使他欢喜。

妻轻轻地读着这阕《七娘子》，一边读着，一边就倚靠到丈夫的怀里。

妻的小腹已经微凸，腹中，正孕育着他们的孩子。

人生至此，夫复何求？

晓风吹雨过妆楼。新月上帘钩。夜香烧罢红栏静，尽伊侬、绿绮羹酬。不怕满身风露，一弦一点清秋。

自然纤玉韵清悠。小病指声柔。几回爱惜拈花爪，把并刀、婉转愁修。玉钏生憎腕重，罗衫怪底香流。

——汤贻汾《风入松·秋夜听内子理琴》

当琴声从妻的腕底流淌出来的时候，汤贻汾已不再惊讶。妻什么都会。汤贻汾想道。好像这世上没什么她不会的。天地钟灵毓秀于一身。人世间，居然就有这样的奇迹。

然而，她是他的妻啊！

“不怕满身风露，一弦一点清秋。”汤贻汾瞧着妻的纤纤手指，心头一片柔软。

五

这一切都是那么美好。美好的日子，冰雪聪明的妻，还有陆续来到这个世界的孩子们：懋民、绶名、禄名、碧春、紫春。

一个完完整整的家。

一个叫人心中一片安宁的家。

家是什么？家，决不是一座园子、几间房子。家，是有着他所深深牵挂的人，是他愿意为之付出一切而守护的港湾。家，是分明应该陌生却又无比熟悉的地方。

妻与孩子们，就这样来到汤贻汾的身边，从陌生到熟悉，到成为他的一切。

人生如浮萍。

然而，如果有妻与孩子们在身边，又还有什么是不能满足的？

断桥西畔横塘路。难挽离踪住。闹红庭院昼冥冥。不信繁华时候、会飘零。

东风吹去还吹转。帘幙无人卷。今生散了聚来生。只怕来生不是此浮萍。

——汤贻汾《虞美人·杨花》

在这样安宁而温馨的日子里，汤贻汾忽然就惶恐起来。

因为他忽然想起，这一切，都将离他而去。

他无法想象，当这一切离他而去的时候，会是一种怎样的感

觉。获得，会使人无限欢欣；那么，当失去的时候呢？

正如春来必然春会去，花开必然花会落，人在获得之后，就必然会失去。

正如有生必有死，谁也无法改变。

如果有来生……

“今生散了聚来生。只怕来生不是此浮萍。”

汤贻汾心头一片悲凉。

孩子们渐渐长大。

一个个都已成才。有这样的父母，孩子们实在没有理由不优秀的。《画梅楼》，一家合笔，一门风雅。“凡七人，计十三页，木石、花鸟、人物、鱼虫靡不妙。”这样的家，就像盛开的春花一样，想不引人注意都难。

然则，越是这样，汤贻汾就越是感觉到一种惶恐。

他害怕。

真的很害怕。

害怕有朝一日，他会失去。

先是紫春，然后是绶名，再后是妻。

汤贻汾知道，他知道，他所获得的，终究有朝一日会失去。然而，当这一日来临的时候，他还是感觉到一种悲凉。

弦管旧楼台。满地松钗。惊鸿过影怅瑶阶。十二阑干风露冷，环佩归来。

遥夜怆吟怀。雁楚蛩哀。芙蓉犹对镜奁开。虚幌愁人秋梦短，清泪频揩。

——汤贻汾《浪淘沙》

“画图省识春风面，环佩空归月夜魂。”

环佩不归来。

就像祖父与父亲殉难之后，他再也没有梦见一样。

六

那已是很久很久之前的事了。

那一年，汤贻汾才八岁。

汤贻汾隐约记得，那一年从学堂回来，母亲红着眼睛，告诉他说，父亲没了，祖父也没了。

没了？汤贻汾有些不解地瞧着母亲。

没了。母亲落下泪来。

等汤贻汾渐渐长大，才知道，那一年，贼兵攻入凤山，时任凤山知县的祖父汤大奎以身殉难。与祖父同时殉难的，还有他的父亲——汤荀业。

那一年，父亲年仅三十三岁。

还有多少人有这样幼年丧父的经历？汤贻汾知道，这样的人，也许很多。然而，无论有多少，都不能减轻他心底的痛。是的，父亲在他的心头越来越模糊。还有祖父。然而，那又怎样？随着年龄的增长，那渐渐模糊了的，竟越来越沉重起来。

没有父亲的孩子。汤贻汾默默地咀嚼着自己的内心。每当清明，瞧着父亲的遗像，汤贻汾总是忍不住想道：如果父亲还活着……

他不知道，如果父亲还活着，他的生活与现在会有怎样的不同。但他知道，从八岁开始，他就已是一个没有父亲的孩子。

也没有祖父。

乾隆六十年(1795)，十八岁的汤贻汾袭职，以“难荫”出任浙江乐清协副将。嘉庆元年(1796)七月，汤贻汾偕母亲与弟妹第一次到江宁，居住在西华门周氏家中。

有谁知道，一个十八岁的少年挑起一个家的时候，是一种怎样的感觉？不错，朝廷没有辜负功臣，副将为从二品，对于大多数人来说，穷其一生也不可能达到。可汤贻汾明白，他的这个官职，是用祖父与父亲的性命换来的。

这使得汤贻汾感觉到异样的沉重。

书声已不在庭帏，柔橹声遥尚倚扉。终恐童心贻母虑，漫愁青眼到儿稀。今生多分长为客，明日如何便得归。万语千啼肠断尽，幸殊穷路觅人依。

——汤贻汾《辞家》

那一年，汤贻汾十八岁。

那一年，汤贻汾辞家从军。

那一年，汤贻汾担心家中的母亲会牵挂。

可是，也是在那一年，十八岁的汤贻汾的心头，怎么总是想着那已经去世十年的父亲呢？

出门见秋月，独步无良俦。四顾仅有影，无言两绸缪。凉风吹我裳，白露湿我袖。来时影导前，归去影随后。入门更无影，我孤复谁怜。我不怨明月，明月常在天。我生不见尔，我孤至于此。尔尚有别离，谁能共生死？

——汤贻汾《影》

十八岁的孤独，世间又有多少人真的能知？

当汤贻汾老去的时候，也时常会想起，自己这一生，对妻子、对孩子们的珍惜，或许就因为他年少时的孤独吧。

然后，这样的珍惜，终究还是渐渐离他远去。

祖父、父亲、紫春、绶名。

妻。

还有母亲、弟妹。

当身边的亲人一个个离去的时候，这将是一种怎样的悲凉？

天道无常。汤贻汾也知道，这一切，就是天道，古往今来，谁也无法避免，谁都会经历。然则，当真的轮到他自己的时候，那样的痛，依旧似凌迟一般。

或许，这就是人生吧。

人之一生，不知道自己到底需要什么，可是，人之一生，他所得到的，终究会失去。

七

人已老去。

人终将老去。

无论是帝王将相，还是才子佳人；无论是诗、词、书、画、印，乃至剧、曲、琴、棋，无一不通；还是大字不识、愚氓无比，结果都一样。

对于天道来说，所谓聪明与愚昧，其实没有什么区别。

人，终将老去。

终会死去。

伶俜本似可怜花，忧患纷乘病日加。疾已膏肓添哭子，命垂呼吸尚持家。杯羹不辨儿身肉，医药难灵佛鼎茶。谁料匆匆成永诀，崦嵫返景剩朝霞。

也识工愁强自排，备尝艰苦命何乖。一身井臼门庭赖，万里关河雨雪偕。无米炊成余瘦骨，牵罗屋补剩荆钗。算来举世眉常皱，只有亲前暂展怀。

负负频呼悔恨迟，回头何事不增悲。官声无恙资贤助，子职兼供慰旅羁。一室琴书心万古，十年朔漠鬓千丝。最怜暑夜亲汤药，竟月曾无解带时。

戚党无闻其失声，咸夸淑慧自天生。故乡未识悲孤露，大事能肩讶老成。好善何尝思食报，乐施不是爱沽名。岂知归骨犹无计，刍束纷纷益怆情。

寻常小别尚相思，意绪于今似醉痴。草断风廊迷屧印，苔延雪壁坏琴丝。也知来日原无几，犹望纤躯渐可支。回忆流离烽火际，君身还算太平时。

瘦影珊珊写不真，元芝那驻玉颜春。难凭术士魂相见，长恨孤儿敛未亲。狮窟烟霞凄老病，凤台风雨怨荆榛。翠屏有日双题碣，几度还为酹酒人。

小婢灯窗话黯然，踏青犹忆买花钿。伤心岁岁莺花度，洗面朝朝涕泪涟。小鸟有情偏比翼，双鱼无路到重泉。空房除梦何心入，遗挂尘埋政二年。

肠断空箱坏镂金，无多遗墨重来禽。泪痕忍触残缃帙，药汁悲看旧锦衾。半世竟孤偕老愿，万言难写悼亡心。便教日日营斋奠，怎答亲情海样深。

——汤贻汾《悼亡八首》

一生一世，五十年夫妇，到头来，也不过就八首悼亡而已。

五十年前的那一个夜晚，那一张娇羞的容颜，那一个可爱的女子，一下子就涌上汤贻汾的心头。

原来，这就是人的一生。

汤贻汾老泪纵横。

八

汤贻汾满头白发，如草一般凌乱着，在净界寺旁的一座空宅里。他的身旁，是碧春。而此刻，城外的炮声已经渐歇，呐喊声、厮杀声、惨叫声，隐约而来，如夏日暴雨之前的惊雷。

城已破。

长毛已经攻入江宁。

这便是我的归宿吗？汤贻汾忽地微微一笑。或许，这就是我的一生，就是我的宿命，在六十多年前父亲与祖父殉难的那一刹，就已经注定。

天注定。

一世的婚姻是天注定，一世的生死，岂非也是一样？

“世倬呢？”汤贻汾转头问道。

碧春道：“他没事，父亲。”

汤贻汾点头道：“好，没事就好，没事就好。”说着话，神情有些迟疑。

“父亲！”碧春叫了一声。碧春自然明白她的老父此刻在想些什么。从太平军攻城开始，父亲就带人在厮杀，而作为汤家长孙的世倬更是身先士卒，身被数创。如果不是因为年轻，如果不是家人及时将他背下战场，此刻，世倬是不是还活着都是个问题。白发祖父冲杀在前，世倬是决不可能落在之后的。老实说，碧春是怎么也想不明白，分明是文人的老父，何以会有如此冲天之杀气。不错，汤贻汾是武职，但古往今来，有哪个武将如同老父那样，诗、词、书、画无一不通？更何况，老父早已罢官归隐，这场战事本与他毫不相干的。

在太平军攻城之前，老父是可以离开江宁的。因为老父早就料到太平军的攻城。然而，老父留了下来。碧春没有问为什么。很多事，都不需要问。就像鸟儿飞上天空，鱼儿潜入水底，这样的宿命，又何须去问。

老父召集家人，当太平军攻城的时候，一马当先，杀上了战场。

就像撒向车薪之火的杯水。

这使得碧春很是悲哀。碧春早已远嫁，她没有想到，这一回归宁，竟会是这样的结果。事实上，在太平军攻城之前，老父也曾敦促碧春回去，只不过碧春没肯。碧春轻轻摇头，道："女儿尽孝之日已不多。"人过中年的碧春，神情很是决绝。

汤家的人，一旦认准什么事情，都是这么决绝。人之一生，总有一些什么，是比生命更为珍贵的。

汤贻汾哈哈一笑，道："好，好。"只不过在他的心头，忽就想起"姊去吹箫，小妹去弹丝。郎去红牙低按，侬去唱郎词"那几句词来。"小妹"已经没了，"侬"也已经没了，只有中年"姊"与白发"汤郎"还在。

一切宛如昨日。

一切都在眼前。

太平军攻入城中，是没有任何悬念的事。当太平军攻入的时候，一身硝烟的汤贻汾拔出刀来，结果被家人们七手八脚地拦住。"吾祖死于是，吾父死于是，"不能自主的汤贻汾在心头茫然想道，"今吾亦将死于是——这便是宿命？"

他知道，他已无路可退。

即使，刀已不在他的手中。

汤贻汾瞠目怒道："汝等欲陷我于不义乎？"

众人簇拥着汤贻汾躲进净界寺旁的一所空宅里。汤贻汾长叹一声。

没人劝他趁乱出城。因为他们知道，汤贻汾绝不可能出城。从太平军攻城的那一刹那，就已经注定了汤贻汾的结局。而汤贻汾自己却明白，从祖父与父亲在台湾殉难的刹那，就已经注定了今天的结局。

人生若江河，源头已经注定，入海口又怎会改变？

只不过没人知道这白发老者到底在想些什么。

包括碧春。

碧春没有再说世倬的事。汤贻汾也不再问。

“还记得你母亲的那方印吗?”汤贻汾忽地问道。

“什么印?”碧春问道。

汤贻汾笑道:“老夫筑园而居,名曰‘琴隐’,你可知为什么?”

碧春脱口道:“隐园琴侣?”碧春自然而然就想起母亲的这方印来。

“隐园琴侣,贞不绝俗。”汤贻汾点点头,苍老的容颜竟泛出一丝丝红晕来。“隐园琴侣”“贞不绝俗”是董琬贞生前所使用的两方印。

“父亲!”碧春心头大恸。忽然之间,她好像有些明白眼前的老父了。老母已经去世四年了。这四年来,老父仿佛什么事也没有,甚至还收了侍妾,甚至还晚年得子。然而,此刻,碧春忽就感觉到老父心头的痛来。

汤贻汾一笑,提起笔,沉吟一下,在纸上写道:

死生轻一瞬,忠义重千秋。骨肉非甘弃,儿孙好自谋。故乡魂可到,绝笔泪难收。藁葬毋予恸,平生积罪尤。

——汤贻汾《二月十一日绝命词》

九

咸丰三年(1853)二月十日,太平军攻破南京。其时,“口称二百万,七八十万人足数也”(汪士铎《汪悔翁乙丙日记》)。城中守军,五千余人耳。

咸丰三年二月十一日,汤贻汾投水自尽。与汤贻汾共赴清池的,还有汤碧春。

没人知道,这白发老者在率人抵抗之后,举身赴清池之时,在想些什么。“贞愍”,这是后来朝廷给他的谥号。这样的谥号,汤贻汾当得起,汤家一门忠烈。

只有汤碧春清清楚楚地听见白发老父轻轻地叹息一声:“琬贞。”

“姊去吹箫,小妹去弹丝。郎去红牙低按,侬去唱郎词。”汤碧春的心头,不由自主地也闪过这几句词来。

白发老父没有阻止女儿。

白发老父瞧着女儿的最后的目光，显得那么柔和，仿佛许多年前的那一个午后。

西风裙带无人见。拜月归来晚。穿花避月过秋千。知是隔花偷眼，是谁先。

双鬟唤整灯窗课。好夜拼清坐。个人只道不情痴。却是相思两字怕人知。

——汤贻汾《虞美人》

项鸿祚

剩得一枝梧叶，能禁几日秋风

清平乐

小帘清昼，并与花同绣。一缕醲香归太骤，君是伤心人否。

林间石上三生，往来相忆云行。赢得楼头指点，重寻也怕秋声。

李旭东

一

道光十四年(1834)的春天照常来临。

这一年,约克更名为多伦多市。法国里昂工人第二次起义。东印度公司对华贸易特权正式停止。奴隶制在英国被废除。基辅舍甫琴科国立大学成立。威灵顿公爵第二次任英国首相。楞次发表确定感应电流方向的定律。德国化学家李比希合成三聚氰胺。

这一年,英国船只闯入虎门,保护鸦片走私贸易。英国驻华商务监督律劳卑到达广州,以平等款式投书两广总督卢坤,以期相见。卢坤拒绝接受,下令封舱,中断贸易,并修理炮台,整顿防务。律劳卑率兵船两艘、士兵三百闯入虎门。清军发炮轰击。英船还击,并扬言一旦爆发战争,清军要负全责。卢坤调军包围英国商馆。律劳卑退回澳门。卢坤申禁贩运鸦片。

这一年,礼部侍郎李文田去世。王念孙之子王引之去世。

这一年,巴西皇帝佩德罗一世去世。英国外交官律劳卑去世。

这一年,俄国化学家门捷列夫出生。德国工程师与发明家戈特利布·戴姆勒出生。法国经济学家里昂·瓦尔拉斯出生。

自然,这一切,与项鸿祚毫不相干。

与项鸿祚相干的是,他修葺了一下还没烧完的几间老屋,偃卧其中,名曰“睡隐”。读书之余,芭蕉雨声之中,仿花间小令以自遣。

不为无益之事,何以遣有涯之生?

莺啭。帘卷。春睡短。宿酲销。愁日暮。虚度。可怜宵。银漏隔花遥。迢迢。篆炉心字焦。卸兰翘。

——项鸿祚《诉衷情·拟温庭筠》

蓦然如醉。叠枕和衣睡。却忆去年今日事。画烛替人垂泪。

月明依旧房栊。麝帷寒减香筒。剩得一枝梧叶,能禁几日秋风。

——项鸿祚《清平乐·拟韦庄》

对于项鸿祚来说，这一年的春天，就是睡睡觉，读读书，填填词。其他的，都与他不相干。

人的心太小，装不下太多的东西。

而对于项鸿祚来说，也不想、不愿装入太多的东西。

能读书，可填词，足矣。

至于其他，与我何干？

据说，有的人之所以不快乐，就是因为想得太多。

问题是，项鸿祚想得并不多，为什么也不快乐？

二

一梦醒来，项鸿祚冷汗涔涔，默默无言。

有的事，总想忘记，却怎么也无法忘记。

这些年，奔波四方，从石门，经太湖、吴门、井口，到河北富庄驿，直到京师。北上南下，便是匆匆一年。

这些年，读书中举，赴京应考，以为可以沉浸在八股之中，忘掉身外的一切。

据说，人在忙碌的时候，便会忘掉所有的忧伤。

可为什么对项鸿祚来说，那忧伤就像毒蛇一般，一旦咬住，就再也不松口？

有人喜欢快乐，有人喜欢忧伤。这或许就是上苍的安排，人，又如何能够改变？

项鸿祚记得，从他很小的时候开始，就是这般忧伤。

项鸿祚记得，母亲活着的时候，曾经告诉他，当他还在襁褓的时候，便时常叹息声声。一个襁褓中的孩子，时常叹息，这该是一种怎样的情景？

孩子的大哭，并不一定是因为痛；可孩子的叹息呢？

妻子活着的时候，曾听母亲笑着讲这件事，便也笑着说道：“相公，这叹息是你从前生带来的吧？”

“前生？”也许，项鸿祚也未必就不相信前生的存在，可对于今生来说，前生总是渺茫的，渺茫若云，分明看着有，却怎么也捕捉不到。

妻子悠悠道：“前生的忧伤，带到了今世。”然后，便伏在桌上，右手托着下巴，眼睛一眨也不眨地看着坐在书桌后读书填词的她

的相公，直将项鸿祚被看得有些不知所措。

项鸿祚笑便道："你相公脸上有花吗？就看那么久？"

妻子便也笑道："我在想，相公的前生是一副什么模样。状元？宰相？"

项鸿祚便瞪眼道："状元宰相那么容易当吗？"

"那相公会是什么样子的呢？"妻子的眼乌溜溜的、活泼泼的，仿佛会说话一般，"如果有前生，相公，你又希望是什么样子的呢？"

项鸿祚沉吟不语，只是微笑。

"说说嘛，相公。"妻子便站起身来，绕过书桌，伏在项鸿祚的身后。胸，紧贴在项鸿祚的臂上。有时候，则是坐到项鸿祚的腿上，然后，侧着身子，将自己的脸，紧贴到项鸿祚的脸上。

"别让娘看见。"项鸿祚就有些慌张。

在闺房之中，夫妻恩爱无妨；可在书房里这样亲热，娘要是看见了，只怕会说。

即使娘是个脾气很好的人。

妻子便笑嘻嘻地道："那你就告诉我啊，相公。"

"词人。"项鸿祚便只好这样说道，"如果有前生，我希望我是一个词人。"这话，仿佛有些敷衍；可项鸿祚知道，他说这话是很认真的，真的很认真。如果有前生，他真的希望自己是一个词人。

一个温庭筠那样的词人。

一个韦庄那样的词人。

或者是吴文英，或者是周密。

"我应该是那样的词人。"项鸿祚的心里这样想着，两眼便有些放光，"与温韦交游，与二窗唱和，那该是一种怎样的快乐与幸福啊！"

或许正因为不能，才有今世的忧伤？

"相公。"

"嗯？"

"如果你是词人，那我呢？"

"……"

"相公，你说嘛……"

温庭筠的妻子是谁？韦庄的妻子是谁？还有吴文英？周密？项鸿祚一下子觉得有些头大。

“相公，”妻子轻轻地咬着下嘴唇，眼睛紧盯着项鸿祚，轻轻地问道，“如果有前生，不管你是谁，我都要是你的妻。”

“……娘子。”项鸿祚的心就为之一颤。

“如果有来生，不管你是谁，我还要是你的妻。”妻子轻轻地说道。

“……娘子。”

“如果你是词人，那我就是词人的妻；如果你是屠夫，我就是屠夫的妻；如果你是乞丐，我就是乞丐的妻。”妻子轻轻地、慢慢地细数着，脸上满是笑意，“如果你是状元，那我就是状元的妻；如果你是宰相，我就是宰相的妻……”

轻轻地，轻轻地，妻子这样瞧着项鸿祚，眼中满是柔情。

一切宛在昨日。

帘轴花阴晚日趖。纤纤蹙损远山螺。个人归计太腾挪。
莫待柳绵吹作雪，可怜桃叶去随波。无情无绪奈春何。

藕叶风多四面吹。素馨香重两鬟垂。簟纹如水漾罘罳。
道是日长偏易晚，不曾午睡又难支。可能消受夜凉时。

新月娟娟孕绮霞。征鸿贴贴下平沙。已凉天气好思家。
怅望银河空渡鹊，厌听金井乱啼鸦。梦魂寻不到天涯。

又是同云酿雪天。猧儿嫌冷唤愁眠。为郎憔悴有谁怜。
檀板倦翻金缕曲，绣衾虚费水沉烟。不应忘了过新年。

——项鸿祚《浣溪沙·拟韦庄》

三

火。

那熊熊的大火，灼烧在冬日，仿佛要将冰雪都要熔化似的。

那熊熊的大火，灼烧着瞳仁，仿佛要将眼中的泪烤干。

项鸿祚不知道这火是怎么起的。但他知道，当火起的时候，一切的结局便已注定。

他的声音已经嘶哑。

"娘子……"他人已无泪。

几次三番,他想冲入火中,想冲入那舔向天空的火中。好在,终被人死死抱住。母亲着急地道:"莲生!你这是找死啊!"

"娘,"项鸿祚哽咽道,"娘子她还没出来……"其实,眼前这大火已经灼烧了小半个时辰,他又何尝不明白,他没能从火中逃出的妻子会是一种什么样的结局!只不过,他无法接受这样的结局。他总希望,或许会有奇迹发生。

世间是有奇迹的。他想。

母亲叹息一声,两眼也有些红。

"出不来了。"母亲道,"莲生,她出不来了。如果你现在进去,你也出不来了。"

"娘啊……"项鸿祚惨然道。

项鸿祚惨然想道:"难道,我就这样看着大火灼烧,直到将一切烧成灰烬?"这是他的家啊!虽然说项家早已家道中落,只剩下这几间勉强可以寄身的屋子,可这到底是他的家啊!大火烧尽这几间屋子以后,他的家,还在吗?

项鸿祚挣了几挣之后,不复挣扎。

因为他知道,一切都已成为定局。

无论他愿不愿意,都已成为定局。

也有帮忙的邻人,不断地从远处用木桶提来水,浇在那熊熊的大火之上。但谁都知道,这无济于事。很多事,即便努力去做了,也毫无用处。

就像救火。

这救火,或许,只不过是使人的心稍稍安慰一些而已。

火,将冬日的天空,烧得通红。

火终于渐渐熄灭。

家已成灰。

就如项鸿祚此刻的心。

"娘子。"项鸿祚哀哀地低吟。

那个温柔如水的女子,那个调皮的女子。

那个曾经令自己魂牵梦萦的女子。

项鸿祚想起,定亲之后初相见的惊艳,想起相见之后的相思,想起那段有些哀伤又有些甜蜜的少年时光。

有限春宵无限梦，梦回依旧难留。泪珠长傍枕函流。书来三月尾，灯尽五更头。

见说而今容易病，日高还掩妆楼。桃花脸薄不禁羞。瘦应如我瘦，愁莫向人愁。

——项鸿祚《临江仙》

云过露钟。花边絮风。月华初转楼东。却弯弯一弓。

题书泪红。缄书恨重。醉魂飞出帘栊。到卿卿梦中。

——项鸿祚《醉太平》

项鸿祚真的有些不明白当时的自己。他不明白，分明应该是甜蜜的思念，却因何写得那么哀伤。

项鸿祚茫然地望着还在冒着黑烟、还在发出哔哔啵啵声响的废墟，心如死灰。

他知道，妻子已不在。

“莲生，”见项鸿祚面无生气，母亲的心便一揪，安慰道，“待过了这一阵，娘再给你说一门亲。”

项鸿祚愣了一下，怒道：“娘！您说什么？”两只早已被炙烤干了的眼睛中，就喷出怒火来，把母亲吓了一跳。这自然也使母亲有些不高兴。

“奶奶，奶奶。”好在，项鸿祚的小侄子牵住了母亲的手，道，“我饿了，奶奶。”

母亲恨恨地瞪了项鸿祚一眼，便俯身与那孩子说话，道：“好，好，奶奶这就带你吃饭去。”

妻子死了，屋子烧了，家没了。可活着的人，总还得活下去。而悲伤，也终究会过去。悲伤就如同创口，无论曾经流出多少血，到最后，终会结出疤痕。

然而，午夜梦回，那些曾经的快乐，依旧会化作无尽的悲伤。

几时飞上瑶京，月中环佩珊珊静。朦胧似醉，悠扬似梦，迷离似影。真个曾销，黯然欲别，凄凉谁省。寄相思只在，黄泉碧落，听一片，啼鹃冷。

楚些歌残漏永，翠帘空，篆香温鼎。梨云罩夜，絮烟笼晓，梧阴弄暝。来不分明，去无凭据，旧情难证。待亭亭倩女，前村缓步，唤春风醒。

——项鸿祚《水龙吟·魂》

湘筠展翠叠。冷落金泥双睡蝶。曾伴冰肌素靥。是水榭嫩凉，桐阴微月。清歌易阕。怅麝纨、同锁吟箧。如今剩、枕奁镜屧，一样暗尘黦。

悽绝。自开还摺。怕沁染、啼鹃泪血。经年憔悴恨结。酒腻红绡，粉蠹香灭。玉京人怨别。听夜夜、桃笙梦咽。伤心认、飞琼小字，忍对谢娘说。

——项鸿祚《霓裳中序第一·检故箧，见亡姬遗扇》

物犹如是，人何以堪？

项鸿祚忽就想起归有光的句子来：“庭有枇杷树，吾妻死之年所手植也，今已亭亭如盖矣。”那样的哀伤、那样的绝望，项鸿祚当时好像不大明白，现在，忽然就懂得了。

那一把寻常的扇子，此刻，在项鸿祚的手中，竟变得如此沉重。

四

对母亲，项鸿祚越来越变得烦乱。

妻子这才去世多久啊，母亲已经开始忙着给他说亲、续弦。这使得项鸿祚很不高兴。

“娘，”项鸿祚道，“儿子的事，您就不要操心了。”

母亲怒道：“我不操心谁操心？”说着话，便开始数落，道，你大哥如何如何，你二哥如何如何，还有你大姐、二姐，三姐……一番数落，到最后，依旧是数落到项鸿祚身上，“即使不为你自己想想，也要为尔寿想想。尔寿也需要有人照顾啊！”

项鸿祚便心中一痛。

大哥在福建为官，将儿子项逢吉留在家中。二哥去世得早。三个姐姐都已远嫁，大姐、三姐还好，二姐已经孀居。

如今这个家，就只剩下项鸿祚父子与母亲、侄子了。

妻子活着的时候，项鸿祚真的还没在意什么，只觉得那是一个

家，那是一个远行千里也牵挂在心头的家。

樱桃带雨，近窗栊低亚。闲里匆匆过春社。正高城，画角吹梦无端，天渐晓，梦到水精帘下。

梦残莺唤起，却道书来，小印分明玉人写。冷语最销魂，花待郎归，待郎归，可怜花谢。若留得、西湖柳绵儿，定说与，卿卿似依游冶。

——项鸿祚《洞仙歌·得家书》

可是，如今，大火之后，屋子没了，妻子也没了，这家，还像是个家吗？

大火之后，寄居在亲戚家中。即使亲戚不说什么，可那异样的眼光，总使人别有一番滋味。要知道，项家，也曾经是高门大户；即使后来家道中落，也终究有自己的屋子、自己的家啊！

项鸿祚叹息道：“尔寿我会自己照顾的。”尔寿正与逢吉玩耍着。失去母亲的悲伤，很快就已不见。这固然是因为孩子还小，可也一样使项鸿祚越发地感觉到人世间的凄凉。

“不行。”母亲说，“你还要读书，还要出去赶考，哪有时间照看尔寿？你娘年纪也大了，又有逢吉，两个孩子的话，照顾不过来。”

项鸿祚苦笑道：“娘啊，儿子如今这样子，便是想再成家，也没有哪个姑娘肯嫁过来的。”

母亲默然无语。

当年，项家即使家道中落，儿子成亲，却也不是很难的事。可如今，寄人篱下，连个家都没有，真要说亲的话，仔细想想，还真不容易。

母亲便长叹一声。

然而，母亲终究没有死心。

母亲喃喃道：“总有办法的。”

项鸿祚没有问母亲什么办法，只是说道：“娘，这件事，还是儿子自己做主吧。”

项鸿祚不肯改变自己的心。这自然使得母亲很不开心。娘儿俩，便有些僵持不下。

项鸿祚说：“娘，无论如何，等我考完乡试再说。”在项鸿祚想来，一旦开始准备乡试，母亲大约就不会再逼迫了吧？而他自己，

在这样的苦读之中，或许会暂时忘怀那些无尽的悲伤。

五

道光十二年(1832)，项鸿祚乡试中举。

也正是在这一年，大姐写信过来，让项鸿祚带着母亲和两个孩子到京师一聚。大姐夫许乃普是嘉庆二十五年(1820)的榜眼，时奉旨在南书房行走。

母亲就欢喜地笑了起来。

母亲倒也未必是想着一家人去投靠女儿女婿，而是想着，多少能够获得女儿、女婿的一些接济。然后，儿子最好能够得中进士，谋个一官半职的。如此一来，项鸿祚续娶之事也就顺理成章。已经三年过去了。儿子该忘记的，应该已经忘记了吧。

“正好一起走。”母亲说。

因为算算时间，项鸿祚也要赴京赶考了。

“早些走。”母亲说，“路上时间就会宽裕些，不至于赶了。”

项鸿祚点点头。有老人和孩子，这路上的时间还真的是要宽裕些才好。至于说不理会大姐的来信，将老人与孩子都留在杭州，项鸿祚还真的有些不放心。

一家子北上进京，说起来还真不是一件容易的事，好在大姐是将盘缠也随信一起寄过来的。

项鸿祚准备了数日，雇了两辆车，在一个春日的阳光下，带着老人与孩子，踏上了前往京城的路。

项鸿祚决没有想到，这是他又一个噩梦的开始。

赶到渡头的时候，已近黄昏。

渡船正要离岸。

项鸿祚道：“等一等，船家。”

船家白了他一眼，慢吞吞地道：“只能上一辆车了。”

项鸿祚看了一下渡船的甲板，心中计算一下，好像还真的只能上一辆车了。心下便有些犹豫。

那船家道：“我说相公，你怎么这么迂腐！我这船可以上一辆车，那条船也可以上一辆嘛。”说着，便一指另一条渡船。只可惜，那一条渡船的甲板好像也只空了一辆车的位置。

项鸿祚还是有些拿不定主意。

这不就是说，一家子要分坐两条船渡河吗？

那船家悠悠道："天色已晚，我们这也是走最后一趟了，相公，你要是不坐的话，就赶明儿早上吧。"

天色真的已晚。

母亲便道："莲生，我们便分开坐吧，早些过河，找个客栈也好歇息。"

那船家笑道："还是这位老夫人说得是，过得河去，就有客栈。"

母亲道："这就好。"

说着，便让两个车夫赶着两辆车分别上了船。母亲与逢吉上了一条船，项鸿祚父子则上了另一条船。

船吃水已深，船上的人稍稍一动，整条船都在摇晃。

船家笑道："站好了。"说罢，竹篙一撑，渡船就轻轻地离了岸。

项鸿祚遥遥地瞧着母亲的那条船。那条船的船舱里已经坐满人。可要是站在甲板上呢，母亲已经年老，船又摇晃，实在是站不稳。那车夫仿佛是对母亲说了几句什么话，母亲迟疑一下，便带着逢吉坐到了车上去。那车夫一手牵着马，一手扶着船舱的顶篷，小心地站立在甲板上。

河很宽，流水很急。渡船破浪而行，浪花如雪，被甩在了船后。项鸿祚手牵着尔寿，站立在甲板上，远远地瞧着母亲所坐着的马车，心里忽地有些惴惴不安起来。

那种不安，突如其来。

船渐到中流。

忽就听得前面那艘渡船上有人大叫道："不好！"

项鸿祚愣了一下，还没反应得过来，已听得这边船上有人叫道："船翻了，不好了，前面的那艘船翻了。"

项鸿祚心就一沉，再仔细看时，便看见前面那条渡船倾斜着，甲板站立着的人，就像下饺子似的，纷纷坠落水中。

"娘！"然后项鸿祚眼睁睁地瞧着母亲所坐的那辆马车，连车带马，滑到了水里去，"娘啊……"项鸿祚霎时间肝胆俱裂。

尔寿也叫了起来："奶奶，奶奶……"

"救人，快救人啊！"项鸿祚瞪红了双眼，大叫道。半晌，见没人理会，便冲着这条船的船家叫道："船家，快救人啊！快救人！"

船家淡淡地道：“相公，怎么救？我这条船人满的。要不，扔几个人下去，再救几个人上来？”

项鸿祚目眦尽裂，瞪着那船家，那船家却根本就不理会他，依旧是慢条斯理、有条不紊地，篙 篙地撑着船，直向对岸而去。

前面那渡船已经半沉，落水的人正挣扎着。那些会水的还好，而不会水的，挣了几挣就沉下去了。

项鸿祚惨叫一声：“娘啊！”叫罢，就要往水里跳，却被这边的车夫一把抓住。

“相公，你会水？”那车夫道。

项鸿祚愣了一下，道：“我不会。”

那车夫道：“那你跳下去做什么？救人，还是找死？”

项鸿祚惨然道：“我娘，我娘落水啊！”

那车夫沉吟一下，道：“十两银子，我去救。不过，话要说在前面，能不能救上来，我可不能保证。”那车夫原本憨厚的眼中，闪过一丝丝狡猾来。

项鸿祚毫不犹豫地道：“好，麻烦师傅了，快去救我娘。”

那车夫答应一声，脱下衣服，跳入水中，直向那些落水的人游去。

娘和逢吉，终究没能救得上来。直到第二天，才雇人将他们的遗体打捞了上来。那辆车的车夫，也被淹死在水中。

项鸿祚失魂落魄，瞧瞧娘的遗体，又瞧瞧逢吉的遗体，眼泪早扑簌扑簌地直往下滚落。至于尔寿，更是哭得几乎喘不过气来。

项鸿祚决没有想到，这一次的北上，居然会是这样的结局。

这里，离京师已经很近，而离杭州，已经很远，很远。

六

屈指算着日子，母亲、小弟与两个侄子也应该到了。京师许乃普的府上，项纫这样想道。

这些年来，项纫随着丈夫东奔西走的，始终不曾怎么安定过。直到丈夫调入京师，才算是有了一个安定的家。丈夫南书房行走，如果没有意外，将来升个侍郎、尚书什么的，应该没什么问题。

入京以后，项纫就接到母亲的来信，说起家里的火灾及项鸿祚

妻子死于火灾的事，然后，又说到项鸿祚不肯续娶，要她这个做大姐的，能够劝说一二。于是，项纫便书招母亲与项鸿祚入京。一来解决项鸿祚续娶的事；二来呢，不见母亲也多年，思母心切也是人之常情。

算算日子，这几天，他们也应该到了。

项纫想，会不会他们已经到了京师，却找不到自家府上？可转念一想，许乃普住什么地方，信里面写得很清楚啊。即使再退一步说，他们千里迢迢到了京师，人生地不熟，找不到路，可只要一问，不就行了吗？

南书房行走的许乃普府上，自然说不上什么了不得；可项纫相信，无论是谁，在京师，大约都不会推说不知道的。

可为什么还不见他们来呢？

如果走得快的话，前天就该到了；即使走得慢，今天也该到了吧。母亲的回信中，原是说好什么时候动身的。

项纫在书房之中，有些心神不宁地画着一幅画。画的是一丛青竹。寥寥几笔之后，竹已在纸上，然后，手腕轻抖，又勾勒出石头。《竹石图》原本就是画师常画的题材。

画完之后，项纫沉吟不语，心想：怎么总画不出板桥那样的神韵来？

正沉吟间，忽地又一笑。她想起，还未出嫁的时候，见弟弟不好好读圣贤书，手不释卷的居然是花间一类的词集，写的往往也不是经世文章，而是诗词，便劝他道："学诗作词，有什么用？"其实，她心里倒也想着，如果能取得功名，读书之余学些诗词也是好的，可不能本末倒置啊！项鸿祚想了想，便反问道："那大姐，你学画又有什么用？"这使得项纫一呆。是啊，她一个女子，学画又有什么用？这样一想，项纫便有些迷茫起来。迷茫之中，便听得项鸿祚悠悠说道："不为无益之事，何以遣有涯之生？"这使得项纫蓦然一惊。

项纫怔怔地瞧着弟弟，再咀嚼着这两句话，越咀嚼越觉着其中有深意在，可再一想这话，又觉着很是不安。

是的，这一句话使得项纫总是不安。

不过，好像也未必无用。项纫忽地轻轻一笑，想起前几日的事来。前几日，许乃普从上书房带回来四张外邦贡纸，说是皇帝命她画花卉。这使得项纫有些奇怪，又有些惊喜。惊喜的是，皇帝居然

知道她会画画，尤其是擅长画花卉；奇怪的是，皇帝怎么会知道？丈夫许乃普是不可能说的。那么，是谁告诉皇帝的呢？莫非是太清夫人？到京师后不久，项纫便与顾太清有了些交往。顾太清擅画、擅诗词，乃当世才女。顾太清是宗室奕绘的侧福晋，那么，有机会见到皇帝也不是什么特别奇怪的事儿了。

项纫认真地铺开了纸，几乎是使出浑身解数来，要画好这四幅花卉。只可惜，刚刚画好三幅，有客人来拜访许乃普，项纫无奈，只好避到帷幔后面，等客人走后再出来继续画完。等出来看时，剩下的那张贡纸，居然被客人弄脏。许乃普的脸立刻就变得煞白。要知道，这要是追究下来，就是欺君之罪啊！项纫端详着那张已经被弄脏的贡纸，想了想，居然就落笔画了一幅皴石败竹图呈了上去。更叫人吃惊的是，皇帝居然很喜欢这幅画，并为此褒奖了许氏夫妇。

“由此看来，画画，还是有用的嘛！”项纫微笑着想道。

正沉吟间，有家人进来禀报：“夫人，舅老爷来了。”

项纫大喜，忙就迎了出去。出门的刹那，项纫忽然就想到，怎么不说是老太太来了，而是说舅老爷呢？这样一想，不由得轻轻摇了摇头。不过，她也没有多想下去。

母亲是和莲生一起上路的。现在，莲生到了，母亲岂非也就一起到了？

七

当项纫看到面色憔悴的项鸿祚与尔寿时，一颗心便沉了下去。

“大姐。”项鸿祚的声音嘶哑着，仿佛是从喉咙里挤出来似的。

“娘呢？”项纫睁大了双眼，也没见到娘。

项鸿祚缓缓地跪了下去，流着泪道：“娘没了，大姐。”

项纫身子一晃，道：“你说什么，莲生？”项纫实在是有些不相信自己的耳朵。

“娘没了，大姐。”项鸿祚泪如雨下，“娘没了……”

这一回，项纫是听清楚了，整个人就一下子瘫软了，险些摔倒。好在被随身的两个丫头扶住。项纫强忍着眼泪，问道：“怎么没了的？”

项鸿祚便将出事的经过原原本本地说了一遍。当说到娘是与

逢吉一起没了的时候，项纫再也忍不住，跪倒在地，与项鸿祚抱头大哭，直哭得声嘶力竭。

项鸿祚自然没有将母亲与逢吉的棺木带到许府来，而是安置在城外的一座寺院里面。母亲没了，项鸿祚六神无主，出事地又距离京师很近，所以，他最终还是决定先到京师与大姐商议一下母亲的后事。

大哥项绶章在福建为官，无论路途有多遥远，也都是要派人去报丧的。还有二姐项楚香和三姐项纫，这也都是要派人去报丧的。

项纫没有急着去拜祭母亲，而是先将项鸿祚与尔寿在家里安顿下来，其他便等许乃普下朝再做打算。家中出了这么大的事，自然是要告知丈夫的。许乃普沉吟片刻，迅速做出了决断："莲生先去参加会试！岳母的事，急也急不得，大哥那边也还要派人去送信。这样算下来，等会试结束，莲生扶灵回杭州，大哥大约也差不多可以到杭州了。"路程的计算，虽说不能十分准确，不过，却也相差无几。毕竟，从京师到福建，大哥在福建接到信再回杭州，至少也要花上几个月的时间。便是花个半年时间，也是极有可能的。

项纫迟疑着，有些拿不定主意。

许乃普淡淡地道："耽搁一科，可能就是耽搁一辈子。"

项纫凛然。她虽说是女人，却也明白，对于读书人来说，科考往往带有很大的偶然性。这一科得中，下一科未必；这一科如果可能得中而放弃，那么，下一科就未必不会落第。总之，科考要靠实力，更要靠运气。莲生刚刚中举，应该一鼓作气，拿下这一科来。否则，便是一辈子不中，也都是寻常的事。古来饱学之士不得中者多矣。更不用说项鸿祚还算不上是什么饱学之士。

项鸿祚一生所好是填词。

也许是受项鸿祚影响，项纫也好填词，而项纫与顾太清交往之后，也想着学词……

梵钟响彻绳床静，萧萧满山风雨。泻入禅心，惊回鹤梦，一片难分远树。才听又住。想爱净闻根，助成幽趣。写入蛮笺，依稀认得掩窗处。

本是散花幽侣，自黄绝剪后，妙谛谁悟？吹气如兰，清心拟竹，尘虑久同泥絮。问画里玄机，许相逢否？明日扁舟，九龙山下去。

——项纫《台城路·题清微道人〈空山听雨图〉》

宫车晓趱。全宋山河输一半。安稳杭州。回首中原唱莫愁。
西湖花月。云里帝城双凤阙。多少官家。雨冷冬青咽暮笳。

——项纫《减字木兰花·西湖怀古》

整翩翩粉翅，愁燕子，与莺儿。向细草阑干，游丝庭院，双宿双飞。腰支。瘦来一搦，爱红香影里镇相随。花底可怜踪迹，梦中何处天涯。

深闺。风景正芳菲。长自傍帘帏。早绮窗人见，□□□□，绣上罗衣。依依。似嫌春晚，更几番萦绕绿杨枝。忍把泥金小扇，等闲追过墙西。

——项纫《木兰花慢·蝶》

项纫想通此节，便将项鸿祚找来商议。

考期已经临近。

项纫幽幽道："娘活着的话，也肯定想看到你会试得中。"至于续娶的事，项纫自然不会再提。

八

只可惜，项鸿祚这一科还是落第了。

其实，这也应是意料之中的事。母亲和逢吉的落水去世，已使得项鸿祚悲痛莫名，又哪有什么心情去考试？只不过终究不愿违拗大姐的意思，才姑且去贡院走上一遭而已。

所以，落第对于项鸿祚来说，就像春风拂过池塘的水面，只泛起淡淡的涟漪。

落第之后，项鸿祚便决定扶灵南归。

算算时间，等项纫与项鸿祚姐弟回到杭州的时候，大哥项绶章也应该回到杭州了。

一路无话，这一天，杭州城已在眼前。

时近岁末，过两日就是除夕。

只不过，项纫与项鸿祚都明白，这个年他们大约是要在悲苦之中度过了。

项家的老屋，还是一片废墟。项纫与项鸿祚商议了一下，也只

有先将棺木寄放在寺院，再找了家客栈住下来。然后，一面找人修葺老屋，一面派人去叫项楚香、项纫来相见。至于大哥项绶章，早就派人送信，想来这几天也应回杭州了。

项氏三姐妹相见，又是一场大哭。项鸿祚忽然想起，妻子去世之后，他对母亲的违拗与顶撞。虽说母亲并不会与儿子计较什么，可今日想起，项鸿祚便忍不住又泪如雨下，捶地痛哭，道："儿子不孝啊……"

很多事都这样。纳兰词云："当时只道是寻常。"纳兰说的自然不是与母亲。可是此刻，项鸿祚依然感觉到这句词的无限悲凉与忧戚。后悔？或许有吧。可世间事，后悔又有什么用？然后，项鸿祚又想起妻子来。

如果没有遭火，妻子就不会死；妻子不死，他们母子之间就不会产生龃龉，大姐也就不会写信督促他们母子进京；他们不进京，母亲也就不会死，逢吉也不会死……

只可惜，世事永无如果。

转眼就是春节。项氏四兄妹闷闷不乐地听着外面的爆竹声、欢笑声，相顾无言。只有尔寿，有些坐不住的样子。

尔寿终究只是个孩子，外面那么热闹，哪有不想出去玩耍的道理？

中午时分，那许府派去福建报信的家人找到了客栈："夫人。"

项纫往门外瞧了瞧，不见项绶章，不觉就有些奇怪，问道："我大哥呢？"

那家人苦笑道："项老爷已经去世了。"

这又似晴天霹雳一般，使得项氏四姐弟面无人色。半晌，项纫才问道："到底是怎么回事？你细细说来。"

那家人便将打听到的详详细细地说了一遍。其实，说来也很是简单。项绶章时任闽中同安知县，同安民风彪悍，好械斗。每逢械斗，项绶章都是以身横障其间，百般开导，如此这般，操劳过度，便一病不起。那家人道："项老爷的棺木过两天就会到了。我先来报信的。"迟疑一下，又道，"送项老爷棺木出境的时候，好多人号啕大哭，细数项老爷的恩德……"

项纫疲惫地道："我知道了。"早自泪眼模糊。

至痛无言。事已至此，又还能说些什么呢？

九

道光十四年(1834)的春天照常来临。

项氏老屋已经修葺好,项鸿祚便带着尔寿从客栈搬了进来。住客栈或者寄居在亲戚家,都不是长久的事儿。先前,项鸿祚只是没有银两修葺罢了。现在,这修葺的银两还是大姐代劳的。

母亲与大哥的丧事也都办好,将他们埋在了项家的祖坟。逢吉跟他父亲埋在一起。埋在这里的,还有项鸿祚的父亲、妻子及早逝的二哥。

项鸿祚知道,终有一天,他也会埋在这里。

人之一生,无论彭殇,结局都是一样,无人能够改变。

三个姐姐都已别去。临走的时候,项纫留下一些银两,再三嘱咐道:"好好读书,不要老是去做那些没有用的事。"项鸿祚自然明白姐姐的意思。好好读书,一举得中,重振项氏门楣。项氏,原先也曾是大盐商,不说富可敌国,至少也是富甲一方;如今,虽说家道中落,却改换门庭,诗书传家。从叔项小鹤为官,堂兄项名达为官,长兄项绶章为官,虽说官职不大,却使得项氏终可算是缙绅人家。更不用说大姐夫许乃普,如今南书房行走,深得皇帝恩宠,将来封侯拜相,应不是难事。项纫相信,项鸿祚如果会试得中,将来在官场上应该走得很是顺利。

但前提是,先得通过会试。

这没有捷径。

要好好读书,就不能将太多的心思花在无用的读诗填词上。

项纫本身,对于诗、词、书、画都很精通,自然明白,即便是填词小道,也要花多少时间与精力。而人的精力与时间终是有限。

"会试得中以后,大姐不会再管你的事。"项纫语重心长地说,"但是现在,你得听大姐的。"

项鸿祚苦笑着答应了。

尔寿也被项纫带往京师。

项纫说:"你一个男人家,又要读书,怎么照顾孩子?"项纫没有说的是,项鸿祚连照顾好自己都难,更不用说照顾孩子了。

本来呢,项纫也想着让项鸿祚索性到京师许府去读书,结果想了想,还是罢了。母亲去世,项鸿祚应该守孝在家的。本朝对于宋

丧虽说没前朝那么苛刻，但读书人终究不能有违孝道。

家中，终于只剩下项鸿祚孤零零的一个人。

万事不如春睡，平生且自消磨。几回偃仰几回歌。自读自吟自和。

项鸿祚独住在睡隐庵中，万事不关心，只是读书、填词，听风吹竹叶，看雨打芭蕉，这样的日子倒也过得逍遥自在。

绿阴铺地无人影。乌龙自在眠莎径。多事卷罗帏。满阶蝴蝶飞。

回文挑锦字。斜界行行泪。难话此时心。恨深愁更深。

钿筝弦促银簧冻。雁钗麟带愁香重。此夕黯销魂。月中斜闭门。

冷霜凝缥瓦。香蜡秦篝灺。梦见更相思。不如无梦时。

——项鸿祚《菩萨蛮·拟温庭筠》

偶尔，项鸿祚也会想起从前的日子，想起从前的一些人。

花落小楼寒，客散重门静。明月随人出画廊，曲曲阑干影。

浅醉几曾忺，薄睡匆匆醒。也似相思也似愁，人比秋风冷。

——项鸿祚《卜算子·赠藕卿》

借病瞒愁，判闲作梦，单枕又惊春半。小揭珠帘，隐隐似闻微叹。罗帕重、洒泪成鹃，锦笺长、寄书寻雁。莫因循、误了芳华，柔肠能得几回断。

题红前事谩省，空任香销粉蠹，舞衫歌扇。除却榴裙，瘦尽楚腰谁见。防夜约、拜月推寒，厌晨妆、蹋青嫌远。最无情、最是飞花，晓风吹不转。

——项鸿祚《绮罗香·和碧珊》

人之一生，总有一些人、一些事是怎么也无法忘记的。项鸿祚将他们记在心里，写在词中。

夜来风似郎踪恶。晓来云似郎情薄。窗外柳飞绵。问郎心那边。

誓盟全是假。只合将花打。见面说相思。知人知不知。

——项鸿祚《菩萨蛮·戏仿元人小令》

十

转眼又是一年,道光十五年(1835)的春天悄悄来临。

这一年,三十岁的安徒生开始写童话,并且出版第一本童话集。美国的莫尔斯创造了电报通信用的莫尔斯电码。马克思完成毕业论文《青年的选择》,并且从特里尔中学毕业。邓廷桢升任两广总督。

这一年,日本思想家福泽谕吉出生。三菱创始人岩崎弥太郎出生。印度章西女王出生。大清帝国慈禧太后出生。美国作家马克·吐温出生。

这一年,神圣罗马帝国末代皇帝、奥地利的第一位皇帝弗朗茨二世去世。

这一年,大清人口达四亿零一百七十六万七千零五十三。

这一切,自然依旧与项鸿祚无关。

春节一过,项鸿祚便启程赴京,参加今年的会试。只可惜,这一科他依旧落第。在京师逗留了五十天,项鸿祚辞别大姐与尔寿,独自南归。项纫有些不解。在项纫想来,项鸿祚应该留在京师继续读书的。回去?回去做什么?杭州的家,已是空巢。

不解归不解,项纫却也没有强留。毕竟,项鸿祚已是将近四十岁的人了,出嫁多年的大姐也不好多管。"或许……是要脸面?"项纫这样想道。连续两次落第,不好意思住在京师姐姐家,也是很正常的事。

项鸿祚回到了杭州的家中。

回家以后的第一件事,就是编定《忆云词》丁稿。编定以后,又从书箧中翻出其他三稿,合在一处,默默无言。

生幼有愁癖,故其情艳而苦,其感于物也郁而深。连峰巉巉,中夜猿啸,复如清湘戛瑟,鱼沉雁起,孤月微明。其窅敻幽凄,则山

鬼晨吟，琼妃暮泣，风鬟雨鬓，相对支离。不无累德之言，抑亦伤心之极致矣！

——项鸿祚《忆云词甲稿自序》

因次第成稿，编以甲乙，从吴梦窗例也。

——项鸿祚《忆云词乙稿自序》

不为无益之事，何以遣有涯之生？时异境迁，结习不改，《霜花腴》之剩稿，《念奴娇》之过腔，茫茫谁复知者？

——项鸿祚《忆云词丙稿自序》

当沉顿无聊之极，仅托之绮罗芗泽，以泄其思，盖辞婉而情伤矣。不知我者，即谓之醉眠梦呓也可。

——项鸿祚《忆云词丁稿自序》

项鸿祚默默抚摸着这《忆云词》甲乙丙丁四稿，猛然警醒：《梦窗词》岂非就只有甲、乙、丙、丁四稿？而我的《忆云词》也已有了甲、乙、丙、丁四稿……

道光十五年（1835），闰六月二十一日，项鸿祚编定《忆云词》丁稿后不久，卒。

西风已是难听，如何又著芭蕉雨？泠泠暗起，澌澌渐紧，萧萧忽住。候馆疏砧，高城断鼓，和成凄楚。想亭皋木落，洞庭波远，浑不见，愁来处。

此际频惊倦旅。夜初长，归程梦阻。砌蛩自叹，过鸿自唳，剪灯谁语？莫更伤心，可怜秋到，无声更苦。满寒江剩有，黄芦万顷，卷离魂去。

——项鸿祚《水龙吟·秋声》

蒋春霖

化了浮萍也是愁，莫向天涯去

尉迟杯

花开谢。叹岁序，霜影同谁话。扁舟细雪江干，重过姑苏城下。风尘易老，哀乐处，红铅独难化。道洪杨，劫后何如，乱云犹是悲咤。

曾记万感蹉跎，但腻粉妆浓，躁雀盈瓦。隔巷空归藩篱在，都说与，人间走马。斜阳外，青蚨销黯，杜鹃里，潮声夜更打。自高歌，莫诉当年，倚栏乳虎堪亚。

——李旭东

一

这些日子以来，蒋春霖越来越觉得头痛了。有时索性便是感到头痛欲裂。他将右手食指死死地摁在鼻梁骨上，似乎能够减轻一些痛苦，可这样的痛苦始终都存在着。

“婉君，”蒋春霖呻吟着，“你帮我揉揉。”

婉君便将蒋春霖的右手拿过一边，用自己的右手在他的鼻梁上轻轻揉动。

“婉君。”蒋春霖低低地呼唤了一声，翕动鼻翼，贪婪地嗅着从婉君手掌上传来的幽幽馨香。

“婉君，你不要离开我。”蒋春霖用一种奇特的声音仿佛是在哀求着。

“不会的。”婉君很淡漠地回答。

这样的淡漠使得蒋春霖有些难受：“我真的已经老了……婉君，我是不是真的老了？婉君，你是不是嫌我老了？”

“没有。”婉君还是那么淡漠地说道，“我要做饭去了，爷。”

蒋春霖迅速地抓住婉君的手，低叫道：“婉君……”

婉君说：“真的要做饭去了，爷。”她轻轻地抽出手来。

望着婉君离去的背影，蒋春霖忽就觉得心头一阵阵的酸涩与哀伤。

婉君，真的会一直陪伴在他的身边？

蒋春霖是在前年遇见黄婉君的。

一生漂泊伶仃凄苦的蒋春霖在遇见黄婉君以后忽就有了一种异样的感觉。

燕子不曾来，小院阴阴雨。一角阑干聚落花，此是春归处。
弹泪别东风，把酒浇飞絮。化了浮萍也是愁，莫向天涯去。

——蒋春霖《卜算子》

杜小舫说：“鹿潭翁怎么这般凄苦？”很快地，杜小舫就打听到，蒋春霖竟是为情所困。杜小舫笑笑，不动声色地将歌女黄婉君买了下来，转送给蒋春霖。蒋春霖至今犹记得杜小舫将婉君送进门时，自己手足无措的样子。

杜小舫说："鹿潭翁，你身边确实也需要有个人照顾了。"

"我……"

"婉君读过你的《水云楼词》。呵呵，'小红低唱我吹箫'，当年的姜白石有可人的小红，现在，我们的鹿潭翁有可人的婉君啊。"

蒋春霖老脸微红，却怎么也掩不住心头的喜悦。当他转头去看从轿子里缓缓出来的婉君时，他的心就越发地跳得厉害了。

婉君的脸色却是淡淡的，看不出丝毫的表情。

"婉君，婉君。"蒋春霖浑没在意，只是抑制不住地低唤着婉君的名字，这个名字，仿佛是他一生的希冀与幸福。这是他一生从未有过的体验，没想到到了晚年，竟突如其来。

"爷。"婉君福了福。

婉君的声音是那么的柔和，像水，是的，像水，似乎就要将蒋春霖给化了。这么多年以来，时世动乱不堪，蒋春霖四处飘零，到今天，忽就有了家的感觉。是温馨的家，是叫人满心牵挂的家。就因为有了这个叫黄婉君的女子。一个年轻的女子，生生地，就在眼前。

蒋春霖将婉君带回了溱潼。

婉君始终都是那么淡淡的，似水，却是那种不起任何波澜的水。蒋春霖起先没有在意，后来，见婉君的脸上始终没有什么笑意，蒋春霖也就有了些隐隐的不安。

但婉君毕竟始终陪在他的身边，给他做饭，给他缝补，每逢有新词写出，婉君还会清唱一曲。蒋春霖虽做过两淮盐大使——这分明是个肥缺——可他不谙官场，又不善于治生，歌楼酒馆，随手散尽，到罢官归里，早已是两袖空空。杜小舫尽朋友之谊，将婉君赎出，转赠于他，可日常终究应有些用度。蒋春霖这时的捉襟见肘，使他对婉君就更加觉得不安了。

二

婉君艰难地将脚步挪动到厨房的时候，忍不住就想大哭一场。

婉君忽然发觉，不知从什么时候开始，她再也无法开心。幼时也曾有过灿烂的童年，也曾有过美丽的梦，可随着世事的变迁，竟迅速地沦为歌女。或许，这就是命运？歌女生涯原是梦。在梦里，

婉君便时常想起前朝的“秦淮八艳”：一样的歌女，却能青史留名，便是到现在，又有谁不赞一声“奇女子”？于是，当杜小舫替她赎身的时候，她稍稍犹豫一下，也就应允了。婉君问：“蒋先生是不是太老了？”杜小舫笑：“比诸当日的河东君与钱牧斋又如何？鹿潭翁一代词宗，决不会辱没了姑娘你。”婉君原先就读过、唱过蒋春霖的词，杜小舫这一说，婉君便点头。更何况，以她的身份，本来也无法选择自己的将来。

一袭小轿，婉君就被杜小舫当作礼物送给了蒋春霖。

蒋春霖是爱着婉君的。这，婉君当然也知道。可婉君只要一想到这个说着绵绵情话的词人已经五十岁了，忍不住就有想哭的感觉。有时，婉君简直就怀疑，那么多优美的词句，怎么会出自眼前这个穷愁枯瘦的老头儿的笔下。

婉君犹自清清楚楚地记得，那日随蒋春霖回溱潼，经过黄桥的时候，泛舟水上，蒋春霖随意谱写的一阕新词。

天际归舟，悔轻与、故国梅花为约。归雁啼入箜篌，沙洲共飘泊。寒未减、东风又急，问谁管、沈腰愁削？一舸青琴，乘涛载雪，聊共斟酌。

更休怨、伤别伤春，怕垂老心情渐非昨。弹指十年幽恨，损萧娘眉萼。今夜冷、篷窗倦倚，为月明、强起梳掠。怎奈银甲秋声，暗回清角。

——蒋春霖《琵琶仙·五湖之志久矣，羁累江北，苦不得去。岁乙丑，偕婉君泛舟黄桥，望见烟水，益念乡土。谱白石自度曲一章，以箜篌按之。婉君曾经丧乱，歌声甚哀》

蒋春霖写罢，便令婉君歌唱。当日，婉君一边唱着新词，一边想起自己的身世，不由得潸然泪下，南京城的火光与鲜血，在她眼前再一次地出现。

蒋春霖安慰她道：“现在，一切都已过去了。”

婉君幽幽地叹息。

在从南京城逃出的时候，与家人失散，想来，她的家人在那场屠杀中早已不复存在了吧？而她，孤身一人，沦落为一个歌女。因为她要生存。幼时的她何曾想过生存竟会是如此艰难。

泛舟黄桥，月色如霜，婉君只觉浑身发冷。

三

婉君从未想到蒋春霖竟是如此之贫穷。

蒋春霖在溱潼的宅子还算不错，可宅子里几乎空空如也，且积满了灰尘。好不容易请人将宅子打扫干净，杜小舫赠予的盘缠也花得差不多了。好在蒋春霖还有一个朋友，叫陈百生，不时地来接济一二。蒋春霖却始终都不把这些放在心上，有书就读，有饭就吃，有钱就花。当婉君催急的时候，就让婉君将宅子里的家具卖一些，或者，就是等陈百生再送些银两过来。离杜小舫太远，否则，蒋春霖大约也会去向杜小舫求援了。

“我只会填词。”蒋春霖这样对婉君说。

厨房里的米已不多了。

婉君淘好米，又想到今天的菜还没有着落。

这几天，他们一直吃的是邻家送来的一瓮咸菜与一小篮子鸡蛋。鸡蛋已经吃完了，只剩下半瓮咸菜。

水云楼。

蒋春霖居然将自己的词集命名为《水云楼词》。

水云楼。

一个多么优雅的名字。

可水与云，又怎么拿来充饥?

更何况，水云楼位于溱潼南郊的古寿寺内，与他蒋春霖何干?就因为他曾经在水云楼里住过一阵?那样的寓居，那样的寄人篱下，使得他念念不忘?“得来湖水烹新茗，买尽吴山作画屏。”这是郑板桥题写水云楼的一副对联。“登临纵目瞰三湖，帆影迷离戏水凫。料得储君居此日，课余闲睡一尘无。”这是孙乔年题写水云楼的一首诗。可是，这水云楼，实在是与他蒋春霖毫不相干啊！虽然说，人生如寄旅，水云楼是蒋春霖人生之中的一个驿站，可一个穷困潦倒的词人居然念念不忘那个如诗如画的水云楼，在婉君想来，也实在是一件很滑稽的事。

“咬得菜根万事足啊。”吃饭的时候，蒋春霖这样笑着对婉君说。

婉君盯着蒋春霖看了一会儿，说：“你很乐观?”

蒋春霖微微地怔了一下。乐观？这些年来的颠沛流离，战乱纷呈，又哪里会乐观？“那一年从金陵城逃出来，我曾饿了三天三夜，差一点儿就没命了。”蒋春霖苦笑道，“乐观？我又哪里会乐观？但我们总得活下去。”

婉君说：“那一年，我还是个孩子……”

蒋春霖伸手握住婉君的手：“那样的苦，我们都挺过来了。”

婉君将手抽出，说：“所以，我才不愿再过这样的日子。我不想挨饿，我怕饿，你明白吗？”婉君苍白的脸因为激动而显出略微的红晕。

蒋春霖心一痛：“婉君！”

婉君幽幽地长叹一声，脸色渐渐地平静了下来：“我们总得活下去，可是，爷，我们已经没有多少米了。”

蒋春霖迟疑一下：“还有多少钱？”

婉君苦笑道：“陈爷送过来的银两也花得差不多了。”

她想说：“本来我们已没有多少银两，可你在数日前竟又买回一批书，书钱还欠了一部分没有给清。”可她终究没有说出。

蒋春霖又迟疑一下：“我出去借点儿吧。要不，卖……”

婉君未等他说完，摇头道：“我们已经没有什么可卖的了，爷。”

蒋春霖默然。

蒋春霖忽就又抓住婉君的手，略带感伤地说：“婉君，跟着我，你真是受苦了。婉君，婉君，你、你不要离开我。我……”

蒋春霖乞求地瞧着婉君。

婉君心头一软，终究还是没有将手抽出来。

眼前的这个老人，终究是一个才华横溢的词人，那些优美的词句，如水一般，时不时地就在他的笔端流淌。

可是那些词句，换不来米。

人活着，总不能只有米。

四

平淡的日子始终都是平淡的，就像没有春风吹过的春水，泛不起一点涟漪。

在这样平淡的日子里，蒋春霖时不时地会填一阕新词，让婉君

歌唱。然后，这阕新词又会很快地传遍大江南北，传到那些文人墨客的书斋、案头，让那些文人墨客莫名惊叹。起先，婉君也会因此而得意，以为当年的河东君与钱牧斋也不过如此。可接着，婉君就发现，河东君嫁与钱牧斋之后，至少是衣食无忧；而她黄婉君嫁与蒋春霖之后，几乎是日日为衣食而烦恼。

简直是受够了！有时，婉君实在忍不住了，也会冲着蒋春霖发火。每当这时，蒋春霖便会眼巴巴地看着婉君，用一种乞求的眼光。这就又使得婉君的心软了下来。毕竟，眼前的老人是一代才子、词宗，而且，对她确也是一心一意。纵然大多的情况下自己是冷眼相向，蒋春霖始终都是那样地待她。唉，如果他再年轻三十岁多好，哦，不，即使再年轻二十岁也好。

无论如何，我都不会爱上他的。婉君这样想道。可为什么命运偏偏又要这样安排？命运将我安排在你的身边，我会尽我的责任的，即使当初杜小舫替我赎身时候欺骗了我。一代词宗、一代才子，唉，现在眼前只是一个老头儿而已，一个穷愁潦倒的老头。

连阳光也是淡淡的，淡淡的暖阳，淡淡地照在身上。

婉君倚着墙壁，一边晒着太阳，一边做着针线。从前，婉君何尝做过针线？即使说是做过，也应是很久很久以前的事了，那时，她还在南京城里；那时，她还是一个小姑娘。

一走神，针就在手指上戳了一下，婉君忍不住“哎哟”地叫出声来。

“怎么了？怎么了？没事吧？”正手握一卷《白石道人歌曲》的蒋春霖慌忙放下书来。

“没事。”婉君说。

“流血了。”蒋春霖惊呼道。说着话，忙捉住婉君的手，低头就去吮她的手指。婉君一皱眉头，迟疑一下，低声说：“这样不干净，爷。”轻轻地就将手抽出来，在衣襟上擦了擦。蒋春霖有些不知所措，说：“那，我帮你包扎一下。”婉君白了他一眼，说：“不用了，已经好了。”站起身来，倒了点水，将手指冲洗干净，然后用毛巾轻轻地拭干。回头再看蒋春霖，他正呆呆地发愣。

“婉君，”蒋春霖忽就神情黯然，落泪道，“婉君，我是不是很没用？我……我……”

婉君叹息道：“爷，你说什么呢？”

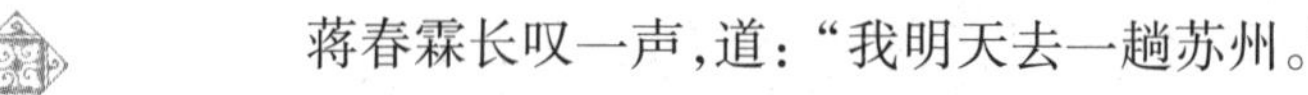

蒋春霖长叹一声，道："我明天去一趟苏州。"

婉君问："去找杜……"

蒋春霖点头，说："他的词集，是我帮他删订的。或许，能够要些润笔。"说到润笔，蒋春霖不觉老脸微红。

婉君也叹了口气，声音略略地柔和了一些，道："爷，也只能这样了。不然，我们，我们真的很难生活下去啊。"

五

蒋春霖搭船到苏州去了。

蒋春霖走后，婉君依旧是每日接些针线回来做，虽说做得慢，毕竟还能做些，且渐渐地就做得熟练了。只是，做针线的收入终究有限，每日三五文、七八文的，最多一日也不过十文钱。每到这时，婉君便会想起她的歌女生涯。每到这时，又会猛然警醒：歌女生涯原是梦，又有什么可以留恋的呢？

这一日，婉君将做好的针线送到衣铺，回来时顺便去买些新鲜的蔬菜。这些日子以来，一直是以咸菜度日，婉君觉胃里直泛酸水，一闻到咸菜的味道就想呕吐。蒋春霖到苏州已四天了，还未回来。

"黄婉君！"婉君正与菜贩子讨价还价的当儿，忽听得背后有人喊她的名字，不由自主地就回头。

蓦回头时，婉君如遭雷击一般，脸色一下子就变得苍白。

喊她的，是一个中年男子。

那男子似笑非笑，脸上洋溢着一丝兴奋。

婉君当然认得这个男子。

蒋春霖带着婉君住到溱潼之后不多久，婉君便开始与这个男子打交道了。

这个男子是泰州一个盐商的账房。蒋春霖还在任上的时候，与这个盐商颇为交好，所以，当蒋春霖卸任的时候，这个盐商表示，他愿意每个月都资助蒋大人一些银两。问题是，以蒋春霖自尊的个性，又哪里愿意去打这样的秋风？可要是拒绝这笔银两，生活又怎么办？对于穷人来说，自尊实在是奢侈品，看着好看，实质上却起不到丝毫作用。

于是，那月去盐商账房领取一些银两的事，就落到了婉君的

头上。

去了几次之后，婉君便再也不肯去了。蒋春霖有些好奇，却也不敢问个中原因，再加上陈百生托人送来一点银两，暂时还算能生活下去，蒋春霖便也就没有再追问下去。或许，是因为路太远，婉君怕累吧。蒋春霖这样想道。从溱潼到泰州，终究也有小半天的路。而婉君一个弱女子，又何尝独自走过这么远的路？

蒋春霖没有问，婉君自然也不会再去想。

她以为，她已经将那个人忘记了，就像忘记歌女生涯之中所遇到的每一个恩客一样。

现在，她已从良，不是从前那个任人凌辱的歌女了。

“你真的是黄婉君？”那男子目不转睛地盯着婉君。

“你……”婉君又羞又急，下意识地往四周看，生怕被什么人看到似的。青石街上，人来人往，叫卖声、招呼声，缕缕不绝。

没人注意到婉君，以及拦在婉君身前，涎着脸说话的那个男人。

“我怎么了？”这个男子开心地说道，“婉君小姐不认得我了吗？”

“我……”

“婉君小姐不记得我没关系，可是我却没敢忘记婉君小姐啊。呵呵，是魂牵梦萦啊。只不知后来婉君小姐怎么就没来泰州呢？老爷可没说不给这笔银两啊。”那男子道，“后来，我也托人想找婉君小姐来着，却怎么也没找到，想不到今日在此相遇，也是有缘。婉君小姐，我是不是有请你喝茶的荣幸？”

婉君有些怔怔。

当初，她就是为了躲避眼前的这个男人，才再也不去泰州那盐商府上的。婉君清楚地记得，当她第一次出现在那盐商的账房里的时候，眼前的这个男人，也就是那位盐商的账房先生，眼睛一下子就直了。这个男人百般殷勤，眼睛片刻也不肯离开婉君那张略显沧桑的脸。婉君做过歌女，哪里会不明白这个男人的心思？当这个男人越发殷勤的时候，婉君害怕了，于是，便选择再也不去泰州。

想不到，居然在溱潼重遇。

婉君脸色苍白，有些心虚。

“婉君小姐，给个面子吧。”那男子殷勤地说道。

跟当年一样，那目光还是那样的灼热，人，还是那样的殷勤。可没来由的，婉君的心境竟忽然之间有了极大的变化。她忽然发现，眼前的这个男人，似乎也并不是那么可恶。她不知道到底是眼前的这个男人变了，还是她自己变了，她只知道，等她的心略略平静之后，她发现，从前对这个男人的厌恶，现在居然已经没了。

那男人笑道：“呵呵，婉君小姐，我没有其他意思，只是请小姐喝碗茶，真的。”

婉君的心里忽就有些古怪的感觉，再看眼前的男人，居然怎么看都比蒋春霖顺眼，便迟疑道：“这可能不好吧。”

那男人一笑：“请，婉君小姐。”

溱潼只是一个小镇，位于溱湖边上。清凌凌的溱湖水，水面上因水鸟扑腾，泛起一圈圈的涟漪。

婉君的心，她以为久已尘封的那颗心，在那男子将她引进茶馆的时候，居然也泛起一圈圈的涟漪来。

那男子一进茶馆，便吩咐泡上最好的雨前龙井。茶香四溢，即使是不会饮茶的人，也会心旷神怡。婉君虽说没有饮茶的癖好，可还是使她忍不住深深地吸了一口气：“好香。”

朦胧的茶雾中，那男子却是紧紧地盯着婉君的脸。那火辣辣的眼光使婉君的脸又是一红，同时，却又有一种说不出的喜悦与满足。

那男子忽地叹了口气，说：“这两年，我找遍了泰州，还到南京、扬州，一直都在找寻婉君小姐……”

婉君脸色微变：“你……”

“让我把话说完，”那男子目光炯炯地说道，“你知道这种相思的滋味吗？从见到你开始，我就知道，我要死了。”

这是《西厢记》里张生初见崔莺莺时说的话。那男子现在忽然说出这样的话来，婉君便是再想装糊涂也不可能了。

“对不起，我先走一步了。”婉君不敢听他把话说完，急急忙忙地站起身来，出了茶馆。

“婉君小姐……”那男子在身后大声叫道。

婉君稍稍停顿了一下，终究没有回头。

六

一连几日，婉君俱是心神不定。也许不为什么，也许是为了什么，可婉君说不清。是那男子比蒋春霖年轻几岁？还是因为那男子这几年一直都在找她？一个女人，始终都有一个男子在牵挂着，终究是一件叫人愉悦的事情。

直到现在，她也不知道他的名字。

她只知道，他是那位泰州盐商的账房先生，是一见到她就"要死了"的男人。

她愿意相信他的这种话。

因为在这个时候，她才会感觉到自己的价值。

或许，在蒋春霖的心里，她也会有不可取代的价值吧。可她始终没有忘记，她只是杜小舫送给蒋春霖的一件礼物而已，是一个词人送个另一个词人的礼物而已。

没人问她愿不愿意。

无论是现在做得高官的杜小舫，还是现在一无所有的蒋春霖。

都不在意她的感受。

她知道，蒋春霖或许是真的很喜欢她，但她更知道，蒋春霖决不会在意她是不是也喜欢他。

就像一个人喜欢一朵花，却决不会去想到这朵花的感受一样。

这使得婉君感到很是悲哀。

一种无法言说的悲哀。

蒋春霖还没有回来。

婉君打扫书房的时候，顺便将蒋春霖的手稿整理了一下，然后，她读到一阕《谒金门》：

人未起。桐影暗移窗纸。隔夜酒香添睡美。鹊声春梦里。

妆罢小屏独倚。风定柳花到地。欲拾断红怜素指。卷帘呼燕子。

重读几遍，婉君痴痴地，发了一会儿呆。她明白，蒋春霖漂泊一生，现在是将所有的感情寄托在她身上了。甚至她也相信，即使是那位表示找了她两年的男子，也不会有蒋春霖这样深情：艰难

的生活里,有时只剩下一个鸡蛋,蒋春霖也会留给她。蒋春霖的笔下、心里,不知留下多少婉君的名字。

算了,不要胡思乱想了,那人终究只是一个过客而已。是过客,终究会离去。

然而,这个过客竟没有离去。

不但没有离去,反而找上门来。

这就使得婉君大吃一惊,同时又有些惊惶。

"我不会放弃的,婉君小姐。"那男子这样说道,"我打听了这几日,总算又找到了婉君小姐,呵呵,这也算是有缘吧。——原来,婉君小姐嫁的是鹿潭先生。"

婉君说:"你认识外子?"

那男子笑道:"大江南北,谁不知道大词人蒋鹿潭啊?套句古话来说,凡有井水处,无不歌蒋先生之词也。只是,蒋先生好像年纪已经很大了吧?"

婉君说:"你想说什么?"

"哦,没什么,我只是想说,没想到蒋先生竟清贫如斯,穷苦如斯,呵呵,一代大词人,穷愁潦倒,真是叫人感慨万千啊!我来看看,如果婉君小姐,哦,不,是蒋先生,如果需要我帮忙的话,我会尽力的。"那男子说着话,依然是用一种灼灼的目光紧盯着婉君。

婉君淡淡地道:"多谢先生关心,不过,我们很好,没有什么需要帮忙的。"

那男子微笑,微笑中透出一丝诡异。

婉君抑制住心头一丝怪异的念头,对那男子道:"外子不在家,先生还是请回吧。有什么事,等外子回来再说。"

那男子依然微笑着:"我不会放弃的,婉君小姐。"

七

蒋春霖终于回来了。

可蒋春霖居然是两手空空地回来的。

婉君一颗心就沉了下去:"怎么回事?"

蒋春霖嗫嚅道:"小舫的手头也不宽裕……"

婉君的脸也就沉了下去,不再看蒋春霖。

"婉君……"蒋春霖陪着笑。

婉君站起身来，冷冷地说道：“我煮饭去。”

一连几日，婉君都没有理睬蒋春霖。蒋春霖却也是好耐心，说着绵绵情话：绵绵情话从蒋春霖嘴里出来，婉君虽觉有些好笑，也未免另有些感动。

算了。婉君心里这样想道。毕竟，我也三十出头的人了。就这样吧。虽说清苦，可蒋春霖这几年确实是对她极好。认命吧。

蒋春霖说：“我将《水云楼词》编一下，送到书肆，或许，能换几个钱。”

婉君就觉好笑：“现在还有多少人读词啊？”

蒋春霖正色道：“这一点我有自信。我的词，本朝一流。本朝词人，我也只服湖海楼、金风亭长、纳兰容若数人而已。”说到词，这位老人的眼里便放出光彩来。

婉君说：“我信。可是，你的词再好，也没法子吃啊！——别说我俗，爷，俗人要吃饭，雅人也要吃饭的。”

蒋春霖说：“从前你不是这样。从前，你唱的词多好啊！”

婉君叹息，幽幽道：“从前，不需要为衣食烦心的。”

蒋春霖默然良久，道：“婉君，我刚刚做了一阕词，你唱来听听……”便乞求地看着婉君。

婉君也默然。

“婉君。”蒋春霖求告着，将一纸词笺递给婉君。

词笺上，是一阕新词。

又东风唤醒一分春，吹愁上眉山。趁晴梢剩雪，斜阳小立，人影珊珊。避地依然沧海，险梦逐潮还。一样貂裘冷，不似长安。

多少悲笳声里，认匆匆过客，草草辛盘。引吴钩不语，酒罢玉犀寒。总休问、杜鹃桥上，有梅花、且向醉中看。南云暗、任征鸿去，莫倚阑干。

——蒋春霖《甘州·甲寅元日赵敬甫见过》

蒋春霖说：“我来操琴。”

琴声悠悠响起，如怨如慕，如泣如诉，按着琴音，婉君忍不住低低地哼唱。一曲唱罢，婉君只觉胸口难受，想说些什么，又不知从何说起。

“好！”忽就有个声音在门外响起。

然后，一个男子，一个人到中年却比蒋春霖要显得年轻得多的男子，施施然地推门进来，满脸含笑。

“我姓张，张南，”那男子微笑着，“这位老先生想必就是大词人鹿潭先生了。真真是好词。鹿潭先生的词好，婉君小姐唱得更好。呵呵，真真是双绝啊！”

八

“这人是谁？”

“……他说他叫张南。”

“你认识他？”

“……不认识。”

“那他怎么知道你的名字？哼哼，婉君小姐，叫得好亲热。”

“他自个儿刚说的。……我只知道他是马老爷府上的人，”婉君低声解释道，“前几日，在市场上遇到。”

“就这些？”

“就这些。”

“嘿嘿，那他怎么找到我们家来了？嘿嘿，带来这么多的东西，还有金钗。还有……”

婉君抬头，颤声道：“爷，你想到哪儿去了？”

“……真的？”

婉君憋气道：“假的。”

蒋春霖深深地呼出一口气，忽地落泪，说：“婉君，我，我不是疑心你怎样，可我，我，我已经老了，我不能失去你。婉君，婉君，你可知道你在我心里的分量？婉君，你不能离开我。我，我不能没有你。”

婉君默然良久，道：“爷，这些话，你也不用说了。婉君不会离开爷的。虽说我是歌女出身，可我也知道三从四德。”

“婉君……”蒋春霖颤着手，轻轻地将婉君搂在怀里。

“婉君，你是我的，婉君，我不能没有你。”蒋春霖喃喃自语道。

一场小风波过去，吃罢晚饭，又说一会闲话，婉君觉得疲倦，很快就睡着了，发出轻微的鼾声。

蒋春霖却怎么也睡不着。

今夜是残月。虽说是残月，依然是朗朗地照着，直照得满地霜雪。冷冷的霜雪，一如蒋春霖此刻的心。

不会的。蒋春霖对自己说道。

月光照在婉君熟睡的脸上，婉君的眼角已有一丝丝的皱纹了。

这些年来，婉君确实是受苦了。可是，她总不会因此而不安于室吧？不会的。肯定不会的。蒋春霖继续这样胡思乱想着。这样的胡思乱想，使得蒋春霖的心隐隐作痛。

那张南究竟是怎么回事？

婉君终究是歌女出身。

蒋春霖呆呆地倚靠在床头，浑不觉夜已深、天渐寒。

九

“你究竟想干什么？！”婉君气急地问道。

婉君跟往常一样，将做好的针线给衣铺送去；蒋春霖却跟往常不一样，寸步不离地紧跟着她。说是紧跟着她，手里竟还握着一卷《饮水词》。婉君几次让他回去，终究不肯，只是猥猥琐琐地跟着，也不作声。那猥琐的样子，直叫婉君皱眉，终于忍不住发作。

蒋春霖陪着笑，吞吞吐吐地说：“我陪你去。”

婉君说：“我用不着你陪。”

可蒋春霖还是陪在她的身边。

一路上，有与婉君相识的，便问：“太太，这位老先生是谁呀？”

因为蒋春霖的打扮实在不像是老仆。往日里，蒋春霖很少出门，只是在家读书、填词；偶尔出门，也是诗朋词友的雅集，或者索性到苏州或南京去，与街坊们无缘相识，自然，街坊也不认得这位江南第一大词人。街坊们认得的，是婉君。

婉君就尴尬地笑，低声说：“是我们爷。”声音直低得叫人听不见。

蒋春霖呢？听见街坊说“老先生”三字，也觉尴尬，觉得不是味儿。

“求求你，你先回去吧。”婉君低声哀求道。

蒋春霖犹豫片刻，轻轻地却又坚决地摇头。

“你到底想干什么？”婉君几乎是愤怒地问道。蓦然心头一动：“莫非，莫非你……”她压低了声音：“你不放心我？”

蒋春霖有些慌乱。

婉君冷笑一声："你担心我会跟着别的男人跑了？"

蒋春霖还是不做声，可他的眼里分明写着的就是这层意思。

这回婉君是真的愤怒了，嘴唇动了几动，却眼圈一红，落下泪来。

见婉君落泪，蒋春霖也不由心慌："婉君……"

婉君恨恨地冷笑："原来在你的心里，我竟是这样淫荡的女人！嘿嘿，我算是明白了！"说罢，头也不回地径自回家去了。

蒋春霖急急地跟上，但年纪大了，又哪里跟得上去？疾走不过十数步，已是气喘吁吁，显出气急败坏的样子来。等赶回家，早已是喘不过气来。

"婉，婉君，我，我不是这个意思。"蒋春霖解释道。

"那你是什么意思？"见蒋春霖如此之狼狈，婉君又有些心疼。毕竟，在一起已好几年了。

蒋春霖又大大地喘了口气，使胸口渐渐地平复一下，说："我……我只是想跟你在一起。"

婉君冷笑："你把我当小孩子啊？"

蒋春霖愣了愣，说不出话来。

蒋春霖本来就拙于言辞，现在，就更加不知如何说了。

半晌，他也忍不住落泪，说："婉君，我，我实在是不能失去你……我宁愿不要我的命，也不能没有你。"

婉君呆呆地，再次落泪，低声说："我知道，爷。"

"婉君。"蒋春霖捉住她的手。

婉君幽幽地叹息，没有将手抽出来。

一双虽略显苍老却依旧白皙的手，在一双满是青筋的粗糙的大手之中。蒋春霖轻轻地抚摸着婉君的手背，叹道："对不起，婉君，我……我真的老了，多疑了，害怕……害怕你会离开我。对不起，婉君，对不起，我不会再这样了，不会了。"

十

蒋春霖的确不再跟着婉君出门。

然而，婉君的每一次出门都使他心神不定，坐卧不安，仿佛面临一次小小的死亡。不过十来日的工夫，蒋春霖比先前要憔悴得

多、苍老得多了。

“衣带渐宽终不悔，为伊消得人憔悴，”蒋春霖喃喃自语，每日每夜。有时是在婉君出门的时候，有时就附在婉君的耳边。这使得婉君奇怪。婉君无论如何也难以想象，一个老人，居然像年轻小伙子一样的絮絮叨叨着绵绵情话，有的情话甚至可以说是肉麻，尤其是从蒋春霖略显干瘪的嘴里说出来。

然而，情话说得多了，听得多了，婉君终究有些感动。

对于女人来说，总是喜欢听情话、听好听的话的，无论这话是出自一个老人还是一个少年。

尤其是对于年过三十的婉君来说。

蒋春霖已经老了，可婉君岂非也正在渐渐地老去？

差不多一个月没见张南来纠缠了。那张南来纠缠的时候，婉君有一种异样的感觉；现在，不见张南，婉君居然又有些失落。

也许，张南只是她生命中的一个过客、一个点缀，同以往所遇到的过客、点缀一样，悄悄地出现，又悄悄地消失。

蒋春霖的多疑多虑，固然使婉君生厌，然而，又何尝不使她有些许的甜蜜？

大约人世间的事情都是如此，有其一面，就必然有其另一面。

婉君已经习惯了蒋春霖目送她离家，再目迎她回家。

一个老头，手握一卷子书，倚门眺望，实在是一件有趣的事情。

街坊们也渐渐地认识了蒋春霖。

很少有人知道蒋春霖是江南首屈一指的大词人——即使知道，也不会以为一个老词人有什么了不起的。溱潼人喜欢的是渔歌，是拔根芦柴花，决不是什么《水云楼词》。

街坊们先是惊奇：“婉君，你相公是这么一个老头？才子？即使是才子，也是老才子了。”

然后，街坊们又赞叹不已：“婉君，蒋先生虽说老些，可对你真的不错。哪像我们当家的，动不动就拳脚相加，你看，你看，这就是昨天打的，简直就是往死里打。”

“是呀，是呀，我们家那混蛋，刚刚有了两个钱，就想娶小！”

婉君苦笑着说：“我就是小。我是妾。”

“啧啧，可人家蒋先生只有你一个女人是不是？只有你一个，这大小又有什么分别？女人啊，有男人这么疼，应该知足了，这一辈子也不枉过了。”

……

也许，生活就是这样。

也许，生活还会这样，平淡而清苦地过下去。

——如果张南不再出现的话。

十一

张南的再次出现依旧是悄悄然地，悄悄然地出现在婉君的眼前。

“婉君小姐，”张南笑容可掬地说道，“有一笔生意，出去了一趟，还算是赚了一笔小钱。——婉君小姐，能不能请你喝茶？”

婉君叹道：“张先生请你不要再纠缠了好吗？算我求你了。”

“纠缠？”张南睁大了双眼，目不转睛地盯着婉君，说，“我没有纠缠，也不会纠缠婉君小姐的，我只是想请婉君小姐喝杯茶而已。”

婉君怒道：“我不会去的。请你让路！”

张南依旧盯着婉君，缓缓道：“我只是想看看婉君小姐，想每天都能看到婉君小姐而已，别无他意。还有一件事，是要告诉婉君小姐的，我已经将家搬溱潼来了。”

婉君一惊。

张南淡淡地道：“就在贵府所在的那条街上。这样，我就可以天天看到婉君小姐了。呵呵，知道吗？从第一次看见婉君小姐美丽的容颜，我就想，这一辈子，我都不会忘记婉君小姐了。唉，我终究是无缘，无缘与婉君小姐厮守，可是，天可怜见的，却让我在溱潼遇见婉君小姐。现在，我别无所求，只想与婉君小姐同住溱潼，能时常见到婉君小姐。这样，我已经心满意足了。我没有别的意思。真的没有。婉君小姐，这怎么能够说是纠缠呢？再说，我多少也还有些积蓄，也许必要的时候，还能够帮婉君小姐一把。”

婉君呆呆地听张南把话说完，一时无语。

她发现，此刻，她根本无法说什么。

叫张南离开溱潼？

“其实，我已经老了。”婉君说。

张南眼里放出光来：“我却觉得你年轻。”

婉君苦笑：“我真的老了，张先生，不值得你这样。”

张南说：“蒋先生却更老。”

婉君微微变色。

张南续道："我可以等，等蒋先生故去，等一个属于我的机会。我会一直等下去的。"

婉君脸色又是一变，良久，强笑道："那时，我真的是一个老太婆了。"

张南笑："也许会。也许不会。"

婉君心念一闪："你想干什么？"

张南先是一愣，似是不明白婉君的话，然后恍然，迟疑道："我看，蒋先生的身体似乎不是很好……"

婉君摇头，说："我不会背弃我相公的。张先生，你的心意，我谢谢了，只是，我真的不值得你这样。从前，我只是一个歌女，现在，是蒋先生的小妾。我只是残花败柳，不值得的。"

说罢，也不等张南回答，转身疾去。

"婉君小姐！"张南在身后疾呼。

婉君稍稍犹豫一下，并未回头。

十二

下午，蒋春霖将自己的词稿整理了一小部分，想检点平生所作，究竟会有多少传世。但不管怎样，在词史上，必会有浓重的一笔的。对于词，蒋春霖终究还是有相当的自信。婉君终究会因为《水云楼词》而不朽的。也许，只有这样，才能聊补这些年来的愧疚：婉君确实是受苦了。这样清贫甚至可说是凄苦的日子，如果没有婉君陪伴在身边，也许，我自己也忍受不了的。蒋春霖胡思乱想了一会儿，头又渐渐地疼了起来。

"婉君！"蒋春霖叫道。恍惚间，他已不记得婉君出门了没有。

"婉君！"蒋春霖一边呼唤着一边出了书房。

"婉君！"呼唤婉君的名字，蒋春霖心头就充满了温馨。

先前的那些个疑心，这些天已烟消云散。

"因为我太在乎你，所以，我疑心，所以，我恐惧，害怕，害怕你离开我。"蒋春霖不断地向婉君重复着同样的话。也许，只有这样的重复，才能将心头的意思深深地表达出来。

婉君不在。

蒋春霖一手摁着鼻梁，一手抓着那卷还未修订好的《水云楼

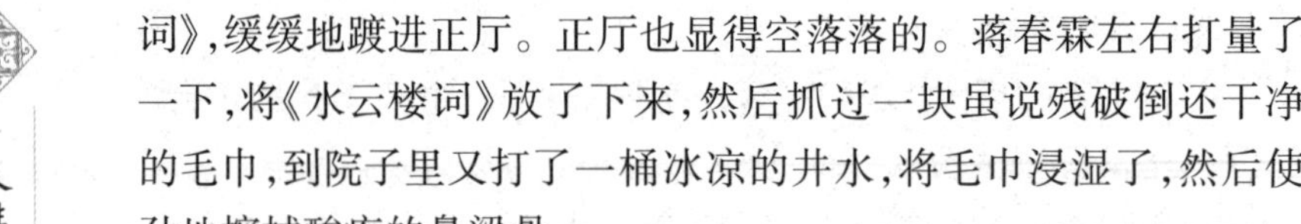

词》,缓缓地踱进正厅。正厅也显得空落落的。蒋春霖左右打量了一下,将《水云楼词》放了下来,然后抓过一块虽说残破倒还干净的毛巾,到院子里又打了一桶冰凉的井水,将毛巾浸湿了,然后使劲地擦拭酸疼的鼻梁骨。

一阵冰凉的感觉,酸痛似乎轻了些。可将毛巾拿下的时候,却还是一样的酸痛,甚至比刚才要更厉害些了。

他又狠狠地擦拭了几把,酸痛不见减轻,蒋春霖就有些失望,又有些难受。

“婉君……”蒋春霖低低地哀叹。

婉君还没有回来。

这时,天色却似乎渐渐地阴暗了下来,而且,有阴冷的风。

蒋春霖的头就越发地疼了。

搬过那张早已不知修补了多少遍的藤椅,蒋春霖在院子里坐下,将院门打开,忍着头疼,不时地望着婉君归来的路。

每一次,当看见婉君在院门外的青石路上出现的时候,是一种怎样的喜悦与欣慰啊!

头,却还是隐隐地疼着。虽说不是很疼,却一直都没有停止。

这样无休无止的酸疼使蒋春霖感到一阵不安。

这么久还不回来,莫非……

蒋春霖几乎就是一身冷汗。

正在这时,远远地看见婉君急匆匆地回来。

十三

疑心像一只小老鼠一样,直在心里挠个不停。

婉君气恼地回来,什么也没说。中午,只是胡乱地用开水泡了饭,就着昨晚吃剩下的一碟腐乳,算是吃了一顿。

婉君说:“爷,你要是再不想想法子,我们真的只有喝西北风了。”

这些年,家里值钱些的家具、婉君的一些首饰,都已经变卖得差不多了。如果再不弄到银两的话,以后的日子真的只有喝西北风了。

蒋春霖说:“嗯,我会想法子的。”

婉君冷笑道:“想法子,你想什么法子啊?爷,我做些针线,实在不够我们吃饭的。再说,一个男人,靠女人养活……”婉君说到此,意识到什么,忙住了嘴。蒋春霖已自脸色剧变。

“婉君!”蒋春霖颤声说道,“你,你竟这样看我!”

不由自主地举起手来,一巴掌就要落下。

巴掌却终究没有落下。

婉君叹道:“爷,不是我……唉。”

婉君深深地叹息。当初,杜小舫说,蒋春霖曾经做过盐官,大清朝的盐官哪个不是家财万贯?三年清知府,十万雪花银啊。却不料,蒋春霖这个前任两淮盐大使竟穷苦如斯,差不多就只有这一座空落落的院子了。

“算了,”婉君苦涩地说道,“我去睡一会儿了。”

说完也不再理蒋春霖,自顾自地进了卧房,顺手将门狠狠地关上。“砰”的一声巨响,使蒋春霖不由自主地心头一跳。他呆呆地发了一会儿愣,几乎就要落泪,但强忍住了。

为什么会这样?婉君一向都是很柔顺的。这些天,怎么变得越来越喜欢发脾气?午前出去送针线,究竟是遇到了什么事?

蒋春霖越发地头疼,疼得忍不住轻轻地呻吟一声。

“婉君!”蒋春霖走到卧室门口,轻轻地呼唤。

卧室里没有动静。推门,又推不开。婉君将门从里面反锁了。

“婉君!”蒋春霖低声说道,“我,我头疼……”

依然没有动静。

蒋春霖呆呆地在门外站了一阵,心头一阵阵气苦,赌气道:“婉君,你真的是嫌我老了?是,我又老又穷,是值得你嫌弃的了。你是不是还巴不得我早点死掉,你好赶着去嫁人?……”

婉君依旧是不做声。

蒋春霖不觉就心如死灰。

摁着更加酸痛的鼻梁骨,蒋春霖茫然地出了门。

门外,青石路泛着寒光,一如蒋春霖此刻的心情。

路上,几乎没有什么行人。

蒋春霖头疼欲裂,心头凄苦,漫无目的地在青石路上胡乱地走着,自己也不知自己想到哪儿去。

天就渐渐地暗了下来,仿佛要下雪。往年,每当下雪,都会惹起几许词心,催生几阕新词。这也是一件奇怪的事,古来不知多少名词佳构,都与雪有关。雪的洁白、雪的晶莹、雪的清冷,都使人词

心顿现。可是现在，蒋春霖只觉清冷，哦，不，是一种刺骨的冷，冷得他的心直颤。

为什么会这样？

莫非婉君真的因为贫苦而不安于室？

蒋春霖不但头疼，连心也隐隐地作痛。

"啊，是蒋先生吗？"恍惚中，蒋春霖听得一个热情的声音，"是蒋鹿潭蒋先生吗？"

蒋春霖迷迷糊糊地转头，猛地就一惊，然后浑身发冷。

"是你？！"蒋春霖几乎就要叫出声来。

"是我啊，鹿潭先生，"说话的自然便是张南，"我搬到溱潼来了，就住在那边，今后我们就是邻居了，呵呵，鹿潭先生，我还想拜先生为师，跟先生学词呢，先生可不要嫌弃我哦！鹿潭先生的词，我一向喜欢的……"

蒋春霖脑子里嗡嗡地乱鸣，已不知张南在说些什么了。

十四

蒋春霖恨恨地踢开院门，疾步到卧室门口，又是一阵猛踢。

起先，婉君没有动静，最终还是忍不住将门拉开，道："爷，你疯了？"

蒋春霖瞪着血红的双眼，以一种前所未有的愤怒冲着婉君吼道："我总算明白了！总算明白了！"

婉君说："你明白什么？"

蒋春霖浑身都在发颤，用手指点着婉君，道："原来，原来你跟那小子，跟那小子……"蒋春霖喘着气，变得面目狰狞。

婉君皱眉："什么那小子？"话未说完，心念一动，不由也瞪大了眼。

蒋春霖冷笑："装什么蒜？！不要以为我不知道！原来你跟那小子已经串通好了！嘿嘿，是不是正想等着我早些死啊？好让你们快意？！都搬到家门口来了，好天天相会了是不是？是不是还想学潘金莲啊……"一串恶毒的话从蒋春霖嘴里喷了出来，几乎就不让婉君有说话的机会。

"潘金莲？！"婉君的心一阵揪痛，"你说我是潘金莲？"

蒋春霖说："比潘金莲也好不到哪儿去！西门庆都到家门口来了，都到我们家来了，我居然还相信你，我，我真是瞎了眼了……"蒋春霖忍不住就泪如雨下。

婉君气怒交集，已自说不出话来。

蒋春霖又抡起巴掌，在空中顿了顿，却狠狠地打在了自己的脸上："我……我真是瞎了眼了！"说罢，整个人无力地瘫倒在婉君的脚下，眼泪在苍老的脸上流淌。刹那间，婉君觉得蒋春霖是越发地苍老了。

蒋春霖的哭声终于渐渐地小了下来。

婉君的怒气也渐渐地小了，而转为怜悯。

"爷，"婉君蹲下身来，说，"爷，你多心了，这根本是没影的事儿。"

蒋春霖眼泪汪汪："你，你跟那个张南……那个张南……"

婉君叹道："我根本就没理他，爷。"

蒋春霖捉住婉君的手："你真的不是潘金莲？"

婉君生气地说："爷，原来你真的这样看我？我像潘金莲吗？"

"我不知道。"蒋春霖可怜巴巴地说，"可是婉君，不管怎样，我都不让你离开我。"

婉君轻轻拭尽蒋春霖脸上的泪水，说："我不会的，爷。你实在是多心多疑了。相信我。"

蒋春霖却实在难以相信。

一方面，他实在难以相信婉君与张南真的是什么也没有；另一方面，他又实在舍不得放弃婉君。休妻？他想都不敢想，一想就心痛。

那么，怎么办？

紧紧地将婉君搂在怀里，苍白的灯影映在他苍白的脸上。

天色昏暗而阴寒；看样子，真的是要下雪了。

雪还没有落下。

婉君稍稍地挣了一下，没有能够挣脱，便不再动。

"婉君，"蒋春霖低声呼唤着，"对不起。"

"什么对不起？"

"对不起，婉君，我太冲动了，婉君……"

婉君苦笑："我已经习惯了，爷。"

蒋春霖凄然道："是我的错，婉君，是我没有能够使你过上好

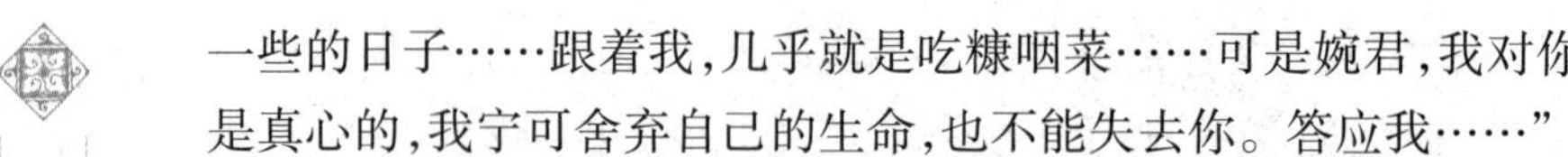

一些的日子……跟着我，几乎就是吃糠咽菜……可是婉君，我对你是真心的，我宁可舍弃自己的生命，也不能失去你。答应我……”

“答应什么？”

“不要离开我，婉君，不要！”

婉君心不在焉地道：“不会的，爷，天色不早了，早些睡吧。”

“嗯，”蒋春霖迟疑地说道，“过几天，我再到苏州去。”

“嗯？”

“从杜小舫那儿……”

婉君打断了他：“过几天再说吧，爷。现在，还是睡吧。啊，看样子要下雪了。”婉君从蒋春霖的手臂中挣脱了出来。

“我不习惯这样睡的，爷，这你知道。”婉君歉然道。

两人并头躺在床上，各怀心事，不再说话。也不知过了多久，两人才迷迷糊糊地睡过去。

云气压虚阑。青失遥山。雨丝风片一番番。上巳清明都过了，只是春寒。

华发已无端。何况花残？飞来胡蝶又成团。明日朱楼人睡起，莫卷帘看。

——蒋春霖《浪淘沙》

十五

转眼已是隆冬，雪就纷纷扬扬地下起来了。一夜之间，天地间是洁白一片。然而，这样的晶莹与洁白使蒋春霖一阵阵地觉得凄冷。

望着婉君几乎可以说是漠然的脸，蒋春霖忽就又要落泪。

“婉君，”蒋春霖深深地叹息道，“我真的对不住你，跟我一起受这么多苦。”

婉君说：“只要你不瞎疑心就可以了。”

蒋春霖说：“我不会了，婉君。我今天就到苏州去吧。”

婉君一怔：“在下雪！”

“雪还不大，没事。而且，一船风雪，也是诗情画意啊，呵呵。”蒋春霖强作笑意，说道，“这一回，我一定，嗯，一定——”蒋春霖一想到向杜小舫索要银两，终究有些赧然。虽说他们是极好的朋友，

而且杜小舫的词集由他审定，索要润笔也未尝不可。上一次去，杜小舫热情招待：苏州古城，几乎游了个遍。蒋春霖最终没有提自己的困难，除了一些苏州的土特产，几乎是空手而归。他明白，上一次他使婉君失望。

婉君鬟髻上的金簪也早已变卖掉了，现在，婉君的鬟髻上只斜插着一朵绢花。

“夜深忽梦少年事，梦啼妆泪红阑干。”蒋春霖忽就想起这两句诗来。

“婉君，”蒋春霖深情地说，“真的委屈你了。即使……即使……我也不会怪你的。”

蒋春霖吞吞吐吐的，他心头的疑心又哪里会散去！

婉君叹道：“爷，你终究还是……还是不放心我。”

蒋春霖尴尬说：“不……”

婉君冷漠地道：“你实在不放心的话，我收拾一下，我跟你一起去苏州吧。”

蒋春霖越发地尴尬了。

带着忐忑不安，蒋春霖上了去苏州的客船。

蒋春霖终究没有带婉君一起走。

他明白，如果带着婉君一起上船，便是分明把自己的疑心告诉给了婉君：这肯定是婉君难以接受的。然而，把婉君溜在溱潼，蒋春霖的心又是隐隐地疼。

但愿只是疑心。他对自己这样说。但愿我是错的。

“我会很快回来的。”他又这样对自己说，“无论如何，我不会空手回来。我还要托杜小舫刻印《水云楼词》，《水云楼词》终究会卖出一些的。我不能使婉君失望。”

闪念之间，蒋春霖不由得有些后悔，自己年轻的时候何以是“千金散尽”。太白说，千金散尽还复来。可事实是，千金散尽不复来。

雪轻轻地打在船篷上，雪落无声。

十六

苏州。

这些年来，蒋春霖已不知是多少次来苏州了。

不是蒋春霖特别地喜欢到苏州来,而是杜小舫就在苏州。

这一年,杜小舫方署臬使。

船到苏州,蒋春霖抖落身上的雪,将船钱付清,已经所剩无几。城中积雪不是很深,但路上几乎没有什么行人。天色已渐渐晚了。有两个轿夫殷勤地迎上前来,问:“客官从哪儿来?到哪儿去?坐我们的轿子吧,又暖和,又快,我们是苏州土生土长的,熟悉路,苏州巷子多,客官你找地方可不容易,天也晚了。”

蒋春霖隔着长衫摸摸所剩的几枚铜板,有些赧然。他明白,所剩的几枚铜板是不够坐轿子到杜小舫府上的。

“我路不多,很快就到了。”蒋春霖小声说道。

“客官,我们收不了几个钱的。”

“谢谢了,我走走就行了,苏州好地方,要慢慢看。”

“在下雪呢。”

“下雪好啊,雪景好啊!”蒋春霖加快脚步,想摆脱那两个轿夫。

那两个轿夫又紧跟着跑了数十步,见蒋春霖实在是没有坐轿子的打算,才死了心,嘟囔了一句苏州土语,跑开了。蒋春霖这才松了口气,将油纸伞撑开,漫步在苏州的街头。

好在蒋春霖已是多次来苏州,对于苏州曲折的小巷虽说不是很熟悉,毕竟还有些印象。因为苏州几乎处处都有园林,有高塔,这些都是给人指路的。饶是这样,找到杜小舫府上时,天早已黑了。只有积雪泛着莹白色的光。

杜小舫的家人是颇为熟悉蒋春霖的,见蒋春霖冒雪而来,忙把他让了进去,泡上热茶,准备晚饭。

“蒋爷这是乘雪访戴啊。”杜小舫的管家风趣地说道。

蒋春霖苦笑,却又不能说出来。

管家说:“蒋爷来得真是不巧,我们老爷不在,到灵岩山至聪法师那儿去了,说,今儿个可能就宿在庙里了。蒋爷,我先安排您住下,明儿个再派人去告诉老爷。”

蒋春霖说:“无妨,反正我也没有什么要紧的事。我还是住书房吧,小舫的词稿我好再看看——你们老爷有新词吧?”

“有,有,有,”管家陪着笑说,“我们老爷也正打算去接蒋爷呢。这不,刚升了臬使,忙得闲不下来,明儿个还要去见道台,还有藩台,呵呵,过些日子,还得去见两江总督。”

蒋春霖心头有些不是味儿，却也不能流露出来，便道：“那要恭喜你们老爷啊。”

管家得意地道：“蒋爷谢谢您了。好咧，您歇着。”

点上灯，将杜小舫的词稿看一遍，蒋春霖不由得微皱眉头。虽说填词不是什么难事，却并非每一个人都能的：就像绣花，在绢帛上能够绣出动人的花来，可在草袋上又能绣出什么来呢？勉强地将杜小舫的新词改了几首，蒋春霖合上词稿，忽觉自己真是没用。只是因为要向杜小舫求助，就得低首，就得将几乎是重填的词挂在杜小舫的名下。杜小舫是为了风雅，而他蒋春霖便是成全这种风雅。蒋春霖就想起前辈沈德潜替乾隆爷捉笔的事来。

睡吧。也累了。明天的事明天再说吧。蒋春霖吹灭了灯。

雪光映在窗纱上。

十七

蒋春霖醒来时天色已大亮。没待吩咐，早有下人将洗脸水准备好，崭新的毛巾就搁在脸盆上。刹那间，蒋春霖仿佛回到他在东台的任上。可惜，他蒋春霖不是当官的料，最终弃官而回：且弃官时几乎是身无分文。

洗漱罢，便是早点。苏州的早点一向可口。蒋春霖也不客气，一气吃完，方才觉得旁边的下人在窃窃私语，不由老脸微微一红。

“蒋爷，”管家说，“今儿个我陪您到拙政园赏雪去吧。”

蒋春霖迟疑了一下，那管家察言观色，早明白他的意思：“蒋爷，我们老爷要午后才能回来呢。”

蒋春霖脸色又是一红。

一个上午很快就过去了。可这整个上午，蒋春霖却觉得度日如年。

中午是在松鹤楼吃的饭，管家招待得相当客气。吃罢饭，蒋春霖说：“小舫该回来了吧？”管家说：“不知道，大约回来了吧。”便急急地回去，一问，说老爷午前就回来了，但回来没多久就被总兵刘大人请去喝酒了，没说什么时候回来。

虽没说什么时候回来，杜小舫回来得却也蛮早的，在黄昏之前。只是，回来时已是烂醉。

“小舫。”蒋春霖迟疑着招呼道。

杜小舫醉眼惺忪,看不出蒋春霖是什么人。

管家歉然道:“蒋爷,我们老爷醉了。要不,我去叫夫人出来?”

蒋春霖说:“不用了。等你们老爷醒了再告诉我就是。”蒋春霖心里明白,见女眷终究不妥。

杜小舫一直到三更都没有醒。蒋春霖就死了心,吩咐管家:“明天一大早,你们老爷醒了就来叫我。”管家答应了。

一宿无话。第二天,蒋春霖早早地就醒了过来,坐等天明。天慢慢地亮了,太阳也出来了。灿烂的太阳照在积雪上,简直就是诗情画意。

蒋春霖心情也由此变得愉快起来。

好天气总是叫人心情愉快的。

没等管家来叫,蒋春霖已自起身,缓缓地踱着步,到了客厅,又等了一会儿,杜小舫才起身。

“啊,啊,鹿潭翁,”杜小舫热情地招呼着,“小弟这几日忙了些,怠慢鹿潭翁了。鹿潭翁住在小弟家,就像住在自己家一样,呵呵。”

蒋春霖忙说:“贵管家照顾得极好……”

“这就好,这就好,”杜小舫呵呵地笑着,“小弟可生怕怠慢了鹿潭翁啊。有什么事,鹿潭翁尽管向管家吩咐,不要客气。下次再来苏州,把婉君也带来啊。呵呵,鹿潭翁,小弟今天要到府衙去,不能陪鹿潭翁谈诗论词了。”

杜小舫一边与蒋春霖说着话,一边就吩咐下人帮他换上官服。官服上身,陡然间就多了几分官威。蒋春霖正迟疑着要不要表明来意的时候,杜小舫已出门上轿,离去了。

望着渐行渐远的轿影,蒋春霖愣怔着,不知该怎么办才好。

又一天过去了,到黄昏,杜小舫也没有回来。管家说,老爷派人回来,说公务繁忙,可能今天要忙通宵。

“蒋爷有什么事情只管吩咐小的,小的候着。”管家满脸笑容。

“没什么事。”蒋春霖涩涩然地说道。

他哪里肯向管家求告。

就这样,接连几天,见不到杜小舫,或者,见到了也说不了几句话。蒋春霖的心就有些往下沉。

天晴了几日,到这天,又开始阴沉了下去。

“又要下雪了，”管家喃喃地说道，“这鬼天气，直教人不得安生。”

或许说者无心，可蒋春霖听了，却极不是味儿。

“蒋爷，”管家依然是笑容满面，“过几日，我们老爷要到南京去一趟了。”

“哦。”蒋春霖思忖着管家的话，竟没有忍下心来说走。他想，他不能再空手回去，否则，无法向婉君交代。婉君。现在的婉君，正在做什么呢？像往常一样的做针线还是做些别的？或者，读词？蒋春霖就觉得心痛。仿佛是被毒蛇咬了一口似的心痛。甚至不敢想象那个叫张南的人。

不能失去婉君。决不能！

蒋春霖忽地想起，许多年前，妻子去世的那些日子，也没有如今这样的心痛。

蚓曲依墙，鱼更隔岸，短廊阴亚蔷薇。露幂闲阶，微凉自警，无人泥问添衣。并禽栖遍，趁星影、孤鸿夜飞。绳河低转，梦冷孀娥，香雾霏霏。

当时曲槛花围。却月疏帘，玉臂清辉。纨扇抛残，空怜锦瑟，西风怨入金徽。返魂烧尽，甚环佩、宵深怕归。茫茫此恨，碧海青天，唯有秋知。

——蒋春霖《庆春宫·秋宵露坐时妇亡四月矣》

也许，是当时还没有遇见婉君？

蒋春霖将整阕词默默地念诵一遍，更觉心疼。不是为亡去已久的妻子，而是为婉君。

“莫不也是打秋风的吧？”蒋春霖听得外面的一个下人与管家嘀咕着说道。

“胡说！”管家呵斥道，“蒋爷是大词人，又怎会是来打秋风的？”

“可蒋爷一直住了这多日，呵呵，老爷可没有怎么理睬他哟。老爷还不是把他当作打秋风的？每次来，都是如此殷勤地招待，图个什么呀？”

“蒋爷是有名的大词人！”

“大词人？呵呵，算了吧，我听老爷说过，什么大词人，还不是

跟戏子一样。只不过蒋爷原先也是官，却不懂官场规矩，一味填词，自然就罢官了。罢了官，都是我们老爷一直在接济他，连老婆都是老爷帮着娶的，呵呵，这样的人，还不是打秋风？老爷不理他，他就赖着不走，嘿嘿，还不是、还不是想要些好处。”

“不要说了，蒋爷不是这样的人。”

蒋春霖人在屋内，刹那间心冷无比。

十八

蒋春霖终究没有等得到杜小舫。

蒋春霖心道：莫非杜小舫真的是如那家人所说，是成心避开他？

一念及此，蒋春霖只觉人生无趣：一生相交的杜小舫竟会背弃他；一生所爱的黄婉君竟会背叛他！……想象当中，蒋春霖仿佛已看到婉君与那张南在一起，说笑，或者，其他。

蒋春霖几乎是狼狈地逃出了杜小舫的府第。

“蒋爷！”管家追出，“蒋爷要走了吗？”

蒋春霖涩然道：“是。”

“不等等我们老爷了？忙过这一阵，我们老爷就在家了。老爷刚刚上任，所以应酬多了些，怠慢蒋爷了。夫人今天还叫小的向蒋爷致歉呢。”

蒋春霖强压着心头的苦，淡淡地说道：“不了，我也该回去了，就不打扰了。小舫回来，麻烦你说一声。”

说罢，头也不回去了。

“蒋爷……”管家在他身后忙喊道，“我们老爷吩咐，蒋爷走的时候……”

蒋春霖却已走远。

管家怔怔的，心道：这老头，莫非真不是来打秋风的？

蒋春霖在苏州城里慢慢地踱行，一直到黄昏，才在码头找到去溱潼的船。

船主说，可能又要下雪了，哎，这鬼天气。

蒋春霖赔笑道：“我要赶回溱潼……”

船主白了他一眼，不置可否。

蒋春霖心头又是一痛。白天，在苏州城里乱逛的时候，他已经

把亡妻留给他的唯一的纪念物——一枚玉戒指给当了。当得不多的钱，不过，也许回溱潼是够了。可这样空手回溱潼，又如何面对婉君？蒋春霖再次想到这个，越发难受。

船主见蒋春霖这痛苦彷徨的样子，不由得心就软了："算了算了，老先生上船吧，本来我们想迟几日再走的，那就明早开船吧。——老先生晚饭还没吃吧？如果不嫌弃的话，就请上船喝碗粥吧。"

蒋春霖迟疑间，船主已伸手来拉，道："外面冷，老先生快上船吧。"

一碗热粥下肚，蒋春霖不由感激，道："多谢……公子……"

"什么公子啊，我们是粗人，当不得'公子'两字啊！看老先生才是读书人呢。呵呵，老先生叫我阿度就可以了。"船家与蒋春霖几句话说过，显得熟络多了。

到第二天，船缓缓地离开了苏州城。离开苏州城的时候，雪纷纷扬扬地又下了起来。

船家阿度骂道："这鬼天气！老先生，这一下雪，你们读书人就要作诗了吧？呵呵，以前听人讲过一个故事，也是下雪天，四个人——财主，秀才，当官的，还有一个长工——在一起，商量着作诗，秀才说，好，我写第一句，'大雪纷纷落地'，当官的也不甘落后啊，就赶紧说了第二句，'都是皇家瑞气'，轮到财主了，正裹着貂皮的外套呢，热得流汗，就说，'再下三年何妨，'剩下长工了，忍不住写了第四句——老先生，你猜这第四句是怎么写的？"

蒋春霖听阿度念出前三句来，已自莞尔，便随口问："怎么写的？"

"'放你妈的狗屁'！"阿度大声念道。念罢，放声大笑。

蒋春霖先是一愣，旋即明白不是骂他，不由得也会心地笑。这是许多日子以来蒋春霖第一次这么笑。插在衣袋里的手下意识地将那小小的油纸包捏了一下，蒋春霖忽觉活着也是一种乐趣。然而，这念头在心中却是一闪而过。

雪的飘落使行船多了几分乐趣。阿度的肚里竟似有说不完的笑话似的，一个接一个地说将起来。

"老先生，你也说一个吧。"阿度热情地说道。

蒋春霖微笑着摇头。

这微笑，竟不知有多少苦涩在。

船泊垂虹桥。

晚上，又是喝碗热粥，阿度钻进船舱，很快就发出轻快的鼾声。

雪轻轻地飘落，洒在船头。

溱潼的家已近。

家中的婉君现在可好？

蒋春霖默默地立在船头，默默地，良久良久。然后，钻进船舱，从包袱里摸出纸墨，写下一阕词来：

怅望心头意，为谁人立雪，酒边梅侧。雪落云沉，忍那人音信，只添岑寂。雪地空留迹。一时又、鸿飞天黑。笑当时、水上清歌，不识无聊今日。

堆积。休言愁极。念放浪天涯，清冷何及。一阕新词，纵红尘写尽，情牵难息。雪透窗纱白。肯折取、断残红萼。正无人、一念萦回，生难死易。

（注：蒋春霖《曲游春·绝命词》已佚，此词为后学沈尘色代补）

写罢，两行老泪缓缓地滴落。吹灭残烛，蒋春霖重新钻出船舱，听雪落无声，听雪轻轻地落在岸边的一树梅花上。那梅花显得分外娇艳，蒋春霖却心也淡淡。那雪地上，是谁的足印，直向远方？蒋春霖却知道，他已是无路可走了。

从怀里掏出那白天在苏州买的油纸包，轻轻地打开，然后将药末倒进嘴里，缓缓地咀嚼，缓缓地，坐下。

眼前，依稀之间，是绝美的垂虹桥，有雪，有梅花，那么的诗情画意。

十九

发现蒋春霖死在船头，阿度大惊，然后连夜行船回苏州，到码头四处打听，总算打听清楚蒋春霖曾是杜小舫的客人。

船家阿度找到杜小舫府上已是在两天之后了。

杜小舫脸色大变，赏了船家阿度二十两银子，然后迅速地召集蒋春霖在苏州的朋友。

“唉，”杜小舫伤感地说，“鹿潭翁怎的如此自寻短见呢。”

将蒋春霖所书《曲游春》词传看一遍，见中间多有冤苦，俱是

嗟叹不已。

“我不杀伯仁，伯仁因我而死啊！”杜小舫落泪，“如果前几日我多陪陪他，也许就没有这样的事了。唉，鹿潭翁必是以为我对不起朋友了。”

杜小舫吩咐买棺材，找船，将蒋春霖送回溱潼。

好在是冬天，且又下了几天的雪，天冷，蒋春霖的遗体倒不至于有问题。

到了溱潼，杜小舫吩咐一个小厮先去报丧。

小厮报丧的时候，婉君正映着雪光在做针线，她似乎有做不完的针线活儿！

“蒋爷死了！”那小厮告诉婉君。

婉君怔了怔：“怎么会？”

还没缓过神来，杜小舫、陈百生这一干蒋春霖生前的朋友已自护送蒋春霖的灵柩到了。

杜小舫、陈百生俱是面沉似水，阴阴的。

婉君想哭。可一时间，竟又哭不出来，眼圈却红了。

“爷，”婉君哽咽道，“怎么会这样，怎么会？”

很快，杜小舫、陈百生就将蒋春霖在溱潼的境况打听清楚。

杜小舫大怒：“这贱人，竟……竟不安于室！”

蒋春霖离开溱潼的日子里，那张南几乎是天天到蒋宅来，隔三岔五地送些吃的、用的、穿的。邻居们都这样说道。

不过，蒋夫人可能没要。也有邻居这样说道。

杜小舫怒道：“鹿潭翁终究是因此而自尽！怪不得鹿潭翁的绝命词如此之凄苦。唉，我……我要是能及时开解的话，或许就不会了。”杜小舫也有些自责。

陈百生说：“那对婉君夫人该怎么办？”

杜小舫沉吟半晌，阴冷地说：“那要看她自己的了。”

二十

婉君一身白衣，映着残雪，惨白的脸就显得更加的惨白了。

这些日子以来，那张南几乎是日日前来嘘寒问暖，虽说婉君始终都是不假颜色，可毕竟心头有些温暖。

"就当是朋友吧。"婉君心里想。想到蒋春霖平日里的好处，婉君实在是两难。"不过，不管怎样，我现在终究是爷的人。"

"婉君夫人。"陈百生悄无声息地过来，阴沉着脸。

婉君忙福了福。陈百生是蒋春霖的老友，平日里也时常接济蒋春霖。

"婉君夫人，"陈百生冷冷地说道，"张南是怎么回事儿？"

婉君一个愣怔："没、没什么事儿啊。"

"你看看这个吧。"陈百生将蒋春霖所书冤词递给婉君，待婉君读罢，续道，"杜大人或许要治你的罪，你自己看着办吧。"

婉君急道："可是，可是，我真的没有，没有……"

陈百生冷笑："鹿潭翁终究是因你而死，你要对得起他，婉君夫人！"

婉君的心直往下沉。

陈百生语气和缓了些："你放心，我们会向朝廷请旌表的。"

婉君猛抬头问："你们是要我死？！"

陈百生说："这样才对得起鹿潭翁，也才对得起你自己。"

婉君凄厉地笑，笑罢，泪珠滚落："我是逃也逃不掉的了？"

陈百生说："是。否则，杜大人治罪，你难免身败名灭。而且，那张南恐怕也难逃法网。你殉死，杜大人说了，既往不咎，且向朝廷请旌表，万世流芳。"

婉君仰天长叹："天！老天！为什么？为什么要叫我是个女人……"

她知道，她已别无选择。

天空阴云沉沉。

婉君用一根白绫将自己悬在了蒋春霖的灵柩旁。

二十一

故事却没有完。

陈百生确实是向朝廷请求旌表，让婉君死得其所。

然而，旌表很快就被驳斥了。

从京城出来，车前忽地卷过一团旋风黄沙，在车前久久不去。

风沙中，陈百生仿佛看见婉君那张悲愤的脸……

尾声

许多年后，一群芸香社的后生小子泛舟溱湖之上，不经意地再次说起鹿潭翁，说起《水云楼词》来，俱不胜唏嘘，慨叹不已。一个叫作沈尘色的后生小子，更是忍不住唱将起来：

【南小石调·渔灯儿】畅好是湖风淡、不觅渔蓑。忍不的星光冷、漫听船歌。我道你平生意、厌厌若何。这年时节、擎杯慵坐。冷清清、懒看风波。

【前腔】恰才的葫芦语、好自消磨。也不待颓然后、弄影婆娑。兀自个心儿里、思量更多。我身扭捏、惭颜低懦。意萧疏、别样呵呵。

【锦渔灯】卖花人、卖的了寒花几朵。奈何天、奈不的残岁如梭。蓦回头三两梅开湖水坡。恁匆匆、莫问几时又辞柯。

【锦上花】曾喧闹、不是他。空懊恼、手莫搓。长空有雪眼中过。抛撇下、雪意呵；抛得了、酷寒么。茫茫心性纸般薄。人在冻云窝。

【锦中拍】看来是、宵吟夜哦。满心间自缚。忍听得、凄然坎坷；直写出、红尘寥寞。镇空劳、蜂巢燕窠；凭人笑、迁莺化鹤；端的是、荒茵细莎。醉里蹉跎。愁中作乐。想平生、何曾我。

【锦后拍】若使他、负多情、枉痴魔。身似浮萍意难和。望天涯曰可。望天涯曰可。落的是、一段从前因果。好风光、无处付摩挲。念卑琐。也不肯、贫穷参破。故使个望天仰首空痛着。

【尾声】百年冬日渔灯火。缥缈里、湖光一抹。闷杀人只是兀言不快活。

清汪汪的溱湖水，仿佛犹自在诉说着百年前的这段故事。

梁鼎芬

郎爱合欢花，侬爱苦辛草

菩萨蛮

与君同似中宵月，人间何故轻离别。照影是天涯，花边卐字斜。阑前春草碧，帘外单衣立。莫遣近时看，楼头蚀一弯。

李旭东

一

片云吹坠游仙景，凉风一片初定。秋意萧疏，花枝眷恋，别有幽怀谁省。斜阳正永。看水际盈盈，素衣齐整。绝笑莲娃，歌声乱落到烟艇。

词人酒梦乍醒。爱芳华未歇，携手相赠。夜月微明，寒霜细下，珍重今番光景。红香自领。任漂没江潭，不曾凄冷。只是相思，泪痕苔满径。

——梁鼎芬《台城路·乙酉六月二十四日为荷花生日，越八日，姚柽甫丈约芸阁与余往南河泡看荷花，各得词一首。时余将出都矣》

几时不到横塘路，西风送秋如许。艳冷红衣，凉生太液，罗袜尘侵微步。嫣然一顾。尚低侧金盘，暗擎仙露。只恐魂销，锦鸳飞入白蘋去。

蝉声又嘶远树。有人惆怅极，如怨羁旅。苇乱波横，菰疏翠落，谁信秋江能渡？婵娟日暮。愿玉笛清商，漫吹愁谱。护惜余香，月明深夜语。

——文廷式《齐天乐·秋荷》

星海之事，大出意外。事隔年余，忽然发作，加膝置困，时异势殊，故有此变耶？若延陵之先有申饬，一年之后，又复议处，国朝二百年来，有成案否？星弟处之泰然，极为难得，惟穷窘特甚。现定于八月回南，谋潮惠书院一席，如能如意，明正乃接眷属。此亦至不得已之计。推其才分，得寂寥十年，读书养气，然后再出，未为晚也。

——文廷式《致于式枚书》第二十七通

二

眼前是一片荷花。不过，这满目的荷花，却似即将西坠的斜阳一般，直使人感觉到无限凄美、苍凉，还有一丝丝悲壮。这已是秋日的荷。这秋日的荷，终究枯去，即使它不肯凋落。岁序无情，人间寂灭，谁也无法改变。

干荷叶，色苍苍。老柄风摇荡。减了清香。越添黄。都因昨夜一场霜。寂寞在秋江上。

——元·刘秉忠《南吕·干荷叶》

远处，高过人头的荷丛之中，隐隐约约地传来嘶哑的歌声，显得那么沧桑、悲凉。

此间是南河泡，“夕照将倾，微风偶拂；扁舟不帆，环流自远……此间大有江湖之思，故宦南上大夫趋之若鹜，亦粉署中一服清凉散也”。

梁鼎芬极目远眺，心中泰然。也许，这就是他的结局。从一年多前上书请杀李鸿章开始，就注定了今日的结局。年少轻狂。无论是当时还是现在，对于梁鼎芬来说，这样的评价必然是存在的。每当从朋友口中听来这样的传言，梁鼎芬俱只是呵呵一笑，心道：年少不轻狂，更待何时？更何况，请杀李鸿章又何尝是轻狂？“盖今日之事，实为天下安危之所系，李鸿章始终其际，贻误之罪昭然。战败固可杀，不战而和尤可杀。”当这一封折子送上去的时候，梁鼎芬便早料到了这一日。只不过，与文廷式一样，他没料到的是，这一日晚来了一年。

李鸿章如日中天，深得太后的信任，绝非区区一翰林院编修的折子所能撼动。可以这样以为，梁鼎芬的这封折子，对于李鸿章来说，便似“蚍蜉撼大树”一般。然而，有些事，总得有人去做，有些话，总得有人去说，有些折子，总得有人去上。

“星海啊。”同为翰林院编修却年长很多的姚礼泰叹息一声，有些惋惜地瞧着这依旧热血的年轻人，一时之间，却也不知道说什么才好，半晌，才又苦笑一声，轻轻地摇了摇头，心道：“一年前，太后与李中堂看起来是没有追究，呵呵，却又哪里会真的不追究？大人物做事，就像打牌一样，每一次出牌，都会计算得精密无比，又哪会像年轻人那样，不问全局，随心便出？又像是下棋那样，面对打劫，大人物大可听之任之、视而不见，直到今日之收官。星海只看到劫争，却看不到全局；只看到李中堂之该杀，却看不到李中堂其实也只是一枚棋子，那下棋的，是皇太后啊！皇太后的威严，绝不容侵犯。更不用说，李中堂的身后还有整个淮军，甚至还包括曾经的湘军。杀李中堂？呵呵，这年轻人到底是太年轻、太天真了。”

姚礼泰，字桎甫，广东番禺人，同治十年（1874）二甲进士，翰

林院编修。

梁鼎芬自然不知姚礼泰在想些什么。不过，即使知道，大约他也不会放在心上的。十八岁中举、二十二岁进士及第的梁鼎芬，或许还有些天真，却绝非不聪明。其间的关节，即使没人说，这年轻人也绝非想不明白的。只不过，他的心头，依旧是郁愤不平而已。很多事，就这样。即使明白，依旧不平。就像明知太阳会落、秋荷会枯，还是会万般惆怅一般。

连降五级。这样的耻辱，梁鼎芬决然无法面对。“苏老泉发愤之日，梁鼎芬归隐之年”，其间的傲气与怒气，这年轻人根本就不想掩饰。“年二十七罢官”，这年轻人的冷笑，是朝着整个官场。

这年轻人的傲气，容不得半点屈辱。即使他明白，这会使他失去些什么。

或许，一年前，上折子的时候，他就已经明白了。

文廷式负手而立，在梁鼎芬的身旁。

有些事，什么也不用说；有些人，什么也不用问。

便这么静静地看荷吧。那初秋的荷，在风中，轻轻摇曳，却决不会折断。

良久，文廷式方道：“什么时候走？”

梁鼎芬笑道：“就这几天吧。”

文廷式迟疑一下，道：“就一个人？”

梁鼎芬苦笑一下，点头道：“就一个人。”梁鼎芬七岁丧母，十二岁丧父，由姑姑抚养成人。此际离京，前程未卜，似无根之浮萍，将妻子带在身边固然不妥，送到姑姑家里，也一样是山高水长。更不用说，还有庶母与弟弟。那么，就只有孤身上路，家人暂时留在京师，待他出京之后安顿下来再说吧。昔人所谓“江湖夜雨十年灯”，听则美矣，若果真如是，大约是很叫人狼狈不堪的。梁鼎芬无论如何也不愿意妻子跟着他一起这样颠沛流离。

因为舍不得。

“那尊夫人……”姚礼泰瞧着梁鼎芬依旧坚毅的脸，心头却未免暗自叹息。梁鼎芬四年前成亲，妻子是内阁中书龚镇湘之族侄女，长沙阁学、清季巨儒王先谦之外甥女。成亲四年，也可谓是琴瑟和谐。更重要的事，梁鼎芬幼年丧父丧母，而龚氏是两岁丧父，随母寄居在舅舅家。从这个角度来讲，两人成亲之后，可谓是相依为命。昔人词云：“偶为共命鸟，都是可怜虫。”对于梁鼎芬与龚氏

来说，的确如是。

姚礼泰心中长叹。

他知道，以梁鼎芬的傲岸，即使穷困，也决不肯去求嗟来之食的。那么，小夫妻俩看来也只是暂时分别了。姚柽甫也曾年轻，自然明白，对于年轻夫妻来说，这样的分别意味着什么。

梁鼎芬眉间一阵纠结，不由得一声低叹，苦笑道："我不放心的，便是内子了。芸阁兄……"

文廷式忙道："星海。"

梁鼎芬道："此次离京，内子还望兄能照看一二。"

文廷式毫不犹豫地道："你放心。"

两人对望一眼，眼中一片澄澈。只有姚礼泰像是忽然想起什么似的，神情变得有些古怪，不过，他到底也什么都没有说。远处，那略带嘶哑的歌声，在继续着。

根摧折，柄欹斜。翠减清香谢。恁时节。万丝绝。红鸳白鹭不能遮。憔悴损干荷叶。

干荷叶，色无多。不奈风霜锉。贴秋波。倒枝柯。宫娃齐唱采莲歌。梦里繁华过。

——刘秉忠《南吕·干荷叶》

三

光绪十三年（1887）的中秋如期来临。好日子、坏日子、快乐的日子、思念的日子，都不会因任何人而有所改变，都会如风，由远而近，吹过眼前，眉间，然后，又渐渐远去。

没有人能够捕捉得到。

就像没人能够捕捉得到风一样。

梁鼎芬举杯邀月，默默无言，心头一片苦涩，却又与谁人说？

已经将近两年了。梁鼎芬默默地咀嚼着那片苦涩。从前年到去年直到今年，他不知道，这每一个日子是怎么过来的，但他知道，素君不在身边的时候，他很不快活。

只不过，他还有希望。

去年春，与十六舅张鼎华在广州烟浒楼相见的时候，十六舅就

告诉他，已经派人送信到京师，想让素君他们早些回广东。然而，他们没有回来。这使得梁鼎芬很是不安。他觉得，仿佛有什么事已经发生，可他不知道。

九十韶光如梦里。寸寸关河，寸寸销魂地。落日野田黄蝶起。古槐丛荻摇深翠。

惆怅玉箫催别意。蕙些兰骚，未是伤心事。重迭泪痕缄锦字。人生只有情难死。

——文廷式《蝶恋花》

这是去年芸阁的一阕词，辗转传抄，今年，传到梁鼎芬的手中。与这首词一起的，还有一首《虞美人》。

眉上鸦黄钗上凤。压得春愁重。竹梢清露滴阑干。中有湘娥幽泪不曾弹。

莺慵蝶倦都无赖。薄恨屏风外。博山垆子篆香熏。不信垆烟散后作行云。

——文廷式《虞美人》

梁鼎芬记得，当初读到这两阕词的时候，他不觉莞尔笑道："痴儿何苦若是。"即使他知道，文廷式要比他大几岁，但这"人生只有情难死"的句子，使他仿佛看到一为情所困的少年一般。情之一字，与年龄无关，尤其是对于多愁善感的词人来说；或者说，词人的情感，原本就比普通人要丰富得多，脆弱得多。

词人的情感，就如同琉璃，美丽而易碎。

"重迭泪痕缄锦字。人生只有情难死"，梁鼎芬喃喃自语，"何苦若是，何苦若是。"他不断地轻轻摇头，摇着摇着，忽就像是遇到梦魇一般，心头怔怔，一时之间，仿佛自己也化身做那个苦苦的少年。

素君……

梁鼎芬心念着这个名字。

只不过当他心念这个名字的时候，并不是痛，而是有些苦涩，有些不安，又仿佛有些温暖。

念你的名字，在心头，原本就应是温暖的事；而揽你在怀中，更

应是人生最大的得意与幸福。

有你在，风来，任风寒；雨来，任雨冷。

有你在，心便似春波，轻轻摇漾着画船，那么柔和，那么温馨，那么安宁。

是的，心念一个人的名字，会使人一片安宁，无论是春日阳光之下，还是疾风暴雨之中。

然而现在，圆月当头之时，梁鼎芬竟感觉到一阵阵的大不安，一阵阵对未来不可知的大不安和苦涩。

一种无法言说的苦涩。

有些苦，有些涩，除了自己，决无人知。

有些事，有些人，对自己来说，是天，是生命的全部，而对别人来说，却只是一段故事，一个笑话而已。

此刻，在京城，素君会不会想着我，就如同我想着她一样？都一年多了，素君何以还没有南下？

梁鼎芬回到房中，沉吟半晌，落笔成词。

开帘但见伤心月。照人谁似花如雪。曾记惜红芳。鸳鸯笑两行。

云裳娇贴地。唤醒春醒未。灰尽较相思。香残一寸时。

——梁鼎芬《菩萨蛮·丁亥八月十五日夜对月》

写罢，苦笑一声，倒头便睡。

今日，是中秋。光绪十三年的中秋。然而，这又与他有什么相干？

素君不在身边，已经两年了。

一夜无话。迷迷糊糊之中，已是凌晨。迷迷糊糊之中，夜色又已降临。两年时间，都如水一般转瞬即逝，更不用说这区区十二个时辰了。即使在这十二个时辰之中，清醒的时候，梁鼎芬甚而会有些度日如年的感觉。然则，即使度日如年，这八月十六的夜晚，依旧款款来临。

八月十六的月，更圆、更明。“昨夜忽已过，冰轮始觉亏。孤光犹不定，浮世更堪疑。”梁鼎芬举头望月，没来由，便想起唐人的这首诗来，“浮世更堪疑”。他默默地、一遍又一遍地在心中念着这

五个字，猛然间，心头一阵猛醒：我这是怎么了？

他不敢想下去，不敢去想，自己是不是对素君有了某种疑心，而这种疑心，正是来自于这些日子以来越来越大的不安。

我不该疑心的。梁鼎芬苦笑一声。纵使无人。据说，给人的笑，都是伪饰，而在无人的时候，那笑，才会真诚。梁鼎芬自然不会想到这么多。他只是想着，他不该疑心还在京中的素君。他该疑心的，是自己那种莫名的感觉，是自己那不应该存在的疑心。

禅心错比沾泥絮。冶踪飘荡都无据。有主是杨花。随风便到家。

如何双泪落。掩袖惊秋薄。故意近前看。当头月又阑。

——梁鼎芬《菩萨蛮·十六夜》

“素君，素君。”梁鼎芬低低地道，“你可知我在想着你？你是否也如同我想着你一样，在想着我？”

秋来，你未来。

月升，你未来。

你何时才会再到我的身边？

这样想着，梁鼎芬不由得黯然泪落。

“人生只有情难死。”梁鼎芬忽然就又想起文廷式的这句词来。恍惚间，他似乎有些明白了文廷式的心。

文廷式，字芸阁，是他这一生一世最好的朋友，最信得过的朋友啊！

二十四个时辰又很快就过去了。

时间是个很奇怪的东西。当感觉时间过得缓慢的时候，不妨闭上眼睛，去想象将来的某一个时刻，去想象那个时刻的必然存在与必然到来。当再睁开眼时，那想象当中的，或许已在眼前。这个时候如果再回首过去了的时光，便会恍然发现，那些曾经的真实，已成为虚幻的记忆。

想象，可以成真；而真实，可以虚幻。真与幻，又有谁能说得清呢？

这已是八月十七的月。八月十七的月，与八月十六的月比起

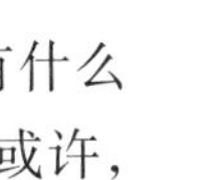

来，似乎没有什么不同；与八月十五的月比起来，似乎也没有什么不同。然而，梁鼎芬明白，十五之后，月已渐缺。十七的圆，或许，只是一种虚幻。

就像人的回光返照。

月依旧明，梁鼎芬心头却一片黯然。

明日，后日，明月必会渐缺，成为一弯，一眉，直到不见。

就像那曾经拥有的……

梁鼎芬的心渐渐地乱了起来。

有些事，他不愿去想，不敢去想，不愿去相信，不敢去相信。有些人，他不想去疑，也不愿去疑。然而，那些不想、不愿、不敢的，就不存在了吗？

但愿我是错的。梁鼎芬叹息一声。

梁鼎芬蓦然发现，在他的心头，那一张绝美的容颜，竟有些模糊了起来。

就像天上的月。

眼中的月，未必就是真实的月啊！

团圞一昔心头热。昨宵风景先离别。归去近红灯。泪痕添几曾。

弦愁凭凤纸。诗稿钞三四。只是断肠多。月明今夜何。

——梁鼎芬《菩萨蛮·十七夜》

写罢，梁鼎芬真的便觉自己有一种断肠的感觉。他想，或许，人之一生，便似一本完整的小说一般，即使只读了开头，还没有读到结尾，但那结尾，却早已注定。

谁也无法改变。

我们都是书中的人，我们不是作者，我们无法改变我们的人生。也许，这就是人之悲哀吧。

四

其实，早在几个月之前，梁鼎芬就已经有这样的不安了。梁鼎芬记得，偶然间，听到几个人在议论来自京师的消息，却道是什么刎颈之交，什么托妻之谊，什么那个夫人和那个什么刎颈之交怎么

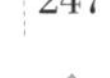

怎么的，语声断续，或作叹息，或作哂笑，便像是往常议论其他什么稀奇事一样，仿佛这可入《聊斋》或《子不语》了。人们总喜欢传说那些稀奇古怪的事，无论其真假，甚至在传说的时候，还会各凭想象，增添情节，使得故事更加传奇。

梁鼎芬起初听到的时候，不由自主地就心中一颤，只觉整个人都酥麻了起来，脊背更是一阵冷汗。他不肯想象这说的便是他，也不敢相信。虽然这刎颈之交、托妻之谊云云，使他如坐针毡。“这不可能。”梁鼎芬对自己说。不管人们说的人是谁，也不可能是他梁星海。

梁鼎芬与文廷式肝胆相照，说是刎颈之交或许夸张了一些，却也八九不离十。

文廷式人格高尚，梁鼎芬也一样是高洁傲岸，更不用说，与素君成亲以来，一直都是夫妻恩爱、琴瑟和谐。而且，梁鼎芬出京也才半年多而已。这短短半年之内，朋友背叛？妻子背叛？这怎么可能？这实在是没有理由啊！这根本就是没有理由发生的事。

然而，这以后的日子里，又何以一直都惴惴不安、如同在心口插了一根刺似的呢？然而，他又不敢去证实、不想去证实。

他不敢写信去问文廷式，不敢写信去问素君，甚至与京师的任何一个人都不敢通信。他无法想象，这传言若成真，他将如何去面对。

即使他明白，人世间的事，终究要去面对。

就像前年的上书、去年的出京一样。

中秋之后，天气依旧有些热，没有变凉。

这里是南方，与京师大不相同。在京师，中秋以后，天气早就变凉了。一场秋雨一场凉嘛。落叶满地，秋草渐枯，那便是京师。“冠盖满京华，斯人独憔悴。”那才是北方的秋。

这里不同。

这里的秋，几乎一点秋的味道都没有。

然而，梁鼎芬的心头，却满是秋的凄凉。

那原本只是传言中的事，终究还是证实了。虽然说，朋友的信中说得极含糊，可梁鼎芬还是从那含糊的字句之中，读到了一丝同情与无奈。梁鼎芬原本就是很聪明的人，原本只是不敢也不愿相信罢了。或许是自欺欺人吧。然而，很多时候，人岂非就这样。昔人云：“水至清则无鱼，人至察则无徒。”对人如是，对自己，也是一样啊！

梁鼎芬默默无言，行尸走肉一般。他什么都不愿意去想，然而，那些不愿意去想的，却偏偏直往他的脑子里钻，似洪水泛滥，又似乱成一团的蚕丝。梁鼎芬时而悲，时而喜，时而怒，状若疯癫。这是在无人的时候；而在人前，还要强装出一副平静的模样。

总不能让人笑话了去。即使这在旁人看来，真的就是一个笑话。而他，就是这笑话中的人。

梁鼎芬想起，光绪二年(1876)中举的时候，他的房师——内阁中书龚镇湘将族侄女许配给了他，也就是素君。光绪六年(1880)三月会试，梁鼎芬中式为贡士，他的房师是王先谦。而王先谦是素君的舅舅。四月，梁鼎芬参加殿试而考中二甲，授职为授翰林院庶吉士。八月二十一日，与素君成亲。成亲五年，便回广州为父亲迁葬，也是同去同来，实可谓是夫唱妇随、夫妻恩爱。

梁鼎芬又想起与文廷式的初相遇。同治十一年(1872)，文廷式在广州菊坡精舍跟随岭南大儒陈澧学习，与于式枚并称为陈澧门下的高徒。光绪三年(1877)，梁鼎芬也拜入陈澧门下，与文廷式成为同门师兄弟。更重要的是，文廷式与十六舅张鼎华还是至交。那一年，文廷式二十二岁，梁鼎芬十九岁。两人定交之后，感情甚笃，可谓莫逆。也正因如此，去年，梁鼎芬离京的时候，才会将妻子并家人托付给他。

无论是素君还是文廷式，都是梁鼎芬极为信赖的人。一个，是他心爱的妻子；一个，是他敬重的朋友。说这两个人背叛了他，梁鼎芬又怎么能相信？又怎么愿意相信？即使朋友的书信已经证实，梁鼎芬还是有一种如梦如幻的感觉。

只不过这梦幻应是噩梦而已。

空盼到、黄花时候。客里消磨，九年重九。海上琴丝，秋星消散倩谁叩。残阳马首。但一片、销魂柳。顾影意难忘，渐对□、江潭人瘦。

知否。问苔尘霾笛，此际可能同奏。灵鸦去也，犹听得、隔林伤旧。西风紧、催酒醒回；才闷起、灯虫如豆。何况是愁来，小雨窗前吹又。

(注：渐对白，原无“那”字。《长亭怨慢》无此变格。应系疏漏，据词意补“那”字。)

——梁鼎芬《长亭怨慢·客中重九》

写罢，梁鼎芬站起身来，推开窗子，任得细雨斜斜飞入，轻轻扑打在他的脸颊。那冰凉的细雨，使得梁鼎芬原本就冰凉的心，变得愈发冰凉起来。

这秋，这重九，不属于我。梁鼎芬心中惨笑。

“空盼到、黄花时候。”

所有的希望与思念，便这么幻灭成空。

共郎上山头，不惜下山早。郎爱合欢花，侬爱苦辛草。

——梁鼎芬《古意》

琴台人不见，今见台前花。湖水发春渌，显此一片霞。当时鸾凤意，岂为千春夸。世上黄金交，朝尽暮舛差。何论死生际，划然秦越家。彼美人兮骑青騧。临风一曲心无邪。玉洋白鹄翔晴沙。此问山水清且嘉。恨生不遇期与牙。搴裳独往藏芦葭。

——梁鼎芬《琴台》

五

浮世蓬根不道怜，秋怀到此更追牵。再寻旧巷悲回辙，独泫愁春泪彻泉。报国未能伸志事，沉湘空自梦婵娟。剪灯暗记当时话，身是孤儿十九年。

——梁鼎芬《重至长沙写哀》

光绪十四年（1888），长沙。距离上一次来长沙，已经十九年了。十九年前，父亲死于长沙任上。长沙还是素君的家乡，而现在，素君已不在身边。

梁鼎芬站在船头，遥望江岸，心头只觉灰暗一片。他只觉得自己是异常孤独。无父、无母、无妻，或许，连朋友也将失去。这样的孤独，使得他整个心像是被虫啮一般。

这样的孤独又使得梁鼎芬一阵阵地恐惧。而眼前的长沙，对于梁鼎芬来说，又是如此之陌生。陌生之地、孤独之心、恐惧之人，梁鼎芬不知道，这样的人生，到底还有什么滋味。

江岸之上，有人正极目远眺，仿佛在寻觅江舟。那人很是肥胖，远远望去，好像鼓满风的帆，就要扬帆起航似的。那人的面目看不大清楚。可梁鼎芬却忽地就瞳孔骤缩，只觉一种异样的困倦袭上眼睑。

那人伸着笨拙的双手，头向前倾着，油亮的辫子甩在肩头。

那人仿佛正在呼喊着什么，只是隔得太远，船又是在江上，江涛汹涌，不断拍打着船壁，发出轰轰的声音，以至于那人的呼喊声听得很不分明。梁鼎芬站立在船头，负手而立，那矮胖的身躯，在旁人看来，仿佛很是滑稽；然而，在他自己，江风吹拂之下，人已渐渐地冷静了下来。

船渐渐地靠近江岸，那江风吹送来的声音，也终于清晰了起来。

“星海……星海……”那站立在江岸码头上兴奋呼喊的人，正是文廷式。

梁鼎芬微微地笑着，没来由地，心头竟忽觉一阵温暖。他也曾想，他应该是愤怒的，可他没有。或者他应该是悲凉的，可他也没有。又或者他遇见此人应该是掉头不顾、视而不见的；可他真的没有。当他听到那个熟悉的呼喊、看到那熟悉的肥胖的脸时，这些以为应该存在的情绪，竟如清晨的浓雾一般，太阳一出，迅速消散。

或许痛苦，此时不再；或许痛苦依然，此时却一片坦然。此刻，梁鼎芬只想道，眼前的这个人，是他今生今世的朋友，就像自己也是他今生今世的朋友一般。相隔那么远，看不清面庞，听不清呼声，却依然感觉得到那一份热切与兴奋；更重要的是，这样的热切与兴奋，没任何理由的，将梁鼎芬心头的阴霾扫尽。

梁鼎芬真的以为自己会生气的，可他竟然真的没有。

船已靠岸。当船板刚刚搭好，文廷式便跳上船板，直向梁鼎芬快步走来。那肥胖的身躯使梁鼎芬的心　颤一颤的，仿佛担心他随时都会掉下去似的。一边走着文廷式一边就哈哈大笑：“星海，星海，哈哈，哈哈哈。”文廷式的笑声极爽朗，就像阳光一般，使人无法抗拒。

梁鼎芬微笑着，在船头，向文廷式迎去。当两人四只手紧握在一起的时候，不由得又是同时笑了起来。只不过文廷式笑得依旧爽朗，而梁鼎芬则笑得憨厚。

“走，走。”文廷式几乎是将梁鼎芬拽下了船。

“芸阁兄……”对文廷式的热情，梁鼎芬既有些感动，又有些不知所措。

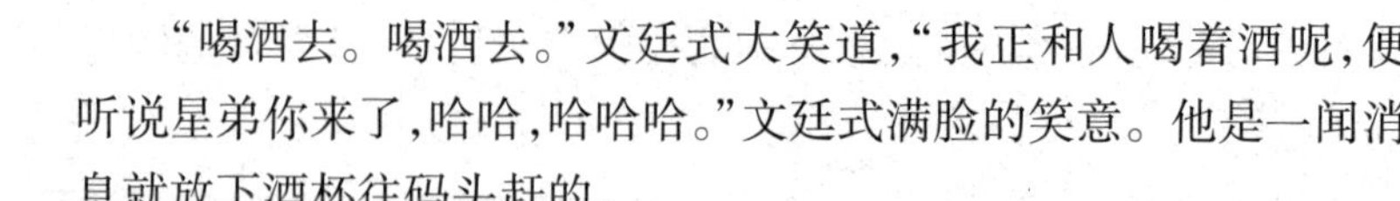

“喝酒去。喝酒去。”文廷式大笑道，“我正和人喝着酒呢，便听说星弟你来了，哈哈，哈哈哈。”文廷式满脸的笑意。他是一闻消息就放下酒杯往码头赶的。

“芸阁兄……”

“不对，不回去了，太远了。星弟，你住处安排了没有？”

“……就在前面不远的一个村子……”梁鼎芬迟疑一下，道。梁鼎芬这回到长沙，是受曾广钧之邀，前来赴宴的；曾广钧自然早安排好他的住处。

未待梁鼎芬说完，文廷式笑道：“好，好，我们走，我们走。”说罢，拉着梁鼎芬便直往那不远的村子走去。

梁鼎芬苦笑一下，倒也没有挣脱那被抓住的手。

六

三月十三日。晴。樾亭招饮，伯严暨萧叔衡在坐。早间闻星海由粤到，狂喜，未终席即往访之。一见异常惊喜，遂留宿乡间，四更始寝。星海述梁僧宝家难事，大可骇怪。又谓闻之张孝达云，僧宝竟改隶英吉利籍，自造小轮车牟利；此亦恐出忌者口也。

十四日。晴。偕星海同访伯严、樾亭、伯翰、麓云，仍回宿伯严家。麓云不遇；伯翰夜到伯严处畅谈，四更始散。

十五日。晴。杨厚庵宫保来栈，稍谈，余偕星海同往拜之。伯严招饮贾太傅祠，樾亭、重伯、麓云、恪士诸人在坐。散后宿恪士家。午后微雨，入夜方止。郭筠仙来谈一时许。

十六日。晴。往看星海。闻其昨夜大醉，力戒劝止酒，恐不能也，遂移寓乡中。偕星海同游朱氏园，值其宴客，遂昂然入坐；园中绣毬花大开，余皆未花也。

……

二十日。雨。偕星海入城。重伯招饮，王壬秋、俞恪士、陈伯严、罗顺循（正钧）在坐。壬秋语不离势利，余面斥其鄙；罗、陈诸人，王氏之仆隶也，闻之极为不平。席散后仍与星海宿伯严家。伯严词多悖谬，余以故交聊优容之，然兰枯柳衰，咏渊明之诗，诚欲多谢少年之相知耳。

二十一日。晴。回拜杨芝仙、郭筠仙，皆见。星海赴左子异筵席，大醉而归。夜与同榻。酒气甚酒勳（醺醺），可笑也。

……

二十四日。雨。偕星海入城。伯严、重伯诸人邀余与星伯(海)刘忠壮祠观剧，二更后散，宿伯严处。樾亭、芝仙来。

二十五日。大雨。立夏。郭筠仙侍郎招饮，陈伯严、俞尧衢诸人同席。余急于送星海之行，未终席而去。夜与星海谈至三鼓；作送星海词一首。

二十六日。大雨。送星海登舟，巳刻开行。皮麓云招饮不赴。是日水几入城，送行极苦。

——文廷式《湘行日记》

髯也今殊健。举世间、鸡虫得失，鱼龙曼衍。尽付庄生齐物论，一例浮云舒卷。任兰佩、多憎猘犬。白眼视天苍苍耳，古今来那许商高算。问长夜，几时旦。

酒酣更喜纶巾岸。记当时、军谋借箸，尚方请剑。谁道神州陆沉后，还向江湖重见。情不死、春蚕自茧。黄竹歌成苍驭杳，怅天荒地老瑶池宴。斜日下，泪如霰。

——文廷式《贺新郎·赠梁节庵》

七

梁鼎芬醉意醺醺，独立船头，任大雨一团团地泼洒在身上，任江风将他吹打，仿佛就要吹落到江中一般。“客官，”披着蓑笠摇船的船家直看得心惊胆战，道，“还是到舱里去吧。”船家自然不会明白这留着黑色须髯的年轻人在想些什么，只是梁鼎芬站在风雨之中，着实叫他有些不放心。

梁鼎芬忽就冲着江雨哈哈大笑，极似疯魔。

流转人间，判受尽、千回肠断。那得似、皋鱼孝子，伯鸾仙眷。独立斜阳飞絮满，回看逝水华年贱。问二毛、始见在何时，吾能算。

心何有，有冰炭。置何处，中心乱。且狂歌骂座，自工排遣。楚泽坠芬明月佩，曲江感赋秋风扇。又浮生、无谓过今朝，从欢宴。

—— 梁鼎芬《满江红》

梁鼎芬是广东人，这一阕《满江红》自然是用粤语吟出，声嘶

力竭，似傻如狂，而风又疾，雨又猛，那船家哪里知道他在说些什么。"疯了，疯了，"船家一边摇着船，一边暗自嘀咕着，"这位老爷疯了。"想了想，又实在是放心不下，便吩咐两个人，将梁鼎芬拽入船舱。

梁鼎芬大叫："你们干什么？你们干什么？"

"小心生病了，客官。"船家又叫人准备姜茶，给梁鼎芬递上。一个老爷，要是在他船上出了事，这船家可担当不起。

"不要！"梁鼎芬一甩手，便将滚热的姜茶打翻在地，"酒来！酒来！"

"客官……"

"酒来！"

船上的几个人面面相觑。船舱中的其他乘客，更是皱着眉头，直往后躲。只是梁鼎芬读书人的穿戴，使得众人都不敢造次。那船家想了想，道："算了，给他酒吧。"心道：反正最后算在船资里就是。又想：醉了也好，醉了也好啊！

梁鼎芬酩酊大醉。

这一回，没有人劝诫，没有人哂笑。没有人注意到，流满他双颊的，不是雨，而是泪。

八

光绪二十一年(1895)，武昌。

三年前，梁鼎芬就已经离开广东，到武昌主讲两湖书院，并参与到湖广总督张之洞的幕府里去，督办湖广学务，协助推行新政。去年，张之洞署两江总督，梁鼎芬便又随张之洞到了南京，出任钟山书院的山长。到今年，张之洞回任湖广总督，梁鼎芬自然又辞别钟山书院，随之回到湖北。

这些年来，梁鼎芬一直都很忙，忙得几乎喘不过气来。或许，只有这样忙碌，才能使他不再想起一些事吧。当初，几乎是逃也似的离开广东……

也许，怪不得那些流言。然而，流言，却总是如刀，会将人寸寸碎割。那么，就远离流言吧，远离那些可能带来的伤害。梁鼎芬自问不是圣人，也无法做到宠辱不惊，但远离那些，应该还是可以的。

最好不相见。他想。最好江湖皆忘。

所以，这几年来，他几乎是不要命地在忙碌着、忙碌着。

好在，他还算年轻。

这一天，梁鼎芬刚刚进入书院，忽就听得不远处有几个人在窃窃私语着什么。梁鼎芬一皱眉，便想过去将他们驱散。

学院是读书之地，又哪里能这样三五成群地闲谈？

“喂，听说了吗？”

“听说什么？”

“梁先生啊……”

“梁先生怎么了？”

“瞧瞧，不懂了吧？听说，梁先生是天阉呢。”

“天阉？可别瞎说。这样说师长，可是不行。”

“嘿嘿，咱们就私下里说说而已。听说啊，梁先生原本的夫人——龚氏夫人是国色天香……”

“这个倒有所耳闻，听说，这龚夫人是王先谦先生的外甥女呢。不过，我又听说，这龚夫人好像是跟文芸阁先生私奔了的，现如今，正住在长沙呢。我有个亲戚，就是长沙的，说到这个的。唉。只可惜，这龚夫人跟了文芸阁先生，名不正、言不顺，文家始终都是不认的。”

便有人低低地骂了一声：“奸夫淫妇。”只不过，这声音很小，听的人也没怎么在意。

“唉。这龚夫人也是可怜之人。梁先生是天阉，龚夫人总不能跟他一辈子吧？”说着，眼中有些怜悯，却又有一些淫猥之意。

便又有人叹道：“这也难怪了。要不然，龚夫人又怎么会住到文芸阁先生家里去？”

“文芸阁先生与梁先生不是极好的朋友吗？”

“咳，咳，这个嘛，正因为是好友，所以，文先生才帮梁先生的忙？嘿嘿嘿……”说这话的时候，索性是满脸的猥琐了。

“……梁、梁先生？”忽就有人看见站在他们身旁的梁鼎芬。

梁鼎芬脸色铁青，一手正抓在他黑色的须髯上，手背更是青筋暴跳。

那几个人干笑几声：“梁先生，我们读书去了。”说罢，也不待梁鼎芬出手，便作鸟兽散，逃掉了。只剩下脸色铁青的梁鼎芬，几乎整个人都在发抖。

他忽然明白，有些事是怎么躲也躲不过的；而流言，无论隔了多久、隔了多远，都会存在，便似原上的草，“野火烧不尽，春风吹又生”。从惠州，到广州，到长沙，到南京，到武昌……那些不愿想起、不愿听到的，总是在不经意之间出现。

梁鼎芬不知道还有多少人在传说着这关于他的流言，但他知道，即使他的朋友不说，在私下里，大约也会议论，又或者在他们自以为得意的笔记中、日记里记下那么几笔，或者还有书信，又或者只是“嘿嘿嘿”地猜测……

梁鼎芬无法阻止这样的流言存在，就像当初，他无法阻止素君的出奔一般。

梁鼎芬心头惨笑。

他知道，他无法去痛恨素君，也无法去痛恨芸阁。

对素君，他始终都记挂着，无法忘怀；对芸阁，他始终都将他当作一生的朋友。然而，世事无常，流言传播，又当如何面对？

零落雨中花，春梦惊回栖凤宅；
绸缪天下事，壮怀消尽食鱼斋。

——梁鼎芬《题湖北武昌府署花厅联》

栖凤宅是当初与素君在京师的住所，食鱼斋自然便是他在武昌的住所，取“来食武昌鱼”之意。梁鼎芬瞧着这新写的楹联，嘿嘿一笑，便吩咐人找个媒婆来。

“能生养就行。”梁鼎芬平静地吩咐道。

他要娶妾。

天阉？

梁鼎芬“呵呵”地冷笑。

他不知道这样的流言从何而来，但他知道，他是应该娶妾了。

从法理上来讲，这么多年过去了，素君还是他的妻。

他没有放弃。

也许，这不放弃就是他的态度吧。

九

无论快乐还是哀伤，无论是忙碌还是悠闲，日子终究还是如水

一般淌过。随着思孝的出生，那天阉的流言，虽然还有，梁鼎芬听着却只是冷笑几声，不再理会。

他不会去辩解。

对于传言者来说，无论什么样的辩解，都只会使他们越发兴奋地传播。即使梁鼎芬已经先后娶了四房小妾，并且生的孩子还不止思孝一个。然而，若流言者执着于天阉的说法，那么，梁家子女的来历，便会成为梁鼎芬新的耻辱了。

好在，对于梁家的常客来说，思孝的长相已经说明了一切。

素君离京以后，就住在长沙，据说，已经为文廷式生下了三个孩子。对于这样的消息，梁鼎芬没有去问，没有去证实。只不过午夜梦回，心头还是会一阵阵地痛。“或许，这就是命运吧。”梁鼎芬想，“如果当年成亲以后，素君能生下他们的孩子就好了。”

梁鼎芬现在已经有了孩子。素君也有了孩子。可为什么，当年他们在一起整整五年，就没能有他们的孩子呢？

“或许，这就是命运吧。”梁鼎芬思忖来思忖去，到底只能归结到命运上去。

一切都是命运。素君没能生下他们的孩子。素君与芸阁私奔，并且无怨无悔地跟着芸阁到了长沙，即使文家始终都不肯接受这个美丽而聪慧的女子。

这女子，对文芸阁是如此之死心塌地。

这女子，对梁鼎芬却又是如此之决绝。

这女子无名无分，跟在文芸阁的身边，为芸阁生孩子。

这女子，依然还是梁鼎芬的妻。

……

文廷式者，同光间名翰林，广交游，善谈论。但与梁鼎芬共妻，其事甚异。其妻居长沙南门外。梁为湖北臬司时，仍往来于湘鄂间。而梁、文交谊，未尝因此稍异。

——杨钧《草堂之灵·窃文》

甚而至于有传言，每当逢年过节，素君都会回武昌，互道“老爷好”“夫人好”，两三日后，再回长沙，依旧住进文芸阁家中。

又有一回，在张之洞幕府之中，梁鼎芬偶与蒯光典争执，光典大怒，曰，张之洞给他的聘书中有“斯人不出，如苍生何”句，曰，尔

若何？这原本也只是寻常的争执，然而，没几天，就有一个对子传播了开来：“蒯光典为苍生始出；梁鼎芬戴绿帽而来。”

梁鼎芬明白，终其一生，乃至生前身后，这样的流言也决不会消弭。除了以为这就是命运，他还能说些什么？

十

光绪三十年（1904），武昌。这一年，梁鼎芬已经四十六岁了。

甚一片、愁烟梦雨。刚送春归，又催人去。鸥外帆孤，东风吹泪堕南浦。画廊携手，是那日销魂处。茜雪尚吹相，忍负了娇红庭宇。

延伫。怅柳边初月，又上一痕眉妩。当初已错，忍道是寻常离绪。念别来叶叶罗衣；已减了、香尘非故。凭短烛低蓬，独自拥衾愁语。

——龚素君《长亭怨慢》

听黯黯、长安夜雨。那是侬家，放教归去。檠短窗虚，梦魂仿佛到江浦。愁生无定，应是有愁生处。寄远织琼花，浑不省凉蟾天宇。

凝伫。只兰红波碧，依约谢娘眉妩。文园病也，更堪触伤春情绪。便月痕不上菱花；尽难忘衣新人故。但乞取天怜，他日剪灯深语。

——文廷式《长亭怨慢·和素君韵寄远》

梁鼎芬默默地读着这两阕《长亭怨慢》。这应是几年前的词了，传抄到梁鼎芬的手中，也好长时间。只不过，刚得到这两阕词的时候，他只是置诸一边，没有理会。传抄者说，这素君，其实是程颂万。是程颂万化名素君与芸阁玩笑呢。

梁鼎芬心头一痛。

因为他知道，他知道，这世间，有一个美丽而聪慧的女子，她的闺名就叫素君。

这个名字，曾经只属于他；然而，现在，这个名字，在芸阁的词中出现。

“便月痕不上菱花；尽难忘衣新人故。但乞取天怜，他日剪灯深语。”梁鼎芬默默地咀嚼，无声无息。没人注意到，他的眼神中有怎样的凄然与惨痛。“茕茕白兔，东走西顾；衣不如新，人不如故。”梁鼎芬默默地，只觉人世间的事，果然滑稽。

“到底谁是新人？谁是故人？”

“但乞取天怜，他日剪灯深语。”

“天若怜人，到底是应怜我，还是怜他？”

光绪三十年（1904）八月二十四日，文廷式去世。

闻得文廷式去世，梁鼎芬猛然就心中一恸，回到书房，将这两阕《长亭怨慢》翻了出来，默默地，读了很久、很久。他不知道自己到底想要什么。

他想，芸阁去世，他不是应该松下一口气的吗？然而，又何以会心头大恸？

他想，芸阁去世，素君是不是应该回家了？要知道，素君还是他的妻啊！文家，始终都不肯认可素君与素君的三个孩子。然而，他明白，素君决不会回来的。素君一向决绝。她的决不肯回来，将如同当年她的离去一样，决不会改变。

故事中的人已经少了一个，可这故事，却不会结束。

“老爷。”家人在书房外小心地喊道。

“什么事？”梁鼎芬声音有些嘶哑。

“……夫人……夫人来了。”那家人小声说道。

“夫人？”梁鼎芬一皱眉头，“谁家的夫人？说清楚些。”他自然不会以为这家人说的是他的四房小妾。虽然说，在梁家，家人将她们也都称作“夫人”；只不过，这四位夫人进进出出又哪里用得着向梁鼎芬禀告？

“是……”那家人深吸一口气，道，“是龚夫人。”那家人也是心头苦笑。要说呢，这应是梁夫人。可分明离开梁家十多年，又怎么还能称之为梁夫人？可要说是文夫人呢？文家，根本就不认。

“素君？”梁鼎芬失声道。一边说着，一边人就站了起来，快步走出书房。“她在哪里？”梁鼎芬问道。

家人道：“在客厅等着呢。”

"好。"梁鼎芬应了一声,便直向客厅走去。未走数步,忽然想起,素君原本应该是这个家的女主人呀。这样一想,梁鼎芬苦笑一下,脚步不由得就顿了一顿。十多年过去了,到底还是放不下。这个念头闪过,梁鼎芬又是一声苦笑。

"好多年没见素君了。"梁鼎芬想,"芸阁的去世,不知道会给素君带来怎样的恸。"

想到这里,梁鼎芬心头又是一阵酸涩。"他年我死,素君可会为我流一滴泪?"

"老爷。"见梁鼎芬进来,龚素君忙站起身来,福了福。

梁鼎芬嘴唇微微哆嗦了一下,道:"……坐,你坐。"他不知道他该如何称呼素君;但他知道,当他看到也一样人到中年的素君的时候,心有些乱。

"芸阁走了。"龚素君没有坐,也没有寒暄客套。

"我知道,我知道。……节哀顺变。"这话说完,梁鼎芬只觉一种异样的滑稽。眼前的这个女子,还应是他的妻啊。

龚素君叹息一声:"芸阁一生清贫,他这一走,留下我们孤儿寡母的……"顿了顿,道,"文家又不肯认我们。"

梁鼎芬怔了一下,一时间,也不知道该如何答话。

"老爷,"龚素君又福了福,道,"芸阁这一走,我们母子四个,实在是过不下去了,老爷。"龚素君说这话的时候,神情很是平静。

"你的意思是……"

"如果有可能的话,还望老爷扶持一二,芸阁便是在九泉之下,也会感激不尽。"龚素君淡淡地说道。

梁鼎芬稍稍愣了一下,忙道:"你稍等,我很快就来。"说罢,便出了客厅。站在客厅前,梁鼎芬低低地长叹一声,心道:芸阁,芸阁,原来你即使死了,素君的心,还是在你那里。梁鼎芬回到后宅,问管家的大姨太:"家里还有多少银子?"大姨太有些奇怪地瞧着老爷,想了想,道:"不到四千两吧。"梁鼎芬道:"那行,取三千两给我吧。"大姨太吓了一跳,道:"老爷,你有用处?"梁鼎芬买书成癖,这些年来,虽不能说花钱如流水,却也相差无几了。如今,这一大家子人,如果再花出去三千两,家里的花销就不知道要怎样省俭了。梁鼎芬一瞪眼,道:"叫你拿你就拿,啰嗦什么?"见梁鼎芬发怒,大姨太自也不敢再啰嗦,只好取出三千两的银票来,递给了梁鼎芬。

梁鼎芬接过银票，便大步回到客厅。

三千两。

其时，一个普通兵丁的月饷不过四两而已。

“老爷。”见梁鼎芬急匆匆地进来，龚素君依旧有礼有节地福了福，神情依旧平静，恭谨，宛然素有教养的大家闺秀。事实上，即使龚素君早年丧父，却也真的可称得上是大家闺秀的。

梁鼎芬歉然道：“我这边只有三千两，你先拿去用，如果不够的话，我再想办法。”说着话便将银票递上。

龚素君接过银票，放好，道：“谢谢老爷。”

梁鼎芬嘴唇哆嗦了一下，万语千言，到最后，却只是低低地唤了一声：“素君。”他没有叫素君回家，因为知道，这不可能。

“我走了。”龚素君再次福了福，徐徐地退去。客厅外，是送龚素君来的一顶小轿。梁鼎芬迟疑一下，追出客厅的时候，龚素君已上了小轿，放下了轿帘。梁鼎芬低叹一声。他明白，或许，这将是他与素君今生的最后一次见面了。

待那顶小轿远去，梁鼎芬自嘲似的一笑，想：老天终究待我不薄，这么多年，总算是让我们见了一面。

春梦来时在那厢。昵人半晌去思量。落花多处满斜阳。
手挽飘红唯有影，眼看成碧太无常。人生到此可能狂。

——梁鼎芬《浣溪沙》

十一

光绪三十二年(1906)，梁鼎芬升任湖北按察使。在按察使任时，与代理湖广总督的端方一起主持湖北乡试。某一日，在贡院的外面，就多了一副对联：

梁本绿毛龟，串通监生监临，竟使文闱成黑界；
端是赤眉贼，可恨胡儿胡闹，敢将科举博黄金。

梁鼎芬读罢，也只是淡淡一笑。经历了太多，这样的文字又如何能够使他再像年轻时那样的愤怒与狼狈不堪？

世人有口、有笔，流言的传播，谁也无法制止。更何况，这也未必就是流言。

只是在梁鼎芬的心中，素君依旧是他的妻子，文廷式依旧是他的朋友。至于世人如何去说，又何须管那么多呢？

民国八年（1919），梁鼎芬终于走到了生命的尽头。

人终究会死去，生命终究会走到尽头。“世事一场大梦，人生几度秋凉。”所有的毁誉，在生命消失以后，又还有什么意义？

“……今年烧了许多，有烧不尽者，见了再烧，勿留一字在世上。我心凄凉，文字不能传出也。”梁鼎芬在病榻之上这样吩咐道。

没人知道，老人在这样吩咐的时候，心里到底在想些什么；没人知道，病榻之上的梁鼎芬，恍惚之间，回到了三十多年前的新婚之夜。

“共郎上山头，不惜下山早。郎爱合欢花，侬爱苦辛草。”

人世间的事，谁又能说得清呢？

往事都成梦，愁来只赋诗。梦残诗尚在，真是断肠时。

——梁鼎芬《己未病中口占》

图书在版编目(CIP)数据

人生若只如初见：清代词人的情感故事 / 沈尘色著
. —镇江：江苏大学出版社，2018.3(2022.11 重印)
(清名家词传)
ISBN 978-7-5684-0520-1

Ⅰ.①人… Ⅱ.①沈… Ⅲ.①传记小说—中国—当代
Ⅳ.①I247.5

中国版本图书馆 CIP 数据核字(2017)第 255123 号

人生若只如初见：清代词人的情感故事
Rensheng Ruo Zhi Ru Chujian：Qingdai Ciren de Qinggan Gushi

著　　者/沈尘色
责任编辑/汪亚洲　董国军
出版发行/江苏大学出版社
地　　址/江苏省镇江市京口区学府路 301 号(邮编：212013)
电　　话/0511-84446464(传真)
网　　址/http：//press.ujs.edu.cn
排　　版/镇江文苑制版印刷有限责任公司
印　　刷/山东华立印务有限公司
开　　本/718 mm×1 000 mm　1/16
印　　张/16.75
字　　数/266 千字
版　　次/2018 年 3 月第 1 版
印　　次/2022 年 11 月第 2 次印刷
书　　号/ISBN 978-7-5684-0520-1
定　　价/48.00 元

如有印装质量问题请与本社营销部联系(电话：0511-84440882)